LES COURANTS DE L'ESPACE

ŒUVRES D'ISAAC ASIMOV
DANS PRESSES POCKET

L'AVENIR COMMENCE DEMAIN
PRÉLUDE À L'ÉTERNITÉ (Grand temple de la S.-F.)
DESTINATION CERVEAU
PRÉLUDE À FONDATION

ISAAC ASIMOV PRÉSENTE :

1. FUTURS SANS ESCALE
2. FUTURS EN DÉLIRE
3. FUTURS À GOGOS

SCIENCE-FICTION
Collection dirigée par Jacques Goimard

ISAAC ASIMOV

LES COURANTS DE L'ESPACE

Traduction de Michel Deutsch

PRESSES POCKET

Titre original :
THE CURRENTS OF SPACE

ISBN 2-266-04209-2

PROLOGUE

UN AN AVANT

L'homme venu de la Terre prit une décision. Elle avait mis longtemps à naître et à mûrir mais, maintenant, elle était arrêtée.

Depuis des semaines, l'homme n'avait pas senti le contact réconfortant du pont de son navire sous ses pieds, ni la fraîche et noire enveloppe de l'espace alentour. Initialement, il avait eu l'intention de faire une brève apparition au siège local du Bureau Interstellaire de Spatio-Analyse pour présenter son rapport et de reprendre en hâte le chemin du cosmos. Or, il était toujours retenu.

C'était presque comme une prison.

Il termina sa tasse de thé et dévisagea l'homme assis en face de lui.

– Je ne resterai pas plus longtemps, dit-il.

Le second homme prit une décision. Elle avait mis longtemps à naître et à mûrir mais, maintenant, elle était arrêtée. Il aurait besoin de temps, de beaucoup plus de temps. Les premières lettres étaient demeurées sans réponse. Pour le résultat qu'elles avaient obtenu, elles auraient aussi bien pu tomber dans le brasier d'une étoile!

Il n'avait pas espéré davantage ou, plutôt, il n'en avait pas espéré moins. Mais ce n'était qu'un premier pas.

Une chose était sûre : il était impossible de laisser l'homme venu de la Terre disparaître et se mettre hors d'atteinte lorsque interviendraient les développements ultérieurs. Il caressa le cylindre noir et lisse au fond de sa poche.

– Vous ne vous rendez pas compte de la délicatesse du problème, dit-il.

– Je ne vois pas en quoi la destruction d'une planète est quelque chose de délicat, répondit le Terrien. Je veux que vous portiez les détails à la connaissance de Sark, de tous les habitants de la planète.

- C'est impossible. Vous savez bien que ce serait la panique.

– Au commencement, vous disiez que vous le feriez.

– J'ai réfléchi. C'est tout simplement irréalisable.

Le Terrien formula un autre grief :

– Le représentant du B.I.A.S. n'est pas arrivé.

– Je sais. Le Bureau travaille à l'élaboration des mesures adéquates qu'il convient de prendre pour faire face à cette crise. Patientez encore un jour ou deux.

- Un jour ou deux! Toujours un jour ou deux! Sont-ils surchargés au point de ne pouvoir me consacrer un instant? Ils n'ont même pas vu mes calculs.

- Je vous ai proposé de les leur apporter. Vous n'avez pas voulu.

– Et je n'ai pas changé d'avis. Ils peuvent venir ou je peux aller les trouver. – Il ajouta avec violence : – Je ne pense pas que vous me croyiez. Croyez-vous que Florina sera détruite?

– Je vous crois.

– Non! Je sais que non! C'est visible. Vous cherchez à ne pas me contrarier. Vous n'êtes pas capable de comprendre mes calculs. Vous n'êtes pas spatio-analyste. Je doute même que vous soyez celui que vous prétendez être. Qui êtes-vous?

– Vous vous énervez.

– Oui. Cela vous étonne? A moins que vous ne songiez : « Le pauvre diable! L'espace l'a eu! » Vous me croyez fou.

– Vous dites des absurdités.

– Bien sûr que vous pensez ça! C'est pourquoi je veux voir les gens du B.I.A.S. Ils sauront si je suis fou ou non. Ils le sauront!

L'autre se rappela sa décision.

– Pour le moment, vous n'êtes pas bien. Je vais vous aider.

– Certainement pas! s'exclama hystériquement le Terrien. Parce que je m'en vais. Si vous voulez m'en empêcher, vous n'avez qu'à me tuer. Mais vous n'oserez pas. Si vous me tuez, vous aurez le sang d'un monde entier sur les mains.

– Je ne veux pas vous tuer, répliqua son interlocuteur en

criant à son tour pour se faire entendre. Ecoutez-moi. Je ne veux pas vous tuer. Ce n'est pas nécessaire.

– Vous allez me ficeler? Me garder ici? C'est cela? Mais que ferez-vous quand le B.I.A.S. se mettra à ma recherche? Je suis censé envoyer régulièrement des rapports, figurez-vous.

– Le Bureau sait que vous êtes en sécurité avec moi.

– Vraiment? Je me demande s'il sait même que je suis arrivé sur la planète. Et s'il a reçu mon premier message.

Tout tournait autour du Terrien, et ses membres étaient gourds.

L'autre se leva. Il était évident à ses yeux que l'heure de la décision était arrivée juste à temps. A pas lents, il contourna la longue table et s'approcha du Terrien.

– C'est pour votre bien, fit-il d'une voix apaisante, et il sortit le cylindre noir de sa poche.

– C'est une sonde psychique, dit l'homme venu de la Terre.

Son timbre était rauque et sa voix pâteuse. Quand il essaya de se mettre debout, ce fut à peine si ses bras et ses jambes frissonnèrent.

– Drogué! murmura-t-il entre ses dents serrées.

Ses mâchoires étaient rigides.

– Oui, je vous ai drogué, reconnut l'autre. Je ne vous ferai aucun mal. Il vous est difficile de comprendre combien cette affaire est délicate dans l'état de surexcitation et d'angoisse où elle vous met. La drogue va seulement dissiper votre anxiété. Elle va seulement la chasser.

Le Terrien était maintenant incapable de parler. Immobile, il pouvait uniquement penser dans une brume : « Par l'espace, il m'a drogué! » Il aurait voulu hurler, fuir, mais c'était impossible.

L'autre l'avait rejoint. Il le contemplait de haut. Le Terrien leva les yeux vers lui. Il pouvait encore les remuer.

La sonde psychique était un instrument autonome. Il suffisait de mettre les fils en contact avec certains points précis du crâne. Le Terrien, frappé de panique, regarda son interlocuteur opérer jusqu'à ce que ses muscles oculaires fussent paralysés. Il ne sentit pas la piqûre des fines électrodes acérées pénétrant la peau et la chair pour atteindre les engrenures de sa calotte crânienne.

Il hurla dans le silence de son esprit. Il hurla : Non, vous ne comprenez pas! C'est une planète habitée! Ne voyez-vous pas que vous ne pouvez pas risquer la vie de centaines de millions d'êtres?

Les paroles de l'autre étaient assourdies et de plus en plus lointaines. Pour lui parvenir, elles devaient franchir un long tunnel où le vent s'engouffrait. « Je ne vous ferai pas de mal. Dans une heure, vous vous sentirez parfaitement bien. Nous rirons ensemble de toute cette affaire. »

Le Terrien ressentit une légère vibration dans son crâne. Celle-ci s'effaça également.

Les ténèbres s'épaissirent et s'abattirent sur lui. Elles ne se dissipèrent jamais totalement. Il lui fallut une année pour les déchirer en partie.

CHAPITRE I

L'ENFANT TROUVÉ

Rik reposa son alimentateur et sauta sur ses pieds. Il tremblait si fort qu'il dut s'appuyer au mur nu d'un blanc laiteux.

– Je me rappelle! cria-t-il.

Le bruit de mâchoires se fit un peu moins sonore, et des visages se tournèrent vers lui, uniformément propres et glabres dans la lumière médiocre qui les faisait luire d'un éclat blême. Dans les regards, on ne lisait guère d'intérêt – rien qu'un réflexe stimulé par ce cri inattendu.

– Je me rappelle mon métier, lança à nouveau Rik. J'avais un métier.

– La ferme! glapit quelqu'un.

– Rassieds-toi, grogna quelqu'un d'autre.

Les visages se détournèrent, le bruit de mastication reprit. Il entendit un homme murmurer « Rik le Dingue » en haussant les épaules. Un autre se tapota le front du doigt. Cela lui était indifférent. Cela ne pénétrait pas son esprit.

Il se rassit lentement, reprit son alimentateur, un objet ressemblant à une cuiller au bord tranchant et dont la partie incurvée se hérissait de petites dents; l'appareil permettait tant bien que mal de puiser, de couper et de piquer. C'était suffisant pour un ouvrier. Rik retourna l'ustensile, regardant sans le voir le numéro gravé sur le manche. Il n'avait pas besoin de le voir. Il le connaissait par cœur. Les autres avaient tous un matricule, eux aussi, mais ils avaient également un nom. Pas lui. On l'appelait Rik parce que cela voulait dire quelque chose comme « simple d'esprit » dans l'argot des travailleurs des filatures de kyrt. Et on l'appelait souvent « Rik le Dingue ».

Mais peut-être allait-il maintenant se remémorer de plus en plus de choses. Depuis qu'il était employé à la filature, c'était la première fois qu'il se souvenait d'un détail de son passé. S'il réfléchissait dur, s'il mobilisait toutes ses ressources intellectuelles...

Soudain, il n'eut plus faim. Plus du tout. D'un geste brusque, il enfonça l'alimentateur dans le pavé flasque de viande et de légumes qu'il repoussa et il se cacha la tête entre les mains. Tirant sur ses cheveux, il essaya laborieusement de suivre son esprit au fond du gouffre d'où avait émergé cet unique détail, vague et indéchiffrable.

Quand la cloche annonça la fin de la pause du déjeuner, il éclata en sanglots.

Ce soir-là, lorsqu'il quitta la filature, Valona March le rejoignit. Ce fut à peine s'il se rendit compte de sa présence. Il prit simplement conscience du rythme de ses pas épousant la cadence des siens. Alors, il s'arrêta et la regarda. La couleur des cheveux de Valona hésitait entre le blond et le châtain. Ses lourdes tresses étaient maintenues par de petites épingles magnétiques, des pierres vertes très bon marché qui avaient comme un air fané. Elle était vêtue de la simple robe de coton qui suffisait amplement sous ce climat clément. Rik, lui aussi, n'avait besoin que d'une chemisette sans col et d'un pantalon de coton.

– Il paraît que tu as eu des ennuis au déjeuner, dit-elle.

Elle avait l'accent pointu des paysans. Rik, lui, nasillait un peu sans vocaliser les voyelles. Tout le monde s'en moquait et imitait son intonation mais Valona lui expliquait que c'était par ignorance.

– Non, je n'ai pas eu d'ennuis, Lona, murmura-t-il.

Elle insista :

– J'ai entendu dire que tu t'étais souvenu de quelque chose. C'est vrai, Rik?

Elle aussi l'appelait Rik. Il n'y avait pas d'autre nom à lui donner. Il ne se rappelait plus le sien. Pourtant, il avait cherché désespérément à le retrouver. Un jour, Valona avait réussi à se procurer un vieil annuaire déchiré dont elle lui avait lu les premières pages à haute voix. Aucun nom n'avait paru plus familier à Rik que les autres.

Il la regarda dans les yeux.

– Je vais devoir quitter la filature, déclara-t-il.

Valona tressaillit. Une ombre passa sur son visage – un visage large aux pommettes plates et hautes.

– Ce n'est pas possible, répondit-elle. Ce ne serait pas bien.

– Il faut que j'en apprenne davantage sur mon propre compte.

Valona s'humecta les lèvres et répéta :

– Ce n'est pas possible.

Rik se détourna. Il savait que l'inquiétude de Valona était sincère. C'était elle, pour commencer, qui lui avait trouvé son emploi à la manufacture. Il n'avait aucune expérience des machines. Ou, s'il en avait eu une, il ne se le rappelait plus. Toujours est-il que Lona avait mis l'accent sur le fait qu'il était trop faible pour faire un travail manuel et on avait accepté de lui donner gratuitement une formation technique. Et avant cela, pendant la période de cauchemar où il était tout juste capable de balbutier de façon inintelligible, où il ne savait même pas à quoi servaient les aliments, elle avait veillé sur lui et l'avait nourri. Elle l'avait maintenu en vie.

– Il le faut, dit-il.

– Encore tes migraines, Rik?

– Non. Je me souviens vraiment de quelque chose. Du métier que j'avais avant... *Avant!*

Il hésitait à en dire plus long. Son regard se posa au loin. Le soleil était agréablement chaud. Il ne se coucherait pas avant deux heures. L'alignement uniforme des cabanes où logeaient les travailleurs et qui s'étiraient à perte de vue autour des installations était d'une monotonie lassante mais Rik savait que, dès qu'il atteindrait le faîte de la butte, les ors et les rouges des champs s'offriraient à sa vue.

Il aimait les champs. Dès le début, leur spectacle l'avait apaisé et ravi. Avant même qu'il sût que leurs couleurs étaient l'or et l'écarlate, alors qu'il ignorait encore ce qu'étaient les couleurs, quand il ne pouvait exprimer son plaisir autrement que par de petits vagissements, ses migraines se dissipaient plus rapidement lorsqu'il était dans les champs. En ce temps-là, Valona avait coutume d'emprunter un scooter diamagnétique et de le conduire hors du village les jours de repos. Ils glissaient légèrement à un pied au-dessus du sol, portés par le champ de contre-gravité sur lequel ils flottaient sans secousses jusqu'à ce qu'ils fussent à des milles et des milles de toute habitation humaine, seuls avec le vent qui leur caressait la figure. L'air embaumait le kyrt en fleur.

Ils s'asseyaient au bord de la route, baignés de soleil, de couleurs et d'odeurs, et partageaient un pavé nutritif avant de rentrer.

Rik était troublé par les souvenirs qui tressaillaient dans sa mémoire.

– Allons dans les champs, Lona, dit-il.

– Il est tard.

– Si, je t'en prie. Juste à la sortie de la ville.

Elle tirailla la bourse d'étain glissée derrière la souple ceinture de cuir bleu, sa seule coquetterie vestimentaire.

Rik lui prit le bras.

– Marchons.

Une demi-heure plus tard, ils quittaient la grande route pour s'engager dans de petits chemins sinueux et sablonneux. Le silence était à couper au couteau et Valona était étreinte par un sentiment de peur qu'elle connaissait bien. Faute de mots, elle n'avait jamais essayé d'exprimer ce qu'elle éprouvait à l'égard de Rik.

Qu'adviendrait-il s'il l'abandonnait? Il était petit, d'une taille inférieure à la sienne, et il pesait même un peu moins qu'elle. Par beaucoup de côtés, il était encore semblable à un enfant sans défense. Mais avant qu'on lui eût obscurci l'esprit, il avait dû être un homme instruit. Un homme instruit et très important.

Valona, elle, n'avait pas reçu d'instruction. Elle avait seulement appris à lire et à écrire, on lui avait seulement inculqué à l'école professionnelle les rudiments de technologie indispensables pour qu'elle fût capable de faire fonctionner les métiers, mais elle savait quand même que tout le monde n'était pas aussi ignorant qu'elle. Il y avait le Prud'homme, évidemment, dont le vaste savoir leur était si utile à tous. Parfois, des Écuyers venaient en tournée d'inspection. Elle n'avait jamais vu un Écuyer de près mais, un jour de congé, elle avait visité la Cité et avait aperçu à cette occasion un groupe de créatures d'une incroyable magnificence. De temps à autre, les ouvriers des filatures étaient admis à entendre le son de la voix des gens cultivés. Ceux-ci parlaient différemment, de manière plus fluide, avec des vocables plus longs et un timbre plus doux. Rik parlait de plus en plus comme eux à mesure que la mémoire lui revenait.

Elle avait eu peur quand il avait prononcé ses premiers mots. Cela s'était fait brutalement un jour où il avait longtemps gémi parce qu'il avait mal à la tête. Sa prononciation était bizarre. Elle avait voulu la corriger mais il n'avait rien voulu entendre.

Dès lors, elle se mit à craindre qu'il ne se rappelle trop de choses et ne finisse par la quitter. Elle n'était que Valona March que l'on surnommait la Grande Lona. Elle ne s'était pas mariée. Elle ne se marierait jamais. Une fille comme elle, forte, avec de grands pieds et des mains rougies par le travail, ne pourrait jamais se marier. Elle n'avait jamais su que fixer avec une muette rancœur les garçons qui, les jours de fête, après le souper, semblaient ne pas la regarder. Elle était trop bien en chair pour se trémousser afin de les aguicher.

Jamais elle n'aurait de bébé à dorloter et à câliner. Ses compagnes avaient des nouveau-nés les unes après les autres, mais Valona en était réduite à jeter des coups d'œil furtifs à ces petites choses rouges, édentées et chauves, aux yeux plissés, qui serraient leurs poings débiles...

– Ce sera ton tour la prochaine fois, Lona.

– Quand auras-tu un bébé, Lona?

Alors Valona battait en retraite.

Mais, quand il était arrivé, Rik était semblable à un nourrisson. Il fallait le faire manger, prendre soin de lui, le sortir au soleil, le calmer pour qu'il s'endorme quand ses migraines le torturaient.

Les gamins la poursuivaient en ricanant.

– Lona a trouvé un galant, criaient-ils. La Grande Lona a un galant tordu. Le galant de Lona est un rik.

Plus tard, quand Rik sut marcher seul (le jour où il avait fait ses premiers pas elle avait été aussi fière que s'il avait réellement eu un an au lieu d'en avoir plus de trente) et put circuler sans escorte dans les rues du village, ils avaient fait la ronde autour de lui, hurlant et riant aux éclats rien que pour voir un adulte terrorisé se cacher les yeux derrière les mains et se recroqueviller sans pouvoir leur répondre autrement que par des gémissements. Des dizaines de fois, Valona avait dû sortir et les menacer en agitant ses poings massifs.

Les grandes personnes elles-mêmes avaient peur de ses poings. Elle avait envoyé au tapis son chef d'équipe le jour où Rik avait fait ses débuts à la filature, uniquement parce qu'elle avait surpris une plaisanterie grossière sur leur compte. Le conseil d'entreprise lui avait infligé une amende égale à une semaine de salaire à la suite de cet incident et il aurait aussi bien pu la conduire à la Cité pour comparaître devant le tribunal des Écuyers si le Prud'homme n'était intervenu. Il avait plaidé la provocation.

C'est pourquoi Valona souhaitait que Rik ne retrouvât pas la mémoire. Elle savait qu'elle n'avait rien à lui offrir; c'était de l'égoïsme que de vouloir qu'il restât à jamais amnésique et désemparé. Mais personne n'avait jamais dépendu d'elle à ce point. Elle avait seulement peur de retrouver sa solitude.

– Est-tu sûr de te rappeler quelque chose, Rik? lui demanda-t-elle.

– Oui.

Ils s'arrêtèrent au milieu des champs sur lesquels le soleil répandait son éclat cuivré. Bientôt, la brise embaumée du soir se lèverait. Déjà, le damier des canaux d'irrigation virait au violet.

– Je peux avoir confiance dans les souvenirs qui remontent à la surface, Lona, reprit Rik. Tu le sais. Est-ce que tu m'as appris à parler, par exemple? Non. Je me suis rappelé les mots tout seul, n'est-ce pas?

– Oui, reconnut-elle à contrecœur.

– Je me rappelle même quand tu me conduisais dans les champs, à l'époque où je ne parlais pas encore. Je me rappelle tout le temps de nouvelles choses. Hier, je me suis rappelé que tu avais un jour attrapé une mouche du kyrt pour moi. Tu l'avais emprisonnée entre tes mains jointes et tu as écarté les pouces pour que je puisse voir ses reflets rouges et orange. J'ai ri et j'ai essayé de glisser ma main entre les tiennes pour la saisir. Bien sûr, la mouche s'est envolée et je me suis mis à pleurer. Je ne savais pas encore que c'était une mouche du kyrt ni quoi que ce soit d'autre mais, aujourd'hui, je n'ai pas le moindre doute. Tu ne m'as jamais parlé de cette anecdote, n'est-ce pas, Lona?

Elle fit non de la tête.

– Mais c'est arrivé? Mon souvenir est exact?

– Oui, Rik.

– Et maintenant, je me rappelle quelque chose qui se rapporte à moi. Quelque chose... d'avant. Il doit y avoir eu un avant, Lona!

Il devait y en avoir eu un. Le cœur de Valona se serrait quand elle y songeait. C'était un passé différent, qui n'avait rien de comparable avec le présent dans lequel tous deux vivaient. Un passé qui s'était déroulé sur un monde différent. Elle le savait parce que « kyrt » était un mot que Rik ne s'était jamais rappelé. Il avait fallu qu'elle lui apprît le terme désignant la chose la plus précieuse de Florina.

– De quoi t'es-tu souvenu, Rik?

A cette question, la surexcitation de Rik parut soudain s'évanouir. Il chercha à biaiser.

– Cela n'a guère de sens, Lona. Seulement que j'avais un métier et que je sais ce que c'était. D'une certaine façon, au moins.

– Que faisais-tu?

– J'analysais le Vide.

Elle dévisagea brusquement Rik, plongeant son regard dans le sien. Elle lui tâta le front. Il s'écarta avec irritation.

– Ce n'est pas encore une de tes migraines? fit-elle. Tu n'as pas eu mal à la tête depuis des semaines.

– Je vais bien! Cesse de m'embêter.

Il baissa les yeux et ajouta aussitôt :

– Je ne voulais pas dire que tu m'embêtes, Lona, mais seulement que je n'ai pas mal et que je ne veux pas que tu te fasses du souci.

Le visage de Valona s'épanouit.

– Qu'est-ce que ça signifie, *analyser*? demanda-t-elle.

Rik connaissait des mots qu'elle ignorait et elle se sentait très humble en songeant à quel point il avait dû être instruit, autrefois.

Il réfléchit un moment.

– Ça signifie... ça signifie *séparer*. C'est comme quand on démonte un filtre afin de savoir pourquoi le faisceau d'exploration est mal centré, tu vois?

– Oh... Mais, Rik, comment peut-on analyser ce qui est vide? Ce n'est pas un travail.

- Je n'ai pas dit que j'analysais ce qui était vide. J'ai dit que j'analysais le Vide. Le Vide avec un V majuscule.

- Ce n'est pas la même chose?

Ce qu'elle redoutait était en train de se produire. Elle commençait à lui paraître stupide. Bientôt, il en aurait assez d'elle et il l'abandonnerait.

– Non! Bien sûr que non! – Il respira profondément. - Mais je crains d'être incapable de t'expliquer. C'est tout ce dont je me souviens. Pourtant, ce devait être un travail très important. Je le sens. Je n'étais sûrement pas un criminel.

Valona sursauta. Elle n'aurait jamais dû lui parler de cela. Si elle l'avait fait, c'était uniquement pour le mettre en garde, pour le protéger – c'était ainsi qu'elle s'était justifiée vis-à-vis d'elle-même – mais, maintenant, elle comprenait que si elle avait agi de la sorte, ç'avait été en réalité pour l'attacher plus étroitement à elle.

Ç'avait été lorsqu'il avait prononcé ses premiers mots. La chose s'était faite si soudainement qu'elle avait été effrayée. Elle n'avait même pas osé en parler au Prud'homme. Quand son jour de congé était arrivé, elle avait prélevé cinq crédits sur son magot – comme jamais un homme ne le lui réclamerait en dot, cela n'avait pas d'importance – et s'était rendue à la Cité pour faire examiner Rik par un médecin. Elle avait noté le nom et l'adresse de celui-ci sur un bout de papier mais il lui avait fallu errer, terrifiée, pendant deux heures avant de trouver l'édifice parmi les énormes piliers qui haussaient la Cité Haute vers le soleil.

Elle avait insisté pour assister à l'examen et le médecin avait fait toutes sortes de choses effrayantes avec d'étranges instruments. Quand il avait placé la tête de Rik entre deux objets de métal et qu'elle s'était mise à luire – on aurait dit une mouche du kyrt brillant dans la nuit – Valona avait bondi sur ses pieds et elle avait essayé de s'interposer. Le médecin avait appelé deux hommes qui l'avaient entraînée au-dehors bien qu'elle se débattît farouchement.

Une demi-heure plus tard, il l'avait rejointe. Il était grand et avait l'air sombre. Elle n'était pas à son aise parce que c'était un Écuyer en dépit du fait que son cabinet était installé dans la Cité Basse, mais il y avait de la douceur, de la bonté même, dans le regard du médecin. Il s'était essuyé les mains avec une petite serviette qu'il avait ensuite jetée dans une boîte à déchets. Pourtant, Valona la trouvait d'une propreté irréprochable.

– Depuis quand connaissez-vous cet homme? lui avait-il demandé.

Elle lui avait relaté les circonstances de l'arrivée de Rik; prudemment, elle s'en était tenue à l'essentiel, passant sous silence l'intervention du Prud'homme et des patrouilleurs.

– Vous ne connaissez donc rien de lui?

– Rien de ce qu'il y avait avant, avait-elle répondu.

– Il a été soumis à un psychosondage. Savez-vous ce que c'est?

A nouveau, elle avait eu un geste de dénégation, puis avait murmuré, la bouche sèche :

– C'est ce qu'on fait aux fous, docteur?

– Et aux criminels. Ce traitement provoque une modification cérébrale. C'est pour leur bien. Leur esprit en sort guéri ou bien cela fait disparaître l'impulsion qui les poussait à voler et à tuer. Vous comprenez?

Elle comprenait. Le visage écarlate, elle s'était écriée :

– Rik n'a jamais volé quoi que ce soit et il n'a jamais fait de mal à personne.

– Vous l'appelez Rik? – Il paraissait amusé. Mais comment pouvez-vous savoir ce qu'il a fait ou n'a pas fait quand vous ne le connaissiez pas? Dans son état mental actuel, il est difficile de dire ce qui a pu se passer. Le sondage a été total et brutal. Je suis incapable de déterminer quelle fraction de son intellect a été définitivement éliminée et quel pourcentage n'a été que provisoirement neutralisé. Je m'explique : une partie de ses facultés reviendra avec le temps, comme cela a été le cas pour l'élocution, mais pas toutes. Il serait bon de le mettre en observation.

– Non! Non! Il faut qu'il reste avec moi. Je prends bien soin de lui, docteur.

Le médecin s'était rembruni.

– C'est à vous que je pense, mon enfant, avait-il repris d'une voix plus douce. Tout le mal qui l'habitait n'a peut-être pas été extirpé. Je ne voudrais pas qu'un jour vous ayez à en pâtir.

A ce moment, Rik était entré au bras d'une infirmière qui faisait des petits claquements de langue pour l'apaiser comme s'il s'était agi de calmer un nourrisson. Il avait porté la main à son front. Son regard vide s'était enfin posé sur Valona. Alors, il avait tendu les bras en criant d'une voix plaintive :

– Lona!
Elle s'était précipitée et l'avait serré très fort contre elle.
– Il ne me fera jamais de mal, docteur, avait-elle dit.
– Ce cas doit évidemment être signalé, avait murmuré le médecin, songeur. Je ne comprends pas comment il a pu échapper à la vigilance des autorités dans un état pareil.
– Est-ce que cela signifie qu'on nous séparera, docteur?
– Oui, je le crains.
– Ne faites pas cela, je vous en supplie! – Elle avait saisi le mouchoir dans lequel elle avait serré les cinq pièces de métal poli. – Je vous les donne, docteur. Je m'occuperai bien de lui. Il ne fera de mal à personne.
Le médecin avait considéré les pièces alignées dans le creux de sa main.
– Vous travaillez aux filatures, n'est-ce pas?
Elle avait fait signe que oui.
– Combien gagnez-vous par semaine?
– Deux crédits et huit décicrédits.
Il avait fait doucement sauter les pièces dans sa paume, ce qui avait produit un son argentin, puis les lui avait rendues.
– Gardez cet argent, mon enfant. Je ne veux rien.
Elle avait repris ses cinq crédits avec stupéfaction.
– Vous n'en parlerez à personne, docteur?
Mais il avait répondu :
– Je regrette mais je ne peux pas faire autrement. C'est la loi.
Elle était repartie vers le village, le cœur lourd, sans rien voir, étreignant désespérément la main de Rik.
La semaine suivante, on avait annoncé au bulletin de l'hypervidéo qu'un médecin avait eu un accident mortel : deux gyros étaient entrés en collision pendant une courte panne des relais de conduction locaux. Le nom de la victime avait éveillé un écho familier dans la mémoire de Valona. Le soir, dans sa chambre, elle l'avait comparé avec celui qu'elle avait noté sur le bout de papier. C'était le même.
Elle fut attristée parce que cet homme était bon. C'était un des ouvriers qui le lui avait indiqué longtemps auparavant. Ce médecin avait la réputation d'être un Ecuyer compréhensif qui rendait service aux travailleurs. Pourtant, la joie de Lona avait éclipsé sa peine : le docteur n'avait pas eu le temps de signaler Rik aux autorités. En tout cas, personne n'était jamais venu au village pour enquêter.

Par la suite, lorsque l'intelligence de Rik eut fait de nouveaux progrès, elle lui avait rapporté le diagnostic afin qu'il ne quitte pas le bourg où il était à l'abri.

Elle émergea de sa songerie quand Rik la secoua.

– Tu m'écoutes? disait-il. Si j'avais un métier important, je ne pouvais pas être un criminel.

– Il est possible que tu aies fait quelque chose de mal, répondit-elle avec hésitation. Même si tu étais quelqu'un. Même si tu étais un Ecuyer.

– Je suis sûr que non. Mais ne comprends-tu pas qu'il faut que je sache pour que les autres en soient sûrs, eux aussi? Il n'y a pas d'autre moyen. Il faut que je quitte la filature et le village pour me renseigner sur mon passé.

Valona sentit la panique monter en elle.

– Rik! Ce serait dangereux. Pourquoi faire ça? Même si tu analysais le Vide. Pourquoi est-il tellement important d'en apprendre davantage sur ce métier?

– A cause de la deuxième chose dont je me souviens.

– Laquelle?

– Je ne veux pas te le dire, fit-il dans un souffle.

– Il faut que tu le dises à quelqu'un. Tu risques de l'oublier à nouveau.

Il l'empoigna par le bras.

– Tu as raison. Mais tu ne le répéteras à personne, n'est-ce pas, Lona? Tu seras ma mémoire de réserve pour le cas où j'oublierais.

– Oui, Rik.

Il contempla le paysage qui l'entourait. Le monde était beau. Un jour, Valona lui avait dit qu'il y avait un écriteau étincelant, un écriteau formidable qui brillait très haut au-dessus de la Cité Haute. Un écriteau qui disait : « *Florina est la plus belle de toutes les planètes de la Galaxie* ».

Rik pensait que c'était vrai.

– C'est un souvenir terrible, fit-il, mais tous les souvenirs qui me reviennent sont exacts. Je me suis rappelé celui-ci cet après-midi.

– Oui?

Il la considéra d'un air bouleversé.

– Tout le monde va périr. Tous les habitants de Florina.

CHAPITRE II

LE PRUD'HOMME

Quand la sonnerie de la porte retentit, Myrlyn Terens était en train de choisir un filmolivre sur l'étagère. L'expression méditative peinte sur son visage légèrement bouffi devint comme à l'habitude prudente et indéchiffrable. Il passa la main dans ses cheveux roux qui commençaient à s'éclaircir.

– Une seconde! cria-t-il.

Il remit le film à sa place et pressa un bouton. La cloison se rabattit et la bibliofilmothèque disparut aux regards. Le mur ne présentait plus maintenant qu'une surface parfaitement plane. Qu'un des leurs – par la naissance, tout au moins – possédât des livres-films était un vague sujet d'orgueil pour les simples ouvriers et les paysans avec lesquels Terens avait affaire. Les livres avaient un reflet impalpable qui éclaircissait de façon infime les ténèbres enveloppant leur esprit. Pourtant, il n eût pas été séant d'en faire parade.

Leur vue aurait tout gâché. Cela aurait paralysé les langues qui n'étaient que trop réticentes. Peut-être les gens du village étaient-ils fiers des livres de leur Prud'homme, mais s'ils les avaient effectivement eus devant les yeux, Terens leur aurait paru trop semblable à un Ecuyer.

Et, bien sûr, il y avait aussi les Ecuyers. Il était extrêmement improbable qu'aucun d'eux fît jamais une visite de courtoisie à l'édile, mais si, par hasard, cela se produisait, il eût été imprudent de laisser des films en évidence. La coutume voulait que les Prud'hommes bénéficiassent de certains privilèges mais ils ne devaient jamais les étaler.

– Je viens! cria encore Terens.

Cette fois, il se dirigea vers l'entrée en ragrafant le haut de sa tunique. Ses vêtements eux-mêmes évoquaient la tenue des Ecuyers. Parfois, il oubliait presque qu'il était né sur Florina.

Valona March était sur le seuil. Elle ploya les genoux et inclina respectueusement la tête.

Terens ouvrit la porte toute grande.

– Entrez, Valona et asseyez-vous. L'heure du couvre-feu est certainement passée. J'espère que les patrouilleurs ne vous ont pas vue.

– Je ne crois pas, Prud'homme.

– Eh bien, espérons-le! Vous avez de mauvais antécédents, vous savez.

– Oui, Prud'homme. Je vous suis très reconnaissante de ce que vous avez fait pour moi dans le passé.

– N'en parlons pas. Asseyez-vous donc. Voulez-vous manger ou boire quelque chose?

Elle s'assit, très raide, au bord d'une chaise et fit un signe de dénégation.

– Non merci, Prud'homme. J'ai dîné.

La politesse voulait que l'on offrît des rafraîchissements aux visiteurs mais il eût été impoli d'accepter. Terens connaissait les usages. Il n'insista pas.

– Qu'est-ce qui ne va pas, Valona? demanda-t-il. Encore Rik?

Valona hocha la tête mais elle était apparemment incapable de donner de plus amples explications.

– Il a eu des ennuis à la filature?

– Non, Prud'homme.

– Il a de nouveau des migraines?

– Non, Prud'homme.

Terens attendit. Ses yeux se plissèrent et son regard se fit plus aigu.

– Écoutez, Valona, reprit-il, vous ne pensez quand même pas que je vais deviner? Dites-moi ce qu'il y a si vous voulez que je vous aide. Parce que vous avez besoin d'aide, je suppose?

– Oui, Prud'homme, fit-elle. – Et, brusquement : – Comment est-ce que je pourrais vous dire? Ça a presque l'air d'une folie!

Terens eut l'impulsion de lui tapoter l'épaule mais il savait qu'elle se déroberait à ce contact. Ses larges mains étaient comme à l'habitude enfouies aussi profondément que possible dans les plis de sa robe. Terens remarqua qu'elle tordait ses doigts courts et puissants.

– Quoi que vous ayez à me dire, je vous écouterai, Valona.

– Est-ce que vous vous rappelez le jour où je suis venue vous raconter ce que le docteur de la Cité m'avait dit, Prud'homme?

– Oui, Valona. Et je me rappelle également que je vous ai expressément avisée de ne plus jamais faire des démarches de ce genre sans me consulter. Vous le rappelez-vous aussi?

Les yeux de Valona s'élargirent. Elle n'avait pas besoin qu'on lui rafraîchisse la mémoire pour se remémorer la fureur du Prud'homme.

– Je ne recommencerai jamais plus, Prud'homme. Je voulais vous rappeler que vous m'aviez promis alors que vous feriez tout pour m'aider à conserver Rik.

– C'est exact. Les patrouilleurs ont-ils posé des questions sur son compte?

– Non. Croyez-vous qu'ils pourraient m'interroger, Prud'homme?

– Je suis sûr que non. – Terens commençait à s'impatienter. – Allons au fait, Valona. Que se passe-t-il?

Le regard de Valona se brouilla.

– Il veut me quitter, Prud'homme. Je voudrais que vous l'en empêchiez.

– Pourquoi veut-il vous quitter?

– Il dit qu'il se rappelle des choses.

L'intérêt se peignit soudain sur la physionomie de Terens. Il se pencha en avant et faillit agripper le poignet de la jeune femme.

– Il se rappelle des choses? Quelles choses?

Terens revoyait le jour où l'on avait découvert Rik. Les enfants s'étaient attroupés près d'un canal d'irrigation à l'orée du village et l'avaient appelé en forçant leurs voix aiguës :

– Prud'homme! Prud'homme!

Il était parti en courant.

– Qu'y a-t-il, Rasie?

En prenant ses fonctions, il s'était appliqué à apprendre le nom des enfants. Cela plaisait aux mères et avait facilité les choses pendant les premiers temps.

Rasie était décomposé.

– Venez voir, Prud'homme.

Il désignait quelque chose de blanc qui se tortillait : c'était Rik. Les autres gamins se lancèrent dans des explications embrouillées et bruyantes. Terens parvint à comprendre qu'ils étaient en train de jouer à un jeu où il fallait se cacher et se poursuivre. Les gosses voulaient à toute force lui dire comment s'appelait ce jeu, comment il s'était engagé, à quel moment la partie avait été interrompue, le tout accompagné de quelques controverses, tout le monde n'étant pas d'accord sur l'individu ou le camp gagnant. Ce qui n'avait évidemment aucun intérêt.

Rasie, qui avait douze ans et une tignasse noire, avait entendu des gémissements et, curieux, s'était approché, pensant qu'il s'agissait d'un animal, peut-être un rat des champs qu'il aurait été amusant de capturer. Et il avait trouvé Rik.

Les enfants étaient partagés entre le dégoût et une fascination aussi visibles l'un que l'autre devant l'étrange spectacle : une grande personne à moitié nue, le menton luisant de bave, qui poussait de petits cris plaintifs en agitant les bras et les jambes de façon désordonnée. Dans le visage hérissé de poils, deux yeux bleu pâle roulaient en tous sens. Soudain, ils s'étaient posés sur Terens et le regard avait paru se fixer. Lentement l'homme avait mis son pouce dans sa bouche.

L'un des gosses avait éclaté de rire.

– Oh! r'gardez, Prud'homme... Il suce son pouce!

A ce cri, la créature avait pris peur. Ses joues étaient devenues toutes rouges, son visage s'était convulsé. Elle avait poussé de petits geignements larmoyants mais son pouce était resté dans sa bouche, un pouce rose et mouillé au bout d'une main salie de boue.

Terens était enfin sorti de l'engourdissement qui s'était emparé de lui à ce spectacle. Il s'était tourné vers les enfants.

– D'abord, il ne faut pas jouer dans les champs de kyrt. Vous abîmez les récoltes et vous savez ce qui se passerait si les cultivateurs vous voyaient. Disparaissez et ne parlez pas de ce que vous avez vu. Toi, Rasie, tu vas aller dire à M. Jencus de venir.

Ull Jencus était ce qui se rapprochait le plus d'un médecin. Il avait passé quelque temps comme apprenti chez un vrai médecin de la Cité et cela lui avait valu d'être déchargé de toute tâche aussi bien aux champs qu'à la filature. Il ne se débrouillait pas trop mal. Il était capable de prendre la température des gens, d'administrer des pilules, de faire des piqûres et, surtout, de dire quand une maladie était suffisamment grave pour mériter que le patient fût envoyé à l'hôpital de la Cité. Grâce à ses connaissances semi-professionnelles, les malheureux atteints de méningite ou d'une crise d'appendicite aiguë souffraient peut-être cruellement mais cela ne durait généralement pas longtemps. En fait, les contremaîtres murmuraient et accusaient Jencus de tout, sauf de complicité dans une conspiration de tirage au flanc.

Jencus avait aidé Terens à installer l'homme sur une carriole et tous deux l'avaient conduit au village le plus discrètement possible.

Ils l'avaient nettoyé car il était recouvert d'une épaisse couche de poussière et de crasse durcie. Pour les cheveux, il n'y avait rien à faire; Jencus l'avait rasé de la tête aux pieds et l'avait examiné de son mieux.

– J'remarque pas d'maladie contagieuse, Prud'homme. Il a souffert de la faim. Les côtes sont pas trop saillantes. Moi, j'y comprends rien. Comment qu'il est arrivé là, à votre avis?

Le ton était pessimiste comme si l'on ne pouvait espérer que le Prud'homme pût répondre quelque chose. Terens accepta la chose avec philosophie. Quand un village avait perdu le Prud'homme dont il avait l'habitude depuis près de cinquante ans, le jeune édile qui lui succédait devait se faire une raison : il y avait d'abord une période d'accoutumance pendant laquelle les gens se méfiaient. Mais cette impopularité n'avait rien de personnel.

– Je n'en sais malheureusement rien, avait répondu Terens.

– Il peut pas marcher, v'savez. Incapable de faire un pas, qu'il est. Sûr qu'on l'a déposé. Ce serait un bébé que ça serait pas plus pire.

– Existe-t-il une maladie qui aurait pu avoir cet effet?

– J'en connais pas. Les troubles du cerveau peuvent donner ça mais j'y connais rien de rien, moi. Les malades du cerveau, j'les envoie à la Cité. Est-ce que vous l'avez déjà vu, c'type, Prud'homme?

Terens avait souri avant de répondre d'une voix douce :

– Il n'y a qu'un mois que je suis entré en fonction.

Jencus avait poussé un soupir et sorti son mouchoir.

– Oui. Notre ancien Prud'homme, c'était quelqu'un! Il s'occupait bien de nous. Moi, ça fait plus de soixante ans que je suis ici et c'est la première fois que j'le vois, çui-là. Sûr et certain qu'il vient d'un autre village.

Jencus était obèse. Il donnait l'impression d'être né comme cela et la vie presque exclusivement sédentaire qu'il menait, s'ajoutant à cette tendance naturelle à l'embonpoint, expliquait pourquoi chacune de ses phrases, si courtes fussent-elles, était suivie d'un halètement poussif, pourquoi il portait à tout bout de champ un grand mouchoir rouge à son front luisant.

– J'sais pas trop ce que les patrouilleurs diront, avait-il ajouté.

Bien entendu, les patrouilleurs avaient bientôt surgi. Le contraire eût été inconcevable. Les gosses avaient raconté l'aventure à leurs parents et la nouvelle avait fait tache d'huile. Il ne se passait pas grand-chose au village. Cette histoire était suffisamment insolite pour valoir la peine d'être transmise de bouche en bouche et il était inévitable qu'elle finît par arriver aux oreilles des patrouilleurs.

Les membres de la Patrouille florinienne n'étaient pas originaires de Florina. Ils n'étaient pas non plus les compatriotes des Écuyers de la planète Sark. C'étaient de simples mercenaires auxquels on pouvait faire confiance pour maintenir l'ordre sans se préoccuper d'autre chose que de leur solde, sans se fourvoyer à sympathiser avec les Floriniens auxquels rien ne les liait, ni la race ni le sang.

Deux patrouilleurs étaient donc arrivés en compagnie d'un des contremaîtres de la filature, tout gonflé de l'infime fraction d'autorité qu'il détenait. Ils étaient blasés et indifférents. S'occuper d'un débile mental pouvait faire partie de la routine quotidienne mais cela n'avait rien de particulièrement excitant.

– Alors, combien de temps te faut-il pour l'identifier? avait demandé l'un d'eux au contremaître. Qui est cet homme?

Le contremaître avait secoué la tête avec énergie.

– Je ne l'ai jamais vu, chef. Ce n'est pas quelqu'un d'ici.

Le patrouilleur s'était tourné vers Jencus.

– Est-ce qu'il avait des papiers sur lui?

– Non, chef. Il avait qu'un bout de chiffon autour des reins. J'l'ai brûlé pour qu'il y ait pas d'infection.

– De quoi est-il malade?

– Il a plus sa tête. J'ai pas trouvé autre chose.

A ce moment, Terens avait pris les patrouilleurs à part. Comme cette affaire les assommait, ils étaient disposés à fermer les yeux. Celui qui avait mené l'interrogatoire avait rangé son carnet.

– C'est bon, avait-il dit. Ça ne vaut pas la peine d'établir un rapport. Ce n'est pas de notre ressort. Trouvez le moyen de vous débarrasser de lui.

Sur quoi, tous deux étaient partis.

Le contremaître était resté. Il avait les cheveux roux, des

taches de rousseur et une grosse moustache raide. Il y avait cinq ans qu'il occupait ses fonctions et c'était un homme à cheval sur les principes. La filature était tenue de fournir une production conforme aux normes fixées et il avait la responsabilité du rendement.

– Qu'est-ce qu'on va faire? s'était-il écrié d'une voix féroce. Regardez-moi tous ces types qui bavardent au lieu de travailler!

– Moi, j'vois qu'une solution, avait dit Jencus en maniant diligemment son mouchoir. Faut l'expédier à l'hôpital de la Cité. J'peux rien faire.

– A la Cité! – Le contremaître était épouvanté. – Qui supportera les frais! Il est pas de chez nous, hein?

– Pas que je sache, avait reconnu Jencus.

– Alors, pourquoi est-ce qu'on paierait pour lui? Faut savoir d'où c'est qu'il est. C'est à son village de payer.

– Comment qu'on découvrira d'où c'est qu'il est? Vous pouvez m'le dire?

Le contremaître s'était mis à réfléchir, léchant du bout de la langue les poils hirsutes qui se hérissaient au-dessus de sa lèvre.

– Il n'y a qu'à se débarrasser de lui, avait-il enfin laissé tomber. Comme le patrouilleur disait.

Terens était alors intervenu :

– Qu'entendez-vous exactement par *se débarrasser de lui*?

– Il serait plus heureux mort que vif. Ce serait une charité à lui faire.

– On ne tue pas une personne vivante.

– Bon... eh bien, expliquez-moi un peu ce que vous voulez qu'on en fasse.

– Est-ce que quelqu'un du village ne pourrait pas se charger de lui?

– Qui? Vous accepteriez, vous?

Terens avait feint d'ignorer l'insolence de la réplique.

– J'ai autre chose à faire, s'était-il contenté de répondre.

– Tout le monde est dans le même cas. Pas question que quelqu'un néglige son travail à la filature sous prétexte de s'occuper de ce pauvre idiot.

Terens avait soupiré et ajouté sans trace de colère :

– Soyons raisonnables, Contremaître. S'il advenait que vous ne fournissiez pas votre quota au terme de l'exercice en cours, je pourrais supposer que ce serait parce qu'une de vos ouvrières s'occupe de ce pauvre diable et j'intercéderais auprès des Ecuyers en votre faveur. Autrement, si d'aventure vous ne remplissiez pas votre quota, je dirais qu'il n'y avait aucune raison à votre défaillance.

Le contremaître décocha à Terens un regard venimeux. Il n'y avait qu'un mois que le Prud'homme avait pris son poste et, déjà, il s'immisçait dans les affaires d'hommes qui étaient nés au village. Néanmoins, il possédait une carte frappée du sceau des Ecuyers et il eût été peu judicieux de lui tenir tête trop longtemps.

– Mais qui le prendra en charge? avait demandé le contremaître, pris d'un doute affreux. Moi, je ne peux pas. J'ai trois gamins et la santé de ma femme n'est pas trop bonne.

– Je n'ai jamais suggéré que ce fût vous.

Terens avait regardé par la fenêtre. Maintenant que les patrouilleurs s'en étaient allés, une foule fébrile et murmurante s'était rassemblée devant sa demeure, surtout composée de garçons trop jeunes pour travailler, auxquels s'étaient joints des ouvriers agricoles des fermes voisines. Il y avait aussi quelques employés des filatures qui avaient terminé leur vacation.

La grande fille se tenait un peu à l'écart du groupe. Terens l'avait remarquée à maintes reprises au cours de ce mois. Une paysanne robuste, compétente et travailleuse avec une bonne intelligence cachée derrière une physionomie triste. Homme, elle eût été recrutée pour suivre l'apprentissage des Prud'hommes. Mais c'était une femme; ses parents étaient morts et il était manifeste qu'elle n'était pas portée sur le marivaudage. Bref, une célibataire, et qui le resterait selon toute probabilité.

– Et celle-là? avait demandé Terens.

Le contremaître s'était penché à la fenêtre et avait grondé :

– Bouffre! Elle devrait être au travail.

– Comment se nomme-t-elle?

– Valona March.

– Oui... je m'en souviens maintenant. Appelez-la.

Dès lors, Terens était devenu le tuteur officieux de Valona et de son protégé. Il avait fait l'impossible pour procurer à la jeune fille des rations supplémentaires, des bons de vêtements surnuméraires et tout ce qu'il fallait à deux adultes (dont l'un n'était pas enregistré) pour vivre sur le salaire d'un seul. C'était grâce à lui que Rik avait bénéficié d'une formation technique lui permettant d'être embauché dans les filatures de kyrt. Le Prud'homme était intervenu pour plaider l'indulgence lorsque Valona s'était battue avec son chef d'équipe. La mort du médecin de la Cité lui avait épargné de prendre d'autres initiatives en sa faveur mais il l'aurait fait si cela avait été nécessaire.

Il était naturel que Valona s'adressât à lui chaque fois qu'elle avait des ennuis. A présent, il attendait qu'elle répondît à sa question.

Valona hésita encore. Enfin, elle parla.

– Il dit que tout le monde va mourir.

Terens la regarda avec étonnement.

– De quelle façon?

– Il ne le sait pas. Il dit seulement que c'est un souvenir d'avant... d'avant qu'il soit devenu ce qu'il est maintenant. Il dit aussi qu'il avait une fonction importante mais je ne comprends pas de quoi il s'agissait.

– Comment la définit-il?

– Il dit qu'il analysait le Vide avec un V majuscule.

Valona attendit mais, comme aucun commentaire ne venait, elle se hâta d'ajouter :

– Analyser, c'est démonter quelque chose comme...

– Je sais ce que cela signifie, mon enfant.

Terens demeurait plongé dans ses réflexions.

– Savez-vous ce que ça veut dire, Prud'homme? lui demanda Valona qui l'observait avec anxiété.

– Peut-être.

– Mais comment peut-on analyser le Vide?

Terens se leva et sourit brièvement.

– Ne savez-vous pas que tout ce qui se trouve dans la galaxie est presque entièrement constitué par du Vide?

Pas la moindre lueur de compréhension ne s'alluma dans le regard de Valona mais elle accepta la réponse. Le Prud'homme était très instruit. Elle eut un sursaut de fierté inattendu en songeant soudain que Rik l'était encore davantage.

– Venez avec moi.

Terens lui tendait la main.

– Eh bien... où est Rik?

– A la maison. Il dort.

– Parfait. Je vous accompagne. Voulez-vous que les patrouilleurs vous surprennent toute seule dans la rue?

La nuit, le village paraissait sans vie. Les lampadaires qui bordaient l'unique rue coupant en deux l'îlot réservé aux logements des travailleurs brillaient d'une lueur pâle. Le temps était à la pluie mais c'était seulement l'ondée légère et tiède qui tombait presque chaque soir. Nul besoin de se prémunir contre elle.

Valona n'était jamais sortie à une heure aussi tardive un jour ouvrable et c'était effrayant. Essayant de faire le moins de bruit possible, elle tendait l'oreille, guettant le pas des patrouilleurs.

– Cessez de marcher sur la pointe des pieds, Valona, lui ordonna Terens. Je suis avec vous.

La voix du Prud'homme résonnait avec fracas dans le silence. Pour toute réponse, Valona accéléra l'allure.

La cabane de Valona était aussi obscure que les autres. Tous deux entrèrent avec précaution. Terens était né et avait passé son enfance dans un gourbi semblable; bien qu'il eût ensuite vécu sur Sark et qu'il occupât à présent une maison de trois pièces avec l'eau courante, la nudité du décor lui fit encore éprouver une vague nostalgie. Une seule pièce, un lit, une commode, deux chaises. Une chape de ciment par terre, un placard dans un coin : c'était tout ce dont on avait besoin. Une cuisine eût été inutile puisque l'on prenait tous les repas à l'usine et il n'y avait pas besoin de salle de bains puisque, derrière chaque logement, étaient prévues des dépendances et des douches collectives. En raison du climat doux et modéré, les fenêtres ne servaient pas à se protéger du froid et des intempéries; les quatre murs étaient percés d'ouvertures garnies d'un écran et le chéneau qui les surplombait était un moyen de défense suffisant contre les ondées nocturnes. Le vent était inconnu sur Florina.

A la lumière d'une petite lampe de poche cachée dans le creux de sa main, Terens remarqua qu'un coin de la pièce était isolé par un paravent délabré. Il l'avait obtenu pour Valona peu de temps avant que Rik eût cessé d'être tout à fait un enfant – ou qu'il fût devenu trop adulte. Derrière cet écran s'élevait une respiration régulière.

Le Prud'homme désigna le paravent du menton.
– Réveillez-le, Valona.
Elle cogna à la cloison improvisée.
– Rik! Rik! Bébé...
Il y eut un petit cri.
– C'est moi, Lona.
Valona et Terens replièrent le paravent. Le second dirigea tour à tour le faisceau de sa lampe sur son visage et sur celui de Valona, puis il éclaira Rik qui se protégea les yeux derrière le coude en demandant :
– Qu'est-ce qu'il y a?
Terens s'assit au bord du lit. Il nota que Rik dormait dans celui qui était fourni avec le logement. Il s'était arrangé pour faire attribuer à Rik une vieille couchette plus ou moins branlante mais la jeune femme l'avait réservée à son propre usage.
– Rik, Valona me dit que la mémoire commence à vous revenir.
– Oui, Prud'homme.
Quand il se trouvait devant lui, Rik affichait toujours une grande humilité car Terens était le personnage le plus important qu'il connût. Le directeur de la filature lui-même était poli avec le Prud'homme.
L'amnésique fit part à l'édile des bribes de souvenirs qui étaient remontées à la surface de son esprit.
– Vous êtes-vous rappelé quelque chose d'autre depuis que vous avez raconté cela à Valona?
– Non, Prud'homme. Rien.
– Parfait. Rendormez-vous, Rik.
Valona raccompagna le Prud'homme jusqu'au seuil, luttant pour conserver un visage impassible. Elle passa le dos de sa main rugueuse devant ses yeux.
– Est-ce qu'il devra me quitter, Prud'homme?
Terens prit ses mains dans les siennes et dit avec gravité :
– Vous n'êtes plus une enfant, Valona. Il est nécessaire qu'il s'absente avec moi. Mais pas pour longtemps. Je le ramènerai.
– Et après?
– Je ne sais pas. Il faut que vous compreniez, Valona. Pour le moment, il n'y a rien de plus important au monde que d'en découvrir plus long sur ses souvenirs.

– Vous pensez que tous les Floriniens peuvent mourir comme il le dit? demanda subitement Valona.

Terens lui étreignit fortement les poignets.

– Ne parlez jamais de cela à personne, sinon les patrouilleurs viendront chercher Rik et vous ne le reverrez plus. C'est sérieux, Valona.

Terens tourna les talons et s'éloigna à pas lents, perdu dans ses pensées. Il ne se rendait pas compte que ses mains tremblaient. Une fois rentré chez lui, il se coucha. Mais ce fut en vain qu'il essaya de dormir. Après s'être retourné une heure dans son lit, il eut recours au champ somnifère, l'un des rares accessoires qu'il avait ramenés de Sark lorsqu'il était revenu sur Florina pour prendre ses fonctions de Prud'homme. Cela ressemblait à une mince calotte de feutre noire épousant la forme du crâne. Il régla le bouton sur cinq heures et brancha l'instrument.

Il eut le temps de s'installer confortablement avant que l'appareil entrât en action – il y avait un léger décalage dans le temps –, mettant hors circuit les centres de la vigilance. Terens tomba instantanément dans un sommeil sans rêves.

CHAPITRE III

LA BIBLIOTHÉCAIRE

Ils laissèrent le scooter diamagnétique dans un box à la périphérie de la Cité. Les scooters étaient rares dans la Cité et Terens ne désirait pas attirer inutilement l'attention sur lui. Il eut une soudaine bouffée de rage en songeant aux voitures volantes et aux gyros à contre-gravité des habitants de la Cité Haute. Mais la Cité Haute était la Cité Haute...

Rik attendait que le Prud'homme eût fermé le box et apposé l'empreinte de son pouce sur la serrure. Il se sentait mal à l'aise dans sa combinaison neuve. Ce fut un peu à contrecœur qu'il emboîta le pas à son compagnon et passa sous le premier des hauts viaducs qui servaient de supports à la Cité Haute.

Toutes les villes de Florina avaient un nom mais celle-ci était simplement « la Cité ». Le reste de la planète considérait que les ouvriers et les paysans qui résidaient dans la Cité ou demeuraient aux alentours avaient de la chance. Il y avait dans la Cité des médecins plus habiles et de meilleurs hôpitaux, plus d'usines et de débits de boisson, et même les traces d'un luxe tout relatif. Quant aux intéressés, ils n'étaient pas aussi enthousiastes. Ils vivaient dans l'ombre de la Cité Haute. Un nom parfaitement choisi : la Cité était une ville double, rigoureusement divisée par une surface horizontale de quinze mille mètres carrés que supportaient quelque vingt mille piliers d'acier. En dessous, dans l'ombre, vivaient les indigènes. Au-dessus, au soleil, résidaient les Écuyers. Dans la Cité Haute, il était difficile de se croire sur Florina. La population, à laquelle se mêlaient quelques patrouilleurs, y était presque exclusivement sarkite. Les Sarkites de la Cité Haute constituaient la classe supérieure – au sens littéral du terme.

Terens connaissait son chemin. Il marchait vite, évitant le regard des passants qui considéraient son costume d'un air tout à la fois envieux et hargneux. Rik s'efforçait de se maintenir à sa hauteur mais, avec ses jambes courtes, il n'avait pas la prestance du Prud'homme. Il n'était venu qu'une seule fois dans la Cité avant ce jour et ne s'en rappelait plus grand-chose. Tout lui semblait bien différent... La première fois, le ciel était couvert. Aujourd'hui, le soleil s'engouffrait à travers les ouvertures régulièrement espacées ménagées dans le plancher de la Cité Haute en langues de lumière qui, par contraste, rendaient les ombres plus obscures. Leur succession rythmique avait un effet quasi hypnotique.

Les vieux dans leurs fauteuils roulants s'imprégnaient de la chaleur que dispensaient ces îlots de lumière dont ils suivaient le déplacement. Parfois, ils s'endormaient et restaient à dodeliner du chef jusqu'à ce qu'un changement de position fît grincer leur siège; alors, ils se réveillaient. De temps en temps, une mère poussant sa progéniture dans une voiture prenait presque possession d'une de ces flaques de soleil.

– Attention, Rik, dit Terens. Tenez-vous droit. Nous allons monter.

Ils étaient arrivés devant une structure remplissant tout l'espace délimité par quatre piliers et qui s'élevait jusqu'à la Cité Haute.

– J'ai peur, murmura Rik.

Il devinait qu'il s'agissait d'un ascenseur conduisant au niveau supérieur.

Ces ascenseurs étaient évidemment nécessaires. En bas, on

produisait mais c'était en haut que l'on consommait. Les matériaux chimiques de base et les denrées alimentaires à l'état brut, c'était pour la Cité Basse, mais les articles de plastique finis, les nourritures délicates, c'était pour la Cité Haute. En bas, c'était le grouillement et la surpopulation ; en haut, on avait des servantes, des jardiniers, des chauffeurs, des ouvriers du bâtiment.

Terens ne prêta pas attention à l'expression effrayée de Rik. Il s'étonnait de sentir son cœur cogner si violemment dans sa poitrine. Ce n'était pas la peur, bien sûr. Plutôt une âpre satisfaction à l'idée qu'il allait monter là-haut. Il foulerait l'alliage de ciment sacro-saint, il y secouerait la poussière de ses semelles. En tant que Prud'homme, il en avait le droit. Certes, aux yeux des Écuyers, il n'était malgré tout qu'un indigène, un Florinien. Mais il était Prud'homme et pouvait arpenter à son gré le sol de la Cité Haute.

Galaxie, comme il les haïssait !

Il se maîtrisa, gonfla ses poumons et appuya sur le bouton d'appel. Les pensées de haine ne servaient à rien. Il avait résidé de nombreuses années sur Sark, foyer et berceau des Écuyers. Il avait appris à subir et à se taire. Il ne fallait pas oublier ces leçons. Maintenant moins que jamais !

Un chuintement annonça l'arrivée de l'ascenseur et toute la paroi devant laquelle se tenaient Terens et Rik glissa d'un seul bloc, disparaissant dans une rainure.

L'indigène chargé de la manœuvre de l'ascenseur prit un air indigné.

– Deux seulement ! s'exclama-t-il.

– Deux seulement, fit Terens en entrant dans la cabine, suivi de Rik.

Le garçon d'ascenseur ne faisait pas mine de refermer.

– Vous pouvez bien attendre la fournée de deux heures pour monter, dit-il. Je ne suis pas censé faire monter cet engin rien que pour deux types. – Il cracha avec grand soin pour que le jet de salive s'écrasât sur le sol et non sur le plancher de la cabine. – Où est votre certificat d'emploi ? enchaîna-t-il.

– Je suis Prud'homme, répondit Terens. Vous ne voyez pas mon costume ?

– Le costume, ça ne veut rien dire. Vous vous figurez que je vais risquer de perdre mon boulot parce que vous avez peut-être trouvé un uniforme quelque part ? Montrez-moi votre carte.

Sans un mot, Terens lui tendit le dépliant réglementaire que les indigènes étaient tenus d'avoir toujours sur eux : matricule, certificat d'emploi, reçus fiscaux. Il l'avait ouvert de façon à mettre en évidence le carton violet, symbole de sa fonction. L'autre y jeta un rapide coup d'œil.

– Qui sait si vous ne l'avez pas piquée elle aussi, cette carte? Mais ce n'est pas mon affaire. Vous êtes en règle et je vous ferai monter, quoique, si vous voulez mon avis, Prud'homme c'est un titre de fantaisie pour un indigène. Et votre copain?

– Il est sous ma responsabilité. Il peut m'accompagner. A moins que vous ne vouliez appeler un patrouilleur pour savoir si les règlements l'autorisent?

C'était la dernière chose que Terens souhaitât mais il fallait faire preuve d'arrogance.

– D'accord! Pas la peine de vous fâcher...

Le mur se referma; il y eut une secousse et l'ascenseur s'éleva tandis que le préposé maugréait de façon inintelligible.

Terens eut un sourire amer. C'était presque inévitable. Ceux qui travaillaient directement pour le compte des Écuyers n'étaient que trop heureux de s'identifier à leurs maîtres et de compenser leur infériorité réelle en appliquant avec une extrême rigueur les règles de la ségrégation, en affichant une attitude brutale et hautaine en face de leurs compatriotes. C'étaient des « surhommes » auxquels les autres Floriniens vouaient une haine particulière que n'altérait en rien la crainte respectueuse des Écuyers qu'on avait veillé à leur inculquer.

Quand la porte se rouvrit, ce fut un monde nouveau qui s'offrit à leurs regards. Comme la plupart des villes de Sark, la Cité Haute était dominée par la couleur. Les édifices, demeures privées ou bâtiments publics, étaient incrustés de mosaïques polychromes aux entrelacs compliqués; vu de près, l'effet était celui d'une confusion chaotique mais, à une certaine distance, ce bariolage se fondait en dégradés et les nuances adoucies changeaient selon l'angle sous lequel on les voyait.

– Venez, Rik.

Rik écarquillait les yeux. Rien de vivant! Pas une plante! Rien que d'énormes masses de pierres et des pans de couleur. Il n'avait jamais imaginé que des maisons pussent être aussi gigantesques. Quelque chose frémit dans son esprit. L'espace d'une seconde, cette démesure cessa de lui paraître tellement étrange... Puis la porte de sa mémoire se referma.

Une voiture passa comme une trombe.

– Ce sont des Écuyers? demanda-t-il dans un souffle.

Il n'avait eu le temps de jeter qu'un rapide coup d'œil : cheveux coupés court, manches bouffantes aux tons vifs – toute la palette, du bleu au violet –, culottes taillées dans un tissu ayant l'aspect du velours, longs bas étincelants que l'on eût dit faits de minces fils de cuivre. Les occupants du véhicule n'avaient pas daigné poser leurs regards sur Rik et sur Terens.

– Oui... des jeunes, répondit ce dernier.

Il n'en avait pas vu d'aussi près depuis qu'il avait quitté Sark. Là-bas, ils étaient insupportables mais, au moins, ils étaient chez eux. Les Anges n'étaient pas à leur place, ici, trente pieds au-dessus de l'Enfer. A nouveau, Terens réprima un sursaut de haine inutile.

Une plate-forme biplace les dépassa avec un sifflement. Un nouveau modèle à soufflerie incorporée. Elle filait sans heurts à deux pouces de la surface du sol, les bords de son capot arrière plat et brillant relevés pour briser la résistance de l'air. Néanmoins, le frottement était suffisant pour produire le sifflement caractéristique qui annonçait les patrouilleurs.

Ils étaient puissamment bâtis – comme tous les patrouilleurs : la face large et aplatie, les cheveux noirs et raides, le teint bistre. Pour les indigènes, les patrouilleurs se ressemblaient tous. Leur tenue d'un noir luisant, rehaussée de boucles et de boutons ornementaux d'argent stratégiquement disposés pour attirer l'œil, réduisait l'importance du visage, ce qui contribuait à renforcer cette apparente similitude.

L'un d'eux était aux commandes. L'autre sauta légèrement par-dessus l'étroit rebord de la plate-forme.

– Papiers, lança-t-il mécaniquement. – Il rendit à Terens ses documents d'identité après les avoir effleurés d'un rapide coup d'œil. – Qu'est-ce que vous faites ici?

– Je vais à la bibliothèque. Cela fait partie de mes privilèges.

Le patrouilleur se tourna vers Rik.

– Et vous?

– Je...

Terens ne le laissa pas aller plus loin :

– C'est mon assistant.

– Il ne bénéficie pas des prérogatives des Prud'hommes

– Je me porte garant de lui.

Le patrouilleur haussa les épaules.

– Cela vous regarde. Les Prud'hommes ont des privilèges mais ce ne sont pas des Écuyers. Souvenez-vous-en, mon garçon.

– Je m'en souviendrai, chef. A propos, pourriez-vous me dire où se trouve la bibliothèque?

Le patrouilleur lui indiqua la direction à prendre en agitant son pistolet-aiguille au canon effilé. Du point où ils se tenaient, la bibliothèque était une éclatante tache vermillon; les étages supérieurs avaient une nuance pourpre. A mesure qu'ils s'approchaient, celle-ci gagnait vers le bas.

– C'est horrible! s'exclama Rik avec une soudaine véhémence.

Terens lui décocha un regard surpris. Il s'était habitué à ce genre de décor sur Sark mais lui aussi trouvait le bariolage criard de la Cité Haute assez vulgaire. Il est vrai qu'elle était plus sarkite que Sark elle-même. Sur Sark, les gens n'étaient pas tous des aristocrates. Il existait même des Sarkites pauvres; certains avaient une vie à peine plus large que celle du Florinien moyen. Seulement, la Cité Haute était réservée à la pointe extrême de la pyramide. La bibliothèque en était la preuve.

Elle était plus vaste que la plupart des bibliothèques de Sark, beaucoup plus que ne l'exigeaient les besoins de la Cité Haute : tels étaient les avantages de la main-d'œuvre à bon marché. Terens s'arrêta devant la rampe incurvée qui menait à l'entrée principale. Le motif coloré qui la décorait donnait une illusion de marches – ce qui déconcerta quelque peu Rik qui trébucha – mais cela conférait à l'édifice la touche d'archaïsme indispensable qu'affectaient traditionnellement les bâtiments académiques.

Le hall, immense et froid, était désert. Derrière le bureau qui en constituait tout l'ameublement, la bibliothécaire avait l'air d'un pois ridé dans une gousse distendue. Elle leva la tête et faillit bondir sur ses pieds.

– Je suis un Prud'homme jouissant de prérogatives spéciales, s'empressa de déclarer Terens. Cet indigène est sous ma responsabilité.

Il s'avança, ses papiers à la main.

La bibliothécaire se rassit, la mine revêche. Elle saisit un petit disque de métal argenté et le lança à Terens qui y appuya son pouce droit. Elle glissa alors l'objet dans une fente. Une lueur violette scintilla brièvement.

– Salle 242, annonça-t-elle.

– Je vous remercie.

Les cabines du second étage avaient le glacial anonymat de maillons juxtaposés en une chaîne sans fin. Certaines d'entre elles étaient occupées : leurs portes de glassite étaient comme couvertes d'une couche de givre opaque. La plupart étaient cependant libres.

– Deux cent quarante-deux, fit Rik d'une voix qui chevrotait.

– Qu'avez-vous, Rik?

– Je ne sais pas. Je me sens très excité.

– Êtes-vous déjà entré dans une bibliothèque?

– Je ne sais pas.

Terens appuya le pouce sur le rond d'aluminium qui, quelques instants plus tôt, avait été sensibilisé à son empreinte digitale. La porte transparente s'ouvrit. Quand les deux hommes furent entrés, elle se referma silencieusement et devint opaque. On eût dit que, derrière, quelqu'un avait tiré un rideau.

Ils se trouvaient dans une pièce carrée de deux mètres de côté, sans fenêtre, ni ornements, baignée d'une lumière diffuse émanant du plafond. L'aération était assurée par une ventilation d'air forcée. Le mobilier se limitait à un bureau courant d'un mur à l'autre et à un banc capitonné. Trois « lecteurs » étaient posés sur ce bureau, leur écran laiteux incliné selon un angle de trente degrés. Une série de boutons complétait ce dispositif.

– Savez-vous ce que c'est?

Terens s'assit et posa sa main lisse et dodue sur l'un des lecteurs.

Rik s'assit à son tour.

– Des livres? demanda-t-il avec curiosité.

Terens fit la moue.

– Comme nous sommes dans une bibliothèque, c'était facile à deviner et cela ne nous avance guère. Savez-vous comment fonctionne un lecteur?

– Non... Je ne crois pas, Prud'homme.

– Vous êtes sûr? Réfléchissez un peu.

Rik essaya vaillamment.

Non, Prud'homme. Je regrette...

– Eh bien, je vais vous montrer. Regardez! D'abord, vous avez là un bouton portant le mot « catalogue » où sont inscrites les lettres de l'alphabet. Comme nous voulons d'abord consulter l'encyclopédie, nous allons placer le cran sur la lettre E et abaisser le levier.

Il joignit le geste à la parole. Plusieurs choses se produisirent alors. Des caractères se formèrent sur le voyant, noirs sur fond jaune, tandis que la lumière qui tombait du plafond s'estompait. Un panneau jaillit comme une langue devant chacun des lecteurs; le centre en était matérialisé par un faisceau ponctuel. Terens manœuvra une manette et ces panneaux rentrèrent tous les trois dans leur logement.

– Nous ne prendrons pas de notes, dit le Prud'homme. Maintenant, poursuivit-il, nous pouvons explorer la liste des E grâce à cet autre bouton.

Une série de fiches classées par ordre alphabétique portant le titre des ouvrages, le nom de l'auteur et un numéro d'ordre se déroula pour s'immobiliser à l'article « Encyclopédie ». Il y avait un grand nombre de tomes.

– On forme la combinaison de chiffres et de lettres correspondant au livre désiré au moyen de ces petites touches et le volume apparaît sur l'écran, dit tout à coup Rik.

Terens le dévisagea.

– Comment le savez-vous? Vous vous le rappelez?

– Peut-être. Je n'en suis pas certain. Cela me semble être ce qu'il faut faire.

– Déduction judicieuse!

Terens forma la combinaison. Le voyant s'obscurcit un instant. Quand son éclairage eut repris son intensité normale, il portait cette indication : « Encyclopédie de Sark, Volume 54. Matière traitée : Sol. »

– Écoutez-moi, Rik, fit alors le Prud'homme. Je ne veux pas que vous ayez d'idées préconçues. Aussi, je ne vous dirai pas ce que j'ai en tête. Vous allez simplement parcourir ce livre. Si quelque chose vous semble familier, vous vous arrêterez. Vous m'avez compris?

– Oui.

– Bien. Allons-y. Prenez tout votre temps.

Les minutes succédèrent aux minutes. Soudain, Rik émit une sorte de hoquet et il tourna le bouton en arrière.

Quand sa main se fut immobilisée, Terens jeta un coup d'œil sur le titre retenu et il eut un air satisfait.

– Vous vous rappelez, maintenant? Ce n'est pas une supposition? Vous vous rappelez?

Rik hocha énergiquement la tête.

– Cela m'est revenu, Prud'homme. D'un seul coup.

C'était l'article relatif à l'analyse spatiale.

– Je sais ce qu'il y a là-dedans, continua Rik. Vous allez voir... vous allez voir.

Il haletait et Terens était presque aussi excité que lui.

– Tenez, ça, c'est le couplet inévitable.

Il se mit à lire à haute voix sur un débit haché mais avec trop de facilité pour que cela puisse s'expliquer par les leçons de lecture embryonnaires de Valona :

« Il n'est pas surprenant que le spatio-analyste soit un individu introverti et, assez souvent, inadapté. Consacrer la majeure partie de sa vie d'adulte à explorer dans la solitude le vide terrifiant qui s'étend entre les étoiles, c'est plus qu'on ne saurait demander à un individu entièrement normal. Peut-être est-ce un peu pour cela que l'Institut d'Analyse Spatiale a adopté comme slogan officiel cette formule qui ne laisse pas d'être paradoxale : « Nous Analysons le Vide. »

Ce fut presque sur un cri que Rik termina.

– Comprenez-vous ce que vous avez lu? s'enquit Terens.

Une lueur ardente dansait dans les yeux de son compagnon.

– Ils disent : « Nous analysons le Vide. » C'est ce que je me suis rappelé. C'était mon travail.

– Vous étiez spatio-analyste?

– Oui, dit Rik, un ton plus bas. J'ai mal à la tête.

– Parce que vous vous rappelez?

– Je suppose. – Il leva les yeux, le front plissé. Il faut que je me rappelle mieux. Il y a un danger. Un danger épouvantable! Mais je ne sais pas quoi faire.

– La bibliothèque est à notre disposition, Rik. Terens l'observait avec attention. Il pesait ses mots. – Feuilletez vous-même le catalogue et examinez quelques articles sur l'analyse spatiale. Nous verrons où cela vous mènera.

Rik se pencha sur le lecteur. Il tremblait visiblement. Terens se poussa pour lui faire de la place.

– Que pensez-vous du *Traité de Pratique Spatio-Analyti-*

que de Wrijt, Prud'homme? Cela vous paraît-il intéressant?

– Faites votre choix vous-même.

Rik forma la combinaison. Une phrase apparut sur le voyant : « Veuillez consulter la préposée pour l'ouvrage en référence. »

Terens se hâta d'annuler la demande.

– Mieux vaut essayer avec un autre livre, Rik.

– Mais...

L'amnésique hésita, puis obéit. Cette fois, il sélectionna *La Composition de l'Espace* d'Enning.

A nouveau, il fut prié de s'adresser au bureau. Terens poussa un juron et éteignit l'écran.

– Que se passe-t-il, Prud'homme?

– Rien, rien! Ne vous affolez pas, Rik. Mais je ne comprends pas très bien...

A côté du lecteur se trouvait un petit haut-parleur dissimulé derrière une grille. La voix sèche de la bibliothécaire en sortit, et les deux hommes se pétrifièrent :

– Cabine 242? Y a-t-il quelqu'un dans la cabine 242?

– Que voulez-vous? demanda Terens, la gorge sèche.

– Quel est l'ouvrage que vous désirez?

– Nous ne voulons rien, merci. Nous essayons simplement le lecteur.

Il y eut un silence comme si quelqu'un d'invisible commentait la réponse, puis la voix retentit à nouveau, plus sèche encore :

– Selon l'enregistrement, vous avez demandé communication du *Traité de Pratique Spatio-Analytique* de Wrijt et de *La Composition de l'Espace* d'Enning. Est-ce exact?

– Nous avons formé des combinaisons prises au hasard dans le catalogue, expliqua Terens.

Mais, inexorable, la voix insista :

– Puis-je savoir la raison pour laquelle vous voulez voir ces ouvrages?

– Je vous répète que nous ne voulons pas... Vous, restez tranquille!

Ces derniers mots, prononcés avec colère, s'adressaient à Rik qui commençait à geindre.

Après une nouvelle pause, la bibliothécaire reprit :

– Si vous voulez bien passer au bureau, vous pourrez avoir accès à ces livres. Ils sont sur une liste réservée et il faut remplir une demande spéciale pour les avoir en lecture.

Terens fit signe à Rik.

– Venez!

– Nous avons peut-être enfreint le règlement, chevrota l'amnésique.

– C'est stupide. Partons.

– Nous ne ferons pas la demande?

– Non. Nous reviendrons un autre jour.

Terens prit la direction de la sortie, obligeant Rik à presser le pas. Ils atteignirent le hall et la bibliothécaire leva les yeux.

– Eh, vous! s'écria-t-elle en quittant sa chaise et en contournant son bureau. Attendez! Un instant!

Ils ne s'arrêtèrent pas.

Ou, plus exactement, ils ne s'arrêtèrent qu'au moment où ils se trouvèrent face à face avec un patrouilleur.

La bibliothécaire les rejoignit, quelque peu essoufflée.

– Vous êtes le 242, n'est-ce pas?

– Pouquoi nous empêchez-vous de passer? s'écria Terens.

– Vous avez demandé certains livres. Nous serions ravis de les mettre à votre disposition.

– Il est trop tard. Ce sera pour une autre fois. Je vous ai dit et redit que je ne veux pas ces ouvrages. Je reviendrai demain.

– La règle de cet établissement est de donner constamment satisfaction à l'usager, répliqua la bibliothécaire d'un ton compassé. Les livres en question vont vous être apportés sur-le-champ.

Ses pommettes étaient rouges. Elle fit demi-tour et s'engouffra en hâte dans une petite porte qui s'était ouverte à son approche.

– Si vous n'y voyez pas d'inconvénient, chef... commença Terens.

Mais le patrouilleur leva sa cravache neuronique. Moyennement longue et lestée, celle-ci faisait une excellente matraque; à distance, ses effets étaient paralysants.

– Allons, mon gars, fit-il, asseyez-vous donc gentiment en attendant que la dame revienne. Faut être poli...

Le patrouilleur n'était plus jeune et il avait perdu sa sveltesse. Il ne devait pas être loin de l'âge de la retraite et il finissait probablement son temps en père peinard comme gardien à la bibliothèque. Mais il était armé et il y avait dans sa jovialité quelque chose qui sonnait faux.

Terens avait le front moite et il sentait la sueur ruisseler le long de son échine. Il avait sous-estimé les risques. Il avait eu trop confiance dans son analyse de la situation. Maintenant, il était coincé. Il n'aurait pas dû agir de façon aussi téméraire. Tout cela parce qu'il avait eu envie de pénétrer dans la Cité Haute, de déambuler dans les couloirs de la bibliothèque comme un vrai Sarkite...

Acculé au désespoir, il songea à se jeter sur le patrouilleur. Mais il n'eut pas à le faire.

Quelque chose bougea soudain à la vitesse de l'éclair. Le patrouilleur se retourna une fraction de seconde trop tard. L'âge le trahit, et ses réactions furent trop lentes. La cravache neuronique lui fut arrachée des mains et, avant qu'il ait eu le temps d'achever son cri, l'arme entra en contact avec sa tempe. Il s'écroula.

Rik poussa un hurlement de joie tandis que Terens s'exclamait :

– Valona! Par tous les diables de Sark, *Valona!*

CHAPITRE IV

LE REBELLE

Terens recouvra presque immédiatement son sang-froid.

– Dehors! Vite! lança-t-il.

Et il se mit en marche.

Un moment, il avait songé à tirer le patrouilleur inconscient jusqu'à la zone d'ombre derrière les colonnes bordant le hall, mais il était évident qu'il n'y aurait pas eu assez de temps.

Le trio s'engagea le long de la rampe. Sous le soleil, le décor avait un éclat lumineux et chaud. Les couleurs de la Cité Haute avaient viré à l'orangé.

– Dépêchons-nous, fit Valona d'une voix inquiète.

Mais Terens la prit par le bras.

– Ne courez pas, ordonna-t-il. – Il souriait mais parlait à voix basse et son timbre était dur. – Marchez normalement et suivez-moi. Surveillez Rik. Ne le laissez pas courir.

Il fit quelques pas. Il avait l'impression que le sol lui collait aux pieds. N'entendait-il pas des bruits venant de la bibliothèque? Ou était-ce son imagination qui le travaillait? Terens n'osa pas se retourner.

– Par ici, murmura-t-il.

L'enseigne qu'il désignait brasillait mais elle ne pouvait rivaliser en éclat avec le soleil florinien. *Entrée des ambulances*, annonçait-elle.

Ils passèrent par une porte de côté et s'engagèrent dans un couloir aux murs d'une incroyable blancheur. Dans ces corridors étincelants d'une netteté aseptique, Terens et ses compagnons étaient des taches insolites.

Une femme en uniforme eut une hésitation à leur vue; elle fronça les sourcils et fit mine de s'avancer à leur rencontre. Terens ne l'attendit pas. Il s'engouffra dans une galerie latérale, tourna un peu plus loin dans une autre. Les fugitifs croisèrent encore des gens en uniforme. Le Prud'homme imaginait aisément l'émoi que suscitait leur apparition. C'était la première fois que des indigènes se promenaient sans escorte au niveau supérieur d'un hôpital. Que faire?

Terens était sûr et certain qu'on finirait par les arrêter.

Aussi son cœur se mit-il à battre plus vite quand il remarqua la porte discrète sur laquelle était apposé un panneau : *Niveaux réservés aux indigènes*. L'ascenseur était à l'étage. Il poussa Rik et Valona à l'intérieur et le léger à-coup de la cabine quand elle commença de descendre lui apporta sa plus grande joie de la journée.

Les bâtiments de la Cité étaient de trois sortes. La plupart étaient les édifices inférieurs, entièrement construits à ras de terre : maisons à l'intention des travailleurs (certaines atteignaient trois étages), fabriques, boulangeries, usines de traitement des ordures. Il y avait ensuite les bâtiments supérieurs : résidences des Sarkites, théâtres, la bibliothèque, les stades. Mais il existait également quelques édifices mixtes communiquant aussi bien avec les niveaux supérieurs qu'avec les niveaux inférieurs : les postes de la Patrouille, par exemple, et les hôpitaux.

On pouvait ainsi utiliser ces derniers pour gagner la Cité Basse en évitant les gros monte-charge de liaison, lents et manœuvrés par des employés trop zélés. Emprunter cette voie était formellement interdit aux indigènes mais ce crime n'était plus qu'une peccadille pour qui s'était déjà rendu coupable d'agression contre un patrouilleur.

L'ascenseur s'immobilisa au niveau inférieur. Les murs possédaient toujours la même hygiénique blancheur mais ils avaient un quelque chose d'un peu négligé. Comme s'ils étaient moins souvent astiqués. On ne voyait plus de bancs rembourrés dans les couloirs. Un murmure de voix inquiètes venait d'une salle d'attente où une unique infirmière essayait sans beaucoup de succès de mettre un peu d'ordre dans la cohue des consultants – hommes méfiants et femmes apeurées.

Pour le moment, elle interrogeait d'une voix âpre un vieillard aux joues hirsutes qui chiffonnait et lissait tour à tour les genoux de son pantalon effiloché en répondant à ses questions sur un ton monocorde, avec l'air de s'excuser.

– De quoi vous plaignez-vous exactement?... Depuis combien de temps avez-vous ces douleurs?... Avez-vous déjà été hospitalisé?... Vous ne pensez tout de même pas que nous allons nous laisser déranger pour le moindre bobo? Asseyez-vous. Le docteur vous examinera et vous donnera d'autres remèdes. Au suivant! glapit-elle.

Et elle jeta un coup d'œil sur la grosse horloge murale en bougonnant.

Terens, Rik et Valona se faufilèrent prudemment au milieu de la foule. Comme si la présence de ses compatriotes lui déliait la langue, la Florinienne se mit à chuchoter avec volubilité :

– Je n'ai pas pu faire autrement que de venir, Prud'homme. J'étais tellement inquiète pour Rik. J'avais peur que vous ne le rameniez pas et...

– Mais comment avez-vous fait pour entrer dans la Cité Haute? s'enquit Terens sans tourner la tête, tout en continuant à se frayer son chemin dans la foule passive.

– Je vous ai suivis et je vous ai vus monter dans l'ascenseur. Quand il est redescendu, j'ai dit à l'employé que j'étais avec vous et il m'a fait monter à mon tour.

– Sans difficulté?

– Je l'ai un petit peu bousculé.

– Par tous les démons de Sark! gronda Terens.

– J'étais bien forcée, expliqua plaintivement Valona. Et puis, j'ai vu les patrouilleurs vous indiquer un bâtiment. J'ai attendu qu'ils s'en aillent et j'ai pris le même chemin. Seulement, je n'ai pas osé entrer. Comme je ne savais pas trop quoi faire, je me suis cachée jusqu'au moment où vous êtes ressortis. Quand le patrouilleur vous a arrêtés...

– Eh! vous, là-bas! – C'était la voix tranchante et impatiente de la réceptionniste. Elle était debout, à présent, et le tapotement sec de son stylet de métal sur le bureau fit taire les conversations. – On essaye de s'en aller? Venez ici. Vous ne partirez pas avant qu'on vous ait examinés. Pas de tirage au flanc sous prétexte de visites médicales! Revenez!

Mais le trio était déjà dehors, dans la demi-pénombre de la Cité Basse, plongé dans le tumulte et les odeurs de ce que les Sarkites appelaient le « quartier indigène ». A nouveau, le niveau supérieur n'était plus qu'un plafond. Si Valona et Rik étaient soulagés d'avoir échappé à l'étouffante opulence de la ville sarkite, l'anxiété qui habitait Terens ne s'était pas atténuée. Ses compagnons et lui étaient allés trop loin : ils ne se trouveraient plus en sécurité nulle part.

Il ressassait encore ces sombres réflexions quand Rik poussa un cri d'alarme.

Terens sentit un goût de sel dans sa bouche.

Le spectacle qui s'offrait à ses yeux était peut-être le plus effrayant que les indigènes de la Cité Basse pouvaient imaginer. On eût dit qu'un oiseau géant fondait sur eux, tombant comme une pierre d'une des ouvertures qui béaient dans la surface séparant les deux moitiés de la Cité. Il occultait le soleil et l'ombre menaçante qui baignait le secteur se faisait plus dense. Il ne s'agissait pas d'un oiseau mais d'une voiture de patrouille armée.

Les indigènes s'égaillèrent en hurlant. Même ceux qui n'avaient pas de raisons particulières d'avoir peur s'enfuirent. Un homme qui se trouvait sur le chemin du véhicule s'écarta à contrecœur. Il marchait d'un bon pas, songeant probablement à ses affaires, quand tout s'était brusquement assombri. Il regardait autour de lui, îlot de sérénité au cœur du tumulte. De taille moyenne, il était si large d'épaules que cela lui donnait presque un air grotesque. L'une de ses manches de chemise, fendue dans le sens de la longueur, révélait un bras aussi épais qu'une cuisse.

Terens hésitait; sans lui, Rik et Valona étaient incapables de faire quoi que ce fût. Son incertitude devenait fébrilité. Fuir? Mais où aller? Rester? Mais que faire? Il y avait une chance pour que les patrouilleurs fussent à la recherche de quelqu'un d'autre mais compte tenu du fait qu'un des leurs gisait, inanimé, dans la bibliothèque, c'était là une chance quasiment négligeable.

L'homme aux épaules carrées s'approcha d'une allure à la fois rapide et pesante. Arrivé à la hauteur du trio, il s'arrêta un court instant comme s'il était indécis et dit sur le ton de la conversation :

– Boulangerie Khorov. Deuxième à gauche. Après la blanchisserie.

Puis il pivota sur ses talons et s'éloigna.

– En avant ! murmura Terens.

Et il prit le pas de course.

Il transpirait d'abondance. Il entendait, dominant le vacarme, les ordres aboyés par les patrouilleurs. Tonitruer était leur façon naturelle de s'exprimer. Terens jeta un coup d'œil derrière lui. Une demi-douzaine de représentants des forces de l'ordre sautaient au bas de leur véhicule et se déployaient en éventail. Ils auraient la tâche facile : dans sa satanée tenue de Prud'homme, il était aussi visible qu'un des piliers qui soutenaient la Cité Haute !

Deux patrouilleurs se précipitaient dans sa direction. Terens ignorait s'ils l'avaient repéré ou pas mais cela s'avéra sans importance : l'un et l'autre entrèrent en collision avec le gros bonhomme qui lui avait adressé la parole quelques secondes auparavant, suffisamment près de lui pour que rien ne lui échappât, ni les beuglements du type en question ni les jurons perçants des patrouilleurs. Terens poussa Rik et Valona dans la rue latérale.

Une enseigne lumineuse délabrée, rompue en plusieurs endroits, signalait la boulangerie Khorov ; d'ailleurs, la délicieuse odeur qui s'échappait par la porte ouverte ne laissait pas de place au doute. Il n'y avait rien d'autre à faire qu'à entrer. Ils entrèrent.

Un vieillard émergea de l'arrière-boutique où l'on distinguait la lueur, tamisée par la farine, des fours à radar. Il n'eut pas le temps de demander aux nouveaux venus la raison de leur présence. A peine Terens eut-il commencé d'expliquer : « Un gros homme... » en écartant les bras pour mieux se faire comprendre que le cri de « Patrouilleurs ! Patrouilleurs ! » retentit au-dehors. Le vieux lança d'une voix rauque :

– Par ici ! Vite !

Terens eut un haut-le-corps.

– Là-dedans ?

– Celui-ci est faux, répondit le vieillard.

L'un après l'autre, Rik, Valona et Terens se glissèrent à

l'intérieur du four. Il y eut un léger déclic; la paroi du fond glissa et s'ouvrit, révélant une petite pièce sombre.

Ils attendaient. L'aération laissait à désirer et l'arôme du pain qui cuisait aiguisait la faim sans l'assouvir. Valona souriait à Rik en lui tapotant machinalement la main de temps en temps. L'amnésique avait le visage congestionné et son regard était vide.

– Prud'homme..., murmura Valona.

Rik la fit taire d'un sec « Pas maintenant, je t'en prie, Lona! » prononcé dans un souffle. Il s'essuya le front d'un revers de la main et se plongea dans la contemplation de ses phalanges humides.

Un claquement métallique, amplifié par l'exiguïté de leur cachette, retentit. Terens se raidit et, sans presque se rendre compte de ce qu'il faisait, se mit en garde, les poings fermés.

Le gros homme de tout à l'heure introduisit ses monstrueuses épaules par l'ouverture. Il y avait tout juste assez de place.

Il considéra Terens d'un air amusé.

– Allons, mon vieux... On ne va pas se battre!

Terens considéra ses poings; ses bras retombèrent le long de son corps.

L'autre était nettement en plus mauvais état qu'au moment de leur première rencontre. Il n'avait pour ainsi dire plus de chemise et l'une de ses joues s'ornait d'une ecchymose qui était en train de virer au violet. Ses yeux minuscules disparaissaient dans les plis des paupières.

– Ils ont arrêté les recherches, annonça-t-il. Vous avez peut-être faim? Ici, le régime n'est pas luxueux mais il y a largement de quoi faire. Qu'est-ce que vous en pensez?

La Cité était plongée dans la nuit. Les feux de la Cité Haute éclairaient le ciel sur des milles et des milles mais, dans la Cité Basse, l'obscurité était écrasante. Le rideau de la boulangerie était soigneusement tiré pour camoufler la lumière, illégale après le couvre-feu.

Rik se sentait mieux maintenant qu'il avait pris un repas chaud. Sa migraine commençait à se calmer. Ses yeux se posèrent sur la joue tuméfiée du gros homme. Timidement, il demanda :

– Ils vous ont fait mal, monsieur?

– Un peu, répondit l'autre. Mais ce n'est pas grave. Ce sont des choses qui arrivent tous les jours dans ce métier. – Son rire découvrit une puissante denture. – Il a bien fallu qu'ils reconnaissent que je n'avais rien fait. Mais je m'étais trouvé sur leur chemin quand ils étaient en train de pourchasser quelqu'un d'autre. La manière la plus simple de se débarrasser d'un indigène qui bloque le chemin...

Il fit le geste d'assener un coup de crosse imaginaire.

Rik eut un mouvement de recul, et Valona tendit un bras protecteur.

Le gros homme s'adossa au mur et crachota pour expulser les bribes de nourriture demeurées entre ses dents.

– Je me nomme Matt Khorov mais on m'appelle simplement le Boulanger. Et vous, qui êtes-vous?

Terens haussa les épaules.

– Eh bien...

– Je vois, fit le Boulanger. Ce qu'on ignore ne peut nuire à personne, n'est-ce pas? Peut-être. Peut-être. N'empêche que vous pouvez me faire confiance. Je vous ai fait échapper aux patrouilleurs, pas vrai?

– Oui, et nous vous en remercions. – Terens ne parvenait pas à mettre de la cordialité dans sa voix. – Comment saviez-vous que c'était à nous qu'ils en avaient? Il y avait des tas de gens qui couraient.

Khorov sourit.

– Aucun ne faisait la même tête que vous. Vos têtes, on aurait pu s'en servir à la place de craie!

Terens s'efforça de lui rendre son sourire. Le résultat n'était pas très convaincant.

– J'avoue ne pas bien comprendre pourquoi vous avez ainsi risqué votre vie. Merci quand même. Ce n'est pas grand-chose, un « merci », mais je ne peux pas vous manifester autrement ma gratitude pour le moment.

– Je ne vous demande rien. J'agis ainsi aussi souvent que possible. Pas pour des raisons personnelles. Si les patrouilleurs font la chasse à quelqu'un, je fais de mon mieux pour venir en aide à leur proie. Les patrouilleurs, je les déteste.

Valona en resta bouche bée.

– Ça ne vous cause pas d'ennuis?

– Bien sûr que si. Vous n'avez qu'à regarder. – Il posa délicatement le doigt sur sa joue déchirée. – Mais j'espère que vous ne pensez pas que je me laisse intimider pour si peu? C'est pour ça que j'ai fabriqué ce four bidon. Grâce à lui, les patrouilleurs ne peuvent pas m'attraper et utiliser les grands moyens.

Dans les yeux écarquillés de Valona, on pouvait lire de la peur et de la fascination.

– Et pourquoi pas? poursuivit le Boulanger. Savez-vous combien il y a d'Ecuyers sur Florina? Dix mille. Combien de patrouilleurs? Peut-être vingt mille. Et nous sommes cinq cents millions d'indigènes. Si nous nous unissions contre eux...

Il fit claquer ses doigts.

Terens l'interrompit :

– Nous aurions en face de nous des fusils-aiguilles et des canons fulgurateurs, Boulanger.

– Ouais, faudrait qu'on en ait quelques-uns, nous aussi, répliqua Khorov. Vous, les Prud'hommes, vous vivez trop près des Ecuyers. Vous avez peur d'eux.

L'univers de Valona basculait. Cet homme se battait contre les patrouilleurs et il parlait au Prud'homme avec une assurance désinvolte. Elle dénoua doucement les doigts de Rik qui ne lâchait pas sa manche, et lui dit de dormir. Ce fut à peine si elle le regarda. Elle voulait écouter ce que cet homme avait à dire.

– Même avec leurs fusils-aiguilles et leurs canons fulgurateurs, continuait-il, les Écuyers ne pourraient pas être les maîtres de Florina sans l'aide de cent mille Prud'hommes.

Terens prit un air outragé mais le Boulanger enchaîna :

– Tenez... regardez-vous, par exemple. Quels jolis vêtements! propres. Élégants. Je parie que vous avez aussi une gentille petite bicoque avec une bibliothèque, un véhicule personnel et pas de couvre-feu. Vous pouvez même vous rendre dans la Cité Haute si ça vous chante. Les Écuyers ne vous donneraient pas tout ça pour rien.

Terens jugeait que ce n'était pas le moment de se mettre en colère.

– D'accord, dit-il. Mais que voulez-vous que les Prud'hommes fassent? Qu'ils se battent avec les patrouilleurs? Quel avantage en retirerait-on? Je reconnais que je maintiens l'ordre dans mon village et que je veille à ce qu'il livre son quota mais j'empêche mes administrés d'avoir des ennuis. J'essaye de les aider dans les limites qu'autorise la loi. N'est-ce pas déjà quelque chose? Un jour...

– Ah oui! Un jour! Qui peut attendre qu'il arrive, ce jour? Quand nous serons morts, cela nous sera bien égal de savoir qui gouvernera Florina.

– D'abord, je hais les Écuyers autant que vous. Et puis...

Terens s'interrompit et rougit.

Le Boulanger éclata de rire.

– Continuez! Répétez ça. Ce n'est pas moi qui vous dénoncerai parce que vous haïssez les Écuyers. Qu'avez-vous fait pour être recherché par les patrouilleurs?

Terens garda le silence.

– Je vais essayer de deviner. Quand ils me sont tombés dessus, ils étaient tout ce qu'il y a de furieux. Vraiment furieux, je veux dire, pas simplement parce que les Écuyers leur avaient ordonné de l'être. Je les connais et je ne me trompe pas. Cela ne peut s'expliquer que d'une seule façon : vous en avez démantibulé un. Ou peut-être même que vous l'avez tué.

Terens n'ouvrit pas la bouche.

– Vous avez raison de la boucler, Prud'homme, reprit le Boulanger sans rien perdre de son affabilité, mais trop de prudence nuit, vous savez. Vous avez besoin d'aide. Ils savent qui vous êtes.

– Non, rétorqua vivement Terens.

– On a dû contrôler vos papiers dans la Cité Haute.

– Qui a dit que j'y suis allé?

– C'est une hypothèse. Je parie que vous y êtes allé.

– Ils ont regardé ma carte mais trop rapidement pour avoir lu mon nom.

– Mais assez pour savoir que vous êtes un Prud'homme. Ils n'ont plus maintenant qu'à trouver un Prud'homme qui se soit absenté de sa circonscription aujourd'hui ou qui soit incapable de rendre compte de son emploi du temps. Il est probable que les lignes téléphoniques sont en train de chauffer à blanc d'un bout à l'autre de Florina à l'heure qu'il est. Si vous voulez mon avis, vous êtes dans le pétrin.

– Peut-être.

– Il n'y a pas de peut-être, vous le savez bien. Est-ce que vous voulez un coup de main?

Le dialogue avait lieu à voix basse. Rik s'était endormi, couché en chien de fusil dans un coin. Le regard de Valona se posait successivement sur chacun des deux hommes.

Terens secoua la tête.

– Non merci... Je... je m'en sortirai.

Le jovial Boulanger se mit à rire.

– Cela m'intéressera de voir comment vous vous y prendrez! Ne me méprisez pas parce que je n'ai pas d'instruction. J'ai autre chose. Réfléchissez donc à tout cela cette nuit. Peut-être finirez-vous par conclure que vous avez besoin d'un coup de main.

Valona avait les yeux ouverts dans l'obscurité. Elle était étendue sur une simple couverture posée à même le sol mais qui était à peine moins confortable que les lits auxquels elle était accoutumée. Dans le coin opposé, Rik dormait profondément sur une seconde couverture. Il dormait toujours comme un plomb quand il était énervé et avait eu la migraine.

Quand le Prud'homme avait refusé le lit que lui avait proposé le Boulanger, ce dernier avait ri aux éclats (il semblait que tout lui fût prétexte à rire) et il avait éteint, disant que si Terens avait envie de rester assis dans les ténèbres, il n'y voyait aucun inconvénient pour sa part.

Valona ne parvenait pas à trouver le sommeil. Pourrait-elle jamais dormir, à présent? Elle avait assommé un patrouilleur!

Inexplicablement, elle se prit à songer à son père et à sa mère.

Elle n'avait d'eux qu'un souvenir brumeux. Au cours des années, elle avait presque réussi à les oublier. Mais, maintenant, voilà qu'elle se rappelait les conversations tenues à voix étouffée la nuit, quand ses parents la croyaient endormie. Elle se rappelait des visiteurs furtifs.

Un soir, les patrouilleurs l'avaient réveillée pour lui poser des questions incompréhensibles auxquelles elle s'était efforcée de répondre. Depuis, elle n'avait plus jamais revu ses parents. On lui avait dit qu'ils étaient partis et, le lendemain, on l'avait placée alors que les enfants de son âge avaient encore deux années à s'amuser avant de travailler. Les gens la dévisageaient quand elle passait et les autres gosses n'avaient pas le droit de jouer avec elle, même après la journée. Elle avait appris à se passer de la compagnie d'autrui. A se taire. Et puis on l'avait appelée « la Grande Lona », on se moquait d'elle et on prétendait qu'elle était faible d'esprit.

Pourquoi le dialogue de tout à l'heure lui avait-il fait penser à ses parents?

– Valona...

La voix était si proche qu'elle sentit un souffle léger caresser ses cheveux, si basse qu'elle l'entendait à peine. Elle se roidit, moitié par peur, moitié par embarras. Il n'y avait qu'un drap sur son corps nu.

C'était le Prud'homme.

– Ne faites rien, chuchota-t-il. Écoutez-moi seulement. Je sors. La porte n'est pas fermée. Mais je reviendrai. Vous m'entendez? Vous avez compris?

Elle tâtonna à la recherche de la main de Terens et la serra. Il en fut satisfait.

– Et ayez l'œil sur Rik, ajouta-t-il. Ne le perdez pas de vue. Encore une chose, Valona... – Terens s'interrompit. Enfin, après un long silence, il reprit : – Méfiez-vous quand même de ce Boulanger. Je ne connais rien de lui. M'avez-vous compris?

Elle perçut un léger mouvement, un lointain grincement plus faible encore. Terens n'était plus dans la pièce. Valona se dressa sur un coude. Il n'y avait pas un bruit en dehors de sa respiration et de celle de Rik.

Elle ferma les paupières, essayant de réfléchir. Pourquoi le Prud'homme qui savait tout l'avait-il mise en garde contre le Boulanger qui détestait les patrouilleurs et les avait sauvés tous les trois? Pourquoi?

Elle ne voyait qu'une chose : le Boulanger avait été là. Quand la situation avait semblé être sans issue, il était arrivé et il avait agi vite. Presque comme si tout cela avait été combiné d'avance. Ou comme si le Boulanger avait attendu les événements.

Elle secoua la tête. C'était étrange. Si le Prud'homme n'avait pas parlé ainsi, jamais une idée pareille ne lui serait venue.

Le silence fut brisé par une voix bruyante et détachée :

– Ohé! Vous êtes toujours là?

Elle se figea quand un faisceau de lumière se posa sur elle. Puis elle se détendit et remonta le drap jusqu'à son cou.

Elle n'avait pas besoin de s'interroger sur l'identité du nouveau venu : sa silhouette épaisse et ramassée se détachait dans la pénombre derrière la lampe.

– Je croyais que vous seriez partie avec lui, vous savez, dit le Boulanger.

– Qui, monsieur? demanda faiblement Valona.

– Le Prud'homme. Vous savez parfaitement qu'il est parti.

Ne perdez pas votre temps à faire semblant de ne pas être au courant.

– Il va revenir, monsieur.

– Il vous a dit ça? Eh bien, il s'est trompé. Les patrouilleurs le captureront. Pas très finaud, votre Prud'homme. Sinon, il aurait compris que si on laisse une porte ouverte, c'est qu'on a une raison. Et vous? Vous voulez aussi vous en aller?

– J'attendrai le Prud'homme, monsieur.

– A votre guise. Seulement, vous risquez d'attendre longtemps. Partez quand cela vous chantera.

Brusquement, le faisceau de lumière se déplaça pour se braquer sur la figure mince et pâle de Rik dont les paupières se crispèrent automatiquement. Mais il ne se réveilla pas.

– Mais celui-là restera, reprit le Boulanger d'une voix songeuse. Je suppose que vous m'avez compris : si vous décidez de partir, la porte est ouverte. Mais elle n'est pas ouverte pour lui.

– Ce n'est qu'un pauvre garçon, un malade... commença Valona avec effroi.

– Vraiment? Eh bien, les pauvres garçons malades, j'en fais collection. Il restera, Tâchez de vous en souvenir.

Le faisceau de lumière demeurait braqué sur le visage du dormeur.

CHAPITRE V

LE SAVANT

Il y avait un an que le Dr Selim Junz bouillait d'impatience, mais on ne s'habitue pas à l'impatience. Ce serait plutôt le contraire. Néanmoins, il avait appris une chose au cours de cette année : il était impossible de presser l'administration sarkite. D'autant moins que la plupart des fonctionnaires étaient des Floriniens transplantés qui avaient, par conséquent, le plus grand souci de leur dignité.

Un jour, il avait demandé au vieil Abel, l'ambassadeur trantorien qui résidait depuis si longtemps sur Sark que ses bottes y avaient pris racine, pourquoi les Sarkites confiaient la direction des affaires publiques à des gens qu'ils méprisaient si cordialement.

Abel avait contemplé son gobelet rempli de vin vert en plissant des yeux.

– C'est une question de politique, Junz, avait-il répondu. De politique. Un problème de génétique appliquée réglé selon la logique sarkite. En soi, Sark n'est qu'une petite planète de dernier ordre qui n'a d'importance que dans la mesure où elle possède une inépuisable mine d'or, Florina. Aussi, tous les ans, les Sarkites écrèment les champs et les villages floriniens et emmènent sur Sark l'élite de la jeunesse florinienne pour la former. Les médiocres remplissent les papiers, répondent aux questionnaires, signent les formulaires. Ceux qui sont vraiment brillants repartent pour Florina et deviennent gouverneurs des villes indigènes. On leur donne le titre de Prud'homme.

Le Dr Junz, qui était essentiellement un spatio-analyste, nageait. Il l'avait avoué à son interlocuteur.

Abel avait braqué son index sur lui. Les reflets de son breuvage jouaient sur son ongle strié de vieilles cannelures, nuançant de vert sa teinte grise et jaunâtre.

– Vous ne ferez jamais un bon administrateur, Junz. Ne me demandez pas de vous recommander! Réfléchissez : les éléments les plus intelligents de la population de Florina se laissent gagner à la cause sarkite puisque, tant qu'ils se mettent au service de Sark, ils sont bien traités alors que, s'ils font la fine bouche, ils ne peuvent dans le meilleur des cas espérer autre chose que retrouver leur mode de vie florinien. Et ce n'est pas une vie agréable, mon ami. Pas agréable du tout.

Il avait vidé son verre et poursuivit :

– De plus, ni les Prud'hommes ni les bureaucrates employés sur Sark ne peuvent avoir d'enfants sans perdre leur situation. Même s'il s'agit de Floriniennes. Bien entendu, les unions mixtes entre Sarkites et Floriniens sont hors de question. De cette façon, les plus valables des gènes floriniens sont perpétuellement retirés du circuit de telle sorte que, petit à petit, on aboutira à ce que Florina ne soit plus peuplée que de manœuvres.

– Alors, les Sarkites manqueront d'employés de bureau, non?

– C'est une question qui ne se posera que dans un avenir lointain.

Ainsi le Dr Junz faisait-il une fois de plus antichambre dans les bâtiments du Secrétariat aux Affaires floriniennes, attendant en rongeant son frein d'être enfin admis à passer l'obstacle tandis que les sous-fifres indigènes piétinaient indéfiniment au milieu d'un labyrinthe de paperasserie.

Un vieux Florinien blanchi sous le harnois surgit devant lui.

– C'est bien au Dr Junz que j'ai honneur de m'adresser?

– A lui-même.

– Si vous voulez bien me suivre...

Un chiffre sur un écran eût été suffisant pour appeler Junz, un chenal fluorescent se matérialisant dans le vide l'eût efficacement guidé, mais quand la main-d'œuvre est bon marché, il est inutile de la remplacer par autre chose.

Son cicérone lui désigna un siège devant le bureau du Commis du Sous-Secrétaire – tel était le titre gravé en lettrines lumineuses à même le meuble. Évidemment, un Florinien ne pouvait en aucun cas occuper une fonction supérieure à celle de Commis, quel que fût au demeurant le nombre des filières bureaucratiques aboutissant à ses blanches mains. Le Sous-Secrétaire et le Secrétaire aux Affaires floriniennes étaient sarkites, mais si le Dr Junz pouvait les rencontrer l'un et l'autre à l'occasion d'une réception, il n'était pas question qu'il les vît dans leur bureau.

Il s'assit, toujours rongé d'impatience, mais avec, au moins, la satisfaction de s'être rapproché de son but. Le Commis feuilleta attentivement le dossier posé devant lui, examinant tour à tour les feuillets rédigés en langage chiffré, à croire qu'il recelait les secrets de l'univers. Il était jeune – peut-être était-il un lauréat récent –, avec un teint très pâle et des cheveux clairs.

Une émotion atavique s'empara du Dr Junz. Originaire du Libair, il était fortement pigmenté comme tous ses compatriotes; son épiderme était brun foncé. Il existait peu de mondes dont l'épiderme des habitants eussent une complexion aussi extrême que les Libairiens ou les Floriniens. En général, on avait affaire à des teintes intermédiaires.

Certains jeunes anthropologues d'avant-garde soutenaient que les hommes de Libair, par exemple, étaient le fruit d'une évolution indépendante mais convergente. Leurs aînés se dressaient avec hargne contre le principe d'une évolution qui eût fait converger des espèces différentes au point de rendre possible les unions mixtes que l'on observait dans toute la galaxie. Pour eux, sur la planète originelle, quelle qu'elle eût été, l'humanité était déjà divisée en sous-groupes caractérisés par la diversité de la pigmentation.

Cela ne faisait que reculer le problème dans le temps sans apporter de réponse, de sorte qu'aucune des deux explications ne satisfaisait le Dr Junz. Pourtant, maintenant encore, il lui arrivait de méditer sur ce problème. On retrouvait sur les mondes noirs des légendes évoquant un ancien conflit. Les mythes libairiens, par exemple, parlaient de guerres ayant opposé des hommes de couleurs différentes : d'après eux, Libair elle-même aurait été en partie fondée par un parti d'hommes à la pigmentation foncée qui se seraient enfuis après avoir été défaits.

Quand le Dr Junz avait quitté sa planète pour suivre les cours de l'Institut arcturien de Technologie spatiale et lorsqu'il eut par la suite embrassé la carrière de psycho-analyste, il avait oublié ces contes de fées. Une fois seulement la question l'avait à nouveau tracassé. Cela s'était produit sur une des antiques planètes du secteur du Centaure où il avait été envoyé en mission, une planète dont le passé se comptait en millénaires et dont la langue était si archaïque qu'elle aurait presque pu être le dialecte perdu, l'idiome mythique appelé *anglais.* Les habitants de ce monde avaient un mot spécial pour désigner l'homme à la peau noire.

Pourquoi un mot spécial pour les hommes à la peau noire? Il n'y avait pas un vocable particulier pour désigner ceux qui avaient les yeux bleus, de grandes oreilles ou les cheveux frisés. Il n'y avait pas...

La voix précise du Commis brisa sa rêverie :

– Vous êtes déjà venu nous voir, si j'en crois nos archives.

– Effectivement, répliqua Junz non sans quelque sécheresse.

– Mais pas récemment.

– Non... pas récemment.

– Vous êtes toujours à la recherche d'un spatio-analyste qui a disparu... – Le Commis prit une autre feuille. – Il y a environ onze mois et treize jours.

– C'est exact.

– Pendant toute cette période, enchaîna le Florinien sur le même ton désincarné, on n'a pas relevé trace de cet homme et il n'existe aucun indice tendant à prouver qu'il se soit trouvé en territoire sarkite.

– Il a été signalé pour la dernière fois dans l'espace à proximité de Sark, rectifia le savant.

Le Commis releva la tête. Pendant quelques instants ses pâles yeux bleus se fixèrent sur Junz mais il se hâta de détourner le regard.

– Peut-être, mais cela ne prouve pas sa présence sur le sol de Sark.

Le Dr Junz pinça les lèvres. Depuis des mois, le Bureau interstellaire d'Analyse spatiale lui serinait la même chose avec une rudesse de plus en plus marquée.

« Il n'y a pas de preuves, Dr Junz. Il nous semble que vous pourriez employer votre temps de façon plus fructueuse, Dr Junz. Le Bureau fera en sorte que les recherches ne soient pas abandonnées, Dr Junz. »

Autrement dit : Arrêtez de gaspiller notre galette, Dr Junz!

Tout avait commencé, ainsi que le Commis s'était appliqué à le préciser, onze mois et treize jours plus tôt, Temps Standard Interstellaire. Deux jours après que Junz se fut posé sur Sark pour ce qui devait être une inspection de routine de la délégation du Bureau sur cette planète mais qui était devenue... qui était devenue ce qu'elle était devenue...

Il avait été accueilli par le représentant du B.I.A.S., un jeune homme insignifiant que le Dr Junz se rappelait surtout parce qu'il mâchonnait éternellement une sorte de gomme élastique, spécialité de l'industrie chimique de Sark.

Comme la tournée touchait presque à son terme, l'agent local du B.I.A.S. s'était souvenu de quelque chose. Ayant logé son morceau de gomme entre deux molaires, il avait dit :

– J'ai un message à vous remettre de la part d'un de nos enquêteurs, Dr Junz. C'est probablement sans grande importance. Vous savez comme ils sont!

Vous savez comme ils sont... L'habituelle et méprisante formule... Le docteur avait senti monter en lui une bouffée de colère. Il avait été sur le point de rétorquer que, quinze ans auparavant, il était « enquêteur », lui aussi. Seulement, au bout de trois mois, il avait renoncé, incapable de tenir plus longtemps. Mais, sous le coup de l'indignation, il avait lu le message avec une curiosité particulière :

Veuillez libérer ligne secrète quartier général central B.I.A.S. pour communication circonstanciée. Affaire de la plus haute importance intéressant galaxie tout entière. Me prépare à atterrir selon trajectoire minimale.

L'agent local avait considéré Junz d'un air gouailleur. Ses mâchoires avaient repris leur mastication rythmique et il s'était écrié :

– Vous vous rendez compte! Une affaire intéressant la galaxie tout entière! C'est quand même un peu fort, même de la part d'un enquêteur. Je l'ai appelé après réception de ce message pour voir s'il y avait moyen de le faire s'expliquer plus clairement mais pensez donc! Il s'est borné à affirmer que toute la population de Florina courait un danger mortel. Un demi-milliard de vies humaines menacées! J'ai eu l'impression que cet homme était atteint de névrose caractérisée. Franchement, je n'ai aucune envie de me trouver seul en face de lui quand il se posera. Que suggérez-vous?

– Avez-vous un enregistrement de cette conversation? avait demandé le Dr Junz.

– Oui.

L'agent avait fouillé dans ses documents et avait fini par en extraire une bobine. Le Dr Junz l'avait introduite dans le lecteur. Il avait froncé les sourcils.

– C'est une copie, n'est-ce pas?

– J'ai expédié l'original au Bureau des Communications Interplanétaires de Sark, pensant que le mieux serait que les autorités l'attendent à l'arrivée avec une ambulance. Il est probablement bien atteint.

Le Dr Junz inclinait à partager l'avis de son interlocuteur. Quand les analystes envoyés en mission solitaire dans les profondeurs de l'espace craquaient, il y avait de fortes chances pour que leur névrose fût d'une extrême violence. Néanmoins, il avait dit :

– Attendez! Vous parlez comme s'il ne s'était pas encore posé.

L'autre avait paru étonné.

– Je suppose que si, mais personne ne m'a averti.

– Eh bien, appelez les Communications et informez-vous. Qu'il soit ou non psychopathe, cela doit figurer dans nos archives.

Le lendemain, le Dr Junz était revenu pour une vérification de dernière minute avant son départ. D'autres tâches l'appelaient ailleurs et il était relativement pressé. Au moment de quitter le bureau, il avait demandé :

– A propos, qu'est devenu cet enquêteur?

– Oh, je voudrais vous en parler. Les Communications sont sans nouvelles de lui. Je leur ai adressé le module d'identification de ses moteurs hyperatomiques; on m'a répondu que son navire ne se trouve nulle part dans l'espace proche. Il a sans doute changé d'avis et renoncé à se poser sur Sark.

Le Dr Junz avait alors décidé de différer son départ de vingt-quatre heures. Le jour suivant, il s'était rendu au Bureau des Communications Interplanétaires de la cité de Sark, capitale de la planète du même nom. Ç'avait été sa première expérience de la bureaucratie florinienne. Les fonctionnaires avaient secoué la tête. Effectivement, un analyste du B.I.A.S. avait demandé l'autorisation de se poser. Toutefois, son navire n'avait pas atterri.

Le Dr Junz avait insisté. C'était une affaire importante. Le technicien en question était très malade. N'avait-on pas reçu copie de l'enregistrement de sa conversation avec le représentant local du B.I.A.S.? Les fonctionnaires avaient ouvert de grands yeux. Une copie? Personne ne se rappelait avoir reçu un tel document. Il était navrant que cet homme fût malade mais aucun navire du B.I.A.S. n'avait atterri et il ne s'en trouvait aucun dans l'espace proche.

De retour dans sa chambre d'hôtel, le Dr Junz avait longuement réfléchi. La date limite qu'il s'était fixée pour son départ était dépassée. Il avait appelé la réception et avait demandé qu'on lui donnât un appartement convenant mieux à un séjour prolongé. Puis il avait pris rendez-vous avec Ludigan Abel, l'ambassadeur trantorien.

Il avait passé la journée du lendemain à consulter des ouvrages traitant de l'histoire de Sark. Quand l'heure était venue de se rendre à l'audience qu'Abel lui avait accordée, la colère lui gonflait la poitrine. Une chose était sûre : on aurait du mal à lui faire renoncer à ses projets!

Le vieil ambassadeur l'avait reçu comme s'il lui rendait une visite de courtoisie. Il lui avait serré la main avec chaleur, avait fait venir le barman robot et s'était refusé à discuter de choses sérieuses pendant que son hôte et lui-même dégustaient leurs deux premiers verres. Junz en avait profité pour bavarder à bâtons rompus; il avait interrogé le diplomate sur les fonctionnaires floriniens et c'était alors qu'Abel lui avait fait un exposé sur la politique de génétique appliquée des Sarkites. Junz avait senti croître son indignation.

Il se rappelait toujours cet entretien. Les yeux à demi fermés sous des sourcils d'une étonnante blancheur, son nez aquilin plongeant par intermittence dans le gobelet de vin, se suçotant les joues, ce qui accusait la maigreur de son visage, battant lentement la mesure de son doigt noueux au rythme d'une musique intérieure, Abel avait écouté avec attention et sans l'interrompre son récit fait sur un ton flegmatique et concis.

Quand Junz avait eu terminé, l'ambassadeur s'était délicatement essuyé les lèvres.

– Voyons, avait-il dit. Connaissiez-vous cet homme avant qu'il eût disparu?

– Non.

– Vous ne l'avez jamais rencontré?

– Les enquêteurs ne sont pas des gens qu'il est facile de rencontrer.

– Avait-il antérieurement manifesté des symptômes de délire?

– C'est la première fois – pour autant qu'il s'agisse de délire – d'après les dossiers du siège central du B.I.A.S.

L'ambassadeur avait haussé les sourcils mais il n'avait pas fait de commentaire sur la réserve ainsi exprimée par son hôte. Il avait poursuivi :

– Et pourquoi êtes-vous venu me voir?

– Pour vous prier de m'aider.

– J'entends bien, mais de quelle façon? Comment puis-je vous être utile?

– Permettez-moi de m'expliquer. Le Bureau sarkite des Communications Interplanétaires a cherché à identifier les caractéristiques énergétiques des moteurs du navire en question dans l'espace proche. Il n'en a pas trouvé trace. Les Sarkites ne mentiraient pas sur ce point. Je ne dis pas qu'ils répugneraient à mentir mais il est certain qu'ils ne mentiraient pas inutilement. Ils doivent savoir que je peux faire contrôler leurs dires en deux ou trois heures.

– C'est juste. Et alors?

– Il y a deux cas où l'on perd la trace d'une empreinte

énergétique. D'abord, quand le bâtiment n'est pas dans l'espace proche parce qu'il fait un saut dans l'hyperespace pour gagner une autre région de la galaxie. Ensuite, quand il n'est plus dans l'espace pour la bonne raison qu'il s'est posé sur une planète. Je ne crois pas que notre homme soit passé en hyperespace. Si des déclarations selon lesquelles un danger menacerait Florina, un danger qui aurait une incidence à l'échelle galactique, étaient l'expression d'un délire mégalomane, rien n'aurait pu l'empêcher de rallier Sark pour faire son rapport. Il n'aurait pas changé d'avis, il ne serait pas reparti. J'ai une expérience de quinze années en la matière. Si, d'aventure, il avait toute sa raison, ce serait trop grave pour qu'il eût changé d'avis et eût quitté l'espace proche.

Le vieux Trantorien avait levé le doigt.

– Votre conclusion est donc qu'il se trouve sur Sark?

– Exactement. Là encore, nous sommes devant une alternative dont la première branche est qu'il serait effectivement victime d'une psychose. En ce cas, il peut s'être posé n'importe où en dehors des spatiodromes officiels. Peut-être erre-t-il sur Sark, malade et à moitié amnésique. Ce genre de chose est très rare, même chez les enquêteurs, mais cela s'est déjà vu. En général la crise est de courte durée. Le malade recouvre d'abord la mémoire de ses activités professionnelles. Les souvenirs de sa vie personnelle ne reviennent que plus tard. Après tout, le travail d'un spatio-analyste, c'est sa vie. Ceux-là se font très souvent repérer parce qu'ils se rendent dans une bibliothèque publique pour compulser des manuels d'analyse spatiale.

– Je vois. Vous voulez donc que je vous aide à obtenir de la Guilde des Bibliothécaires que, si une telle situation se présente, vous soyez alerté?

– Non. Je ne pense pas qu'on me fera des difficultés de ce côté. Ce que je désire, c'est qu'un certain nombre d'ouvrages de référence soient placés en réserve et que toute personne qui demandera ces ouvrages et ne pourra pas faire preuve qu'elle est de nationalité sarkite soit retenue aux fins d'interrogatoire. Il n'y aura pas d'objections parce que les Sarkites ou certaines hautes personnalités sarkites sauront que cela ne mènera à rien.

– Pourquoi donc?

– Parce que j'ai la conviction, répondit Junz d'une voix hachée par la colère qui le faisait trembler, parce que j'ai la conviction que notre homme s'est posé sur le spatiodrome de Sark exactement comme il le prévoyait et que, déséquilibré ou pas, il a été peut-être arrêté ou plus probablement tué par les autorités sarkites.

Abel avait reposé son verre presque vide.

– Vous plaisantez?

– En ai-je l'air? Que m'avez-vous expliqué il y a une demi-heure à propos de Sark? Son existence, sa prospérité et sa puissance dépendent du contrôle qu'elle exerce sur Florina. Que m'ont appris mes lectures? Car je lis depuis vingt-quatre heures. Que les champs de kyrt floriniens sont la richesse de Sark. Or, voilà que surgit un homme – sain d'esprit ou névrosé, cela n'a pas d'importance – qui proclame qu'un péril d'une envergure galactique menace la vie de tous les Floriniens, hommes et femmes. Jetez un coup d'œil sur cette copie de la dernière conversation connue de notre enquêteur.

Abel avait saisi le rouleau que Junz avait lancé sur ses genoux et pris le lecteur qu'il lui tendait. Il avait parcouru lentement le document, son œil plissé collé à l'oculaire.

– C'est bien inconsistant.

– Forcément! Il dit qu'il y a danger et que c'est terriblement urgent, un point c'est tout. Mais jamais cette pièce à conviction n'aurait dû tomber entre les mains des Sarkites. A supposer même qu'il se trompe, les autorités sarkites pouvaient-elles le laisser clamer à cor et à cri d'un bout à l'autre de la galaxie toutes les chimères qui hantaient son cerveau en admettant qu'il s'agisse de chimères? Sans même parler de la panique que cela eût risqué de déclencher sur Florina et des conséquences d'une telle panique sur la production du kyrt, la politique sarkite aurait été dévoilée dans toute son ignominie aux yeux de la galaxie entière. Or, pour éviter pareil aboutissement, il n'y avait qu'un seul personnage à neutraliser puisque je ne peux engager la moindre action sur la base de cet unique document et les Sarkites en ont parfaitement conscience. Dans de telles circonstances, Sark hésiterait-elle à commettre un assassinat? Si c'est bien le monde où l'on pratique les expériences génétiques que vous m'avez décrites, certainement pas!

– Et que voulez-vous que je fasse? avait demandé Abel sans s'émouvoir. Je dois avouer que je ne vois pas clairement ce que vous attendez de moi.

Junz avait répondu sur un ton sinistre:

– Que vous découvriez s'ils l'ont tué. Vous devez disposer d'un réseau d'espionnage sur Sark. Oh, ne chicanez pas! Il y a assez longtemps que je traîne mes bottes dans la galaxie pour avoir dépassé l'âge de la puberté politique. Je voudrais que vous alliez au fond des choses pendant que je détournerai l'attention des pouvoirs publics en entamant des négociations avec les bibliothécaires. Et, quand vous aurez identifié les meurtriers, je voudrais que Trantor fasse en sorte qu'aucun gouvernement, en quelque lieu de la galaxie que ce soit, ne puisse désormais s'imaginer qu'il est possible d'assassiner impunément un membre du Bureau interstellaire d'Analyse spatiale.

Ainsi s'était achevée la première entrevue de Junz et d'Abel.

Le Dr Junz avait raison sur un point : les autorités sarkites avaient eu une attitude coopérative, compréhensive même, en ce qui concernait les mesures à prendre dans les bibliothèques. Mais cela n'allait apparemment pas plus loin. Des mois avaient passé et les agents d'Abel n'avaient pas trouvé trace de l'enquêteur. Impossible de dire s'il était mort ou vivant.

Pendant onze mois, aucun fait nouveau n'était intervenu. Junz était presque prêt à abandonner. Presque : il avait décidé d'attendre encore un mois et de tout laisser tomber ensuite. Et puis la situation s'était modifiée. Non point grâce à Abel : un rapport inattendu était parvenu de la bibliothèque publique de Sark et c'est pourquoi le Dr Junz se trouvait assis en face d'un fonctionnaire florinien du Secrétariat aux Affaires floriniennes.

Ayant fait le point, le Commis referma le dossier et son regard rencontra celui du visiteur.

– Que puis-je faire pour vous? s'enquit-il.

– J'ai appris que hier, à 16 h 22, fit Junz d'une voix précise, la bibliothèque publique, annexe de Florina, tenait à ma disposition un homme qui avait cherché à avoir communication d'ouvrages fondamentaux d'analyse spatiale et n'était pas d'origine sarkite. Depuis, je n'ai pas eu de nouvelles de cette institution.

Elevant le ton pour empêcher le Commis de répliquer, il enchaîna :

– Un bulletin d'information dont j'ai eu connaissance par le poste de l'hôtel où je réside a annoncé hier à 17 h 05 qu'un membre de la Patrouille florinienne avait été attaqué dans l'enceinte de l'annexe florinienne de la bibliothèque publique. Les trois Floriniens tenus pour les responsables de cette agression étaient recherchés. Cette nouvelle n'a pas été reprise lors des émissions ultérieures. J'ai la conviction qu'il existe un rapport entre ces deux informations, et que l'homme que je cherche est entre les mains de la Patrouille. J'ai demandé l'autorisation de me rendre sur Florina. On me l'a refusée. J'ai demandé par message sub-éthérique que Florina transfère l'homme en question sur Sark. Je n'ai pas eu de réponse. Aussi suis-je venu au Secrétariat aux Affaires floriniennes pour exiger que des mesures soient prises. Ou je pars pour Florina ou l'homme est transféré ici.

– Le gouvernement de Sark ne saurait accepter d'ultimatums des représentants du Bureau interstellaire d'Analyse spatiale, répliqua le Commis d'une voix sans vie. Mes supérieurs m'ont avisé que vous m'interrogeriez probablement sur cette affaire et ils m'ont fourni les renseignements qui doivent être portés à votre connaissance. L'homme qui a demandé à consulter des ouvrages de la réserve et les individus qui l'accompagnaient – un Prud'homme et une femme, tous deux Floriniens – sont effectivement les auteurs de l'agression à laquelle vous faites allusion et la Patrouille les recherche. Toutefois, ils n'ont pas encore été appréhendés.

Junz ne chercha pas à dissimuler l'amère déception qu'il éprouvait.

– Ils se sont évadés?

– Pas exactement. On sait qu'ils se sont réfugiés dans une boulangerie appartenant à un certain Matt Khorov.

Junz ouvrit de grands yeux :

– Et on leur a permis d'y rester?

– Avez-vous eu récemment un entretien avec Son Excellence Ludigan Abel?

– Je ne vois pas le rapport!

– Nous savons que l'on vous a vu souvent à l'ambassade trantorienne.

– Il y a une semaine que je n'ai pas eu de contact avec l'ambassadeur.

– Eh bien, je vous suggère de prendre langue avec lui. Nous fermons les yeux lorsque des criminels cherchent asile dans la boutique Khorov, eu égard aux rapports délicats que nous entretenons avec Trantor. J'ai pour instructions de vous signaler si cela me paraît nécessaire que Khorov – et cela ne vous surpendra sans doute pas –, ce Khorov... – Ici, le visage blême du Florinien se plissa en un ricanement de mépris. –... est un agent trantorien bien connu du Département de la Sécurité.

CHAPITRE VI

L'AMBASSADEUR

Terens avait quitté la boulangerie Khorov dix heures avant que Junz n'eût cet entretien avec le Commis.

L'obscurité était totale en dehors des pâles flaques de clarté que laissait filtrer la voûte à intervalles réguliers et le Prud'homme avançait à tâtons, laissant traîner sa main sur la surface rugueuse des murs des gourbis réservés aux travailleurs pour se guider. Dans la Cité Basse, il n'existait pas d'autre lumière que la lueur laiteuse et intermittente des torches des patrouilleurs qui faisaient leur ronde par groupes de deux ou trois.

La Cité Basse était assoupie comme quelque monstre malfaisant dont l'étincelante chape qu'était la Cité Haute dissimulait les replis huileux. Une partie de son organisme était probablement animée d'une activité crépusculaire : des produits arrivaient que l'on entreposait dans les magasins pour le lendemain. Mais pas ici. Pas dans le quartier des taudis.

Terens se tapit dans l'ombre d'une impasse pleine de poussière (même les averses nocturnes épargnaient les régions ténébreuses qui s'étendaient sous la plaque d'alliage de ciment) en entendant un bruit de pas au loin. Des lumières trouèrent la nuit, qui disparurent un peu plus bas après avoir dansé un moment.

Les patrouilleurs allaient et venaient dans la Cité Basse tout au long de la nuit. Il leur suffisait de déambuler. La peur qu'ils inspiraient était assez puissante pour que l'ordre régnât sans qu'ils aient besoin – ou à peine – de faire étalage de leur force. D'innombrables êtres humains grouillaient dans l'ombre protectrice mais, même si les patrouilleurs n'avaient pas été présents, ils n'eussent constitué qu'un danger négligeable. Les réserves de vivres et les ateliers étaient bien gardés, la Cité Haute et son luxe étaient hors d'atteinte et se voler mutuellement, parasiter aussi malheureux que soi eût manifestement été une vaine entreprise.

Ce qui, sur d'autres planètes, eût été considéré comme un crime était pratiquement inexistant dans la nuit florinienne. Les pauvres ne manquaient pas mais ils étaient totalement démunis et les riches étaient rigoureusement inaccessibles.

Terens reprit son chemin. Quand il passa sous l'une des échancrures pratiquées dans la voûte, une coulée de lumière éclaira son visage de sa clarté blafarde et il ne put s'empêcher de lever les yeux.

Inaccessibles!

L'étaient-ils donc vraiment? L'attitude du Prud'homme envers les Ecuyers de Sark avait subi bien des avatars au cours de son existence. Au début, il n'était qu'un enfant. Les patrouilleurs étaient des monstres noir et argent qu'il fallait éviter, que l'on ait ou non quelque chose à se reprocher. Les Ecuyers étaient de vagues et mythiques surhommes infiniment bienveillants, vivant dans un paradis appelé Sark où, attentifs et patients, ils veillaient sur le bien-être des hommes et des femmes stupides de Florina. A l'école, il récitait chaque jour : *Que l'esprit de la Galaxie protège les Ecuyers comme les Ecuyers nous protègent.*

Exactement, songea Terens. Exactement! Que l'Esprit leur fasse ce qu'ils nous font. Ni plus ni moins. Ses poings se crispèrent, brûlants.

A dix ans, il avait eu à faire une rédaction dont le sujet était : *Imaginez ce qu'est l'existence sur Sark.* Il ne se rappelait qu'un seul passage de ce devoir, décrivant les Ecuyers se réunissant chaque matin dans une salle immense dont les couleurs étaient semblables à celles des fleurs de kyrt, êtres de splendeur hauts de vingt pieds, débattant avec gravité des péchés des Floriniens et de la triste nécessité de les ramener dans la voie de la vertu.

Le maître avait été très satisfait et, à la fin de l'année, alors que les autres écoliers continuaient de suivre les cours de lecture, d'écriture et de morale, Terens avait été admis dans une classe spéciale pour apprendre l'arithmétique, la galactographie et l'Histoire sarkite. A seize ans, il avait été envoyé sur Sark.

Il revoyait encore ce grand jour et il chassa ce souvenir d'un haussement d'épaules : il en avait honte.

Il approchait de la périphérie de la Cité. De temps en temps, une bouffée de vent lui apportait le parfum entêtant du kyrt en fleur. Dans quelques minutes, il serait relativement en sécurité au milieu des champs où il n'y avait pas de surveillance régulière et où il pourrait à nouveau voir les étoiles entre les déchirures des nuages. Il pourrait même apercevoir l'astre jaune qui était le soleil de Sark.

Qui avait été son soleil à lui pendant la moitié de sa vie... Quand il l'avait vu pour la première fois à travers le hublot d'un astronef, petite bille brillante, éblouissante, il avait failli tomber à genoux. La pensée qu'il approchait du paradis éclipsait même la peur paralysante que l'espace où il n'avait encore jamais voyagé suscitait en lui.

Il avait atteint le paradis et on l'avait confié à un vieux Florinien qui devait veiller à ce qu'il se lavât et se vêtît convenablement. Son compatriote l'avait conduit dans un vaste édifice. En chemin, le vieillard s'était incliné bien bas devant quelqu'un qui passait.

– Prosterne-toi, avait-il murmuré avec colère au jeune Terens.

Celui-ci avait obéi.

– Qui est-ce? avait-il demandé avec surprise.

– Un Ecuyer, petit paysan ignorant!

– Hein? Un Ecuyer!

Terens s'était arrêté net et il avait fallu que le vieillard le gourmandât pour qu'il se remît en marche. C'était la première fois de sa vie qu'il voyait un Ecuyer. Et cet Ecuyer ne mesurait que vingt pieds : il avait la taille d'un homme normal. D'autres adolescents se seraient remis de leur déception : Terens ne s'en remit pas. Quelque chose changea en lui. Définitivement.

Tout au long de ses études – et il réussit bien –, il n'oublia jamais que les Ecuyers étaient des hommes. Il s'instruisit pendant dix ans. Et quand il n'avait pas de cours, quand il n'était pas à table ni au lit, il lui fallait se rendre utile. On lui faisait faire des courses, vider les corbeilles à papiers. Il apprit à se prosterner quand un Ecuyer passait, à se tourner respectueusement vers le mur quand une Ecuyère passait.

Ensuite, il fit un stage de cinq ans dans la fonction publique, transféré sans cesse d'un poste à un autre afin que l'on pût juger au mieux de ses capacités.

Un jour, il reçut la visite d'un Florinien dodu et souriant et qui lui tapa amicalement dans le dos et lui demanda ce qu'il pensait des Ecuyers. Terens lutta contre l'envie de prendre ses jambes à son cou. Ses réflexions se trahissaient-elles mystérieusement sur ses traits? Il hocha la tête et débita un couplet de banalités chantant les louanges de la bonté des Ecuyers.

Mais l'autre pinça les lèvres et dit : « Vous n'en croyez pas un mot. Venez ce soir à cette adresse » en lui tendant une carte qui s'effrita et se consuma quelques secondes après.

Terrens alla au rendez-vous. Là, il rencontra des gens qu'il connaissait et qui le regardaient d'un air énigmatique. Quand il les revit plus tard dans l'exercice de leurs fonctions, il ne lut plus que de l'indifférence dans leurs yeux. Il écouta et constata que beaucoup de ses amis nourrissaient dans le secret de leur conscience des sentiments qu'il croyait sincèrement avoir germé dans son seul esprit. Il apprit que certains Floriniens, tout au moins, considéraient que les Ecuyers étaient d'immondes brutes, des parasites qui dépouillaient Florina de ses richesses et laissaient les indigènes dont ils exigeaient un rude labeur stagner dans l'ignorance et la misère. Il apprit que l'heure sonnerait d'une gigantesque insurrection. Alors, le luxe et l'opulence de Florina reviendraient à ceux qui en étaient les possesseurs légitimes.

Mais comment? avait demandé et redemandé Terens. Après tout, les armes étaient entre les mains des Ecuyers et des patrouilleurs.

Alors, les autres lui avaient parlé de Trantor, l'empire géant qui, au cours des siècles précédents, avait avalé la moitié des planètes habitées de la galaxie. Trantor, affirmaient-ils, détruirait Sark avec l'aide des Floriniens.

Mais, avait répliqué Terens – d'abord dans son for intérieur, à ses amis ensuite –, mais si Trantor était si grand alors que Florina était si petite, ne serait-il pas un maître encore plus puissant et encore plus despotique? S'il n'y avait pas d'autre solution, mieux valait supporter la tyrannie de Sark. Le joug que l'on connaît est préférable au joug que l'on ignore.

On s'était gaussé de lui, on l'avait chassé en le menaçant de mort s'il révélait jamais ce qu'il avait entendu.

Il nota un peu plus tard que les conspirateurs disparaissaient les uns après les autres. Finalement, il ne resta plus que le petit Florinien rondouillard. De temps en temps, celui-ci prenait un nouveau venu à part mais il eût été imprudent de mettre la jeune victime en garde et de l'avertir que lui-même avait déjà été tenté et éprouvé de la même manière.

Terens accomplit même un stage au Département de la Sécurité, ce que peu de Floriniens pouvaient espérer. Un stage de courte durée du fait de l'autorité attachée à celui, quel qu'il fût, qui était appelé à servir dans cet organisme. Or, à sa grande surprise, Terens découvrit à cette occasion que les pouvoirs publics devaient briser de vraies conjurations. Des Floriniens et des Floriniennes parvenaient à fomenter des complots, en général secrètement alimentés par les fonds trantoriens. Il arrivait aussi que certains apprentis factieux pensassent que Florina pouvait se libérer sans appui extérieur.

Terens médita sur ce problème. Il parlait peu, s'appliquait à avoir un comportement anodin mais sa pensée était libre. Il exécrait les Ecuyers, en partie parce qu'ils ne mesuraient que vingt pieds, en partie parce qu'il n'avait pas le droit de regarder leurs femmes et en partie parce que, ayant été au service de quelques-uns d'entre eux, il avait constaté que, en dépit de leur arrogance, c'étaient des êtres bornés, pas plus cultivés que lui et, le plus souvent, moins intelligents.

Mais que faire pour échapper à cet esclavage personnel? Troquer la stupidité des Écuyers sarkites contre la stupidité des Impériaux de Trantor? A quoi bon? Escompter que les paysans floriniens passent à l'action était extravagant. Il n'y avait pas d'issue.

Ce problème rongeait Terens depuis des années. Il le hantait quand il était étudiant, il le hantait quand il était devenu fonctionnaire et il continuait de le hanter maintenant qu'il était Prud'homme.

Et soudain, à la suite d'une série de circonstances particulières, la réponse dont il n'osait même pas rêver lui était apparue sous les espèces d'un individu insignifiant, un ancien spatioanalyste qui parlait d'un danger menaçant la vie de chaque Florinien et de chaque Florinienne.

A présent, Terens avait atteint les champs. La pluie nocturne touchait à sa fin et les étoiles luisaient d'un éclat chargé des senteurs du kyrt, ce kyrt qui était le trésor de Florina et sa malédiction.

Il ne nourrissait pas de vaines illusions. Il n'était plus Prud'homme. Il n'était même plus un libre paysan florinien mais un criminel en fuite, un fugitif obligé de se cacher.

Pourtant, quelque chose brûlait en lui. Pendant vingt-quatre heures, il avait eu entre les mains une arme plus puissante que toutes celles que l'on pouvait concevoir. Une arme contre Sark. C'était indiscutable. Il savait que les souvenirs de Rik étaient exacts, que Rik avait bien été un spatio-analyste, qu'il avait subi un lavage de cerveau qui avait presque détruit ses facultés intellectuelles. Et Rik se souvenait de quelque chose. Quelque chose de vrai, quelque chose de terrible... Quelque chose d'énorme!

Terens en était absolument certain.

Or, Rik se trouvait maintenant au pouvoir d'un homme qui prétendait être un homme florinien mais n'était en réalité qu'un agent de Trantor.

L'âpre goût de la colère envahit la bouche de Terens. Bien sûr que le Boulanger était à la solde des Trantoriens! Dès le début, il en avait eu la certitude. Qui, parmi les habitants de la Cité Basse, eût disposé des capitaux nécessaires à la construction de fours à radar factices?

Impossible de laisser Rik tomber au pouvoir de Trantor. Il ne le permettrait pas. Il n'y avait pas de limites aux risques que Terens était prêt à courir. Qu'importaient les risques? Il était déjà passible de la peine de mort!

Une vague lueur commençait de faire pâlir le ciel. Il attendrait l'aube. Certes, tous les postes de la Patrouille possédaient son signalement mais il faudrait plusieurs minutes avant que sa présence soit signalée.

Et pendant ces brèves minutes, Terens serait encore un Prud'homme. Ce sursis lui donnerait le temps de faire une chose sur laquelle, même maintenant – même maintenant! – il n'osait arrêter son esprit.

Dix heures après sa conversation avec le Commis, Junz rencontra à nouveau Ludigan Abel.

L'ambassadeur l'accueillit avec la cordialité superficielle qu'il affectait habituellement, ce qui ne l'empêchait pas d'éprouver en même temps un désagréable sentiment de culpabilité. Lors de sa première entrevue avec le savant (cela remontait à loin : près d'une année standard), il n'avait pas attaché d'attention au récit de son interlocuteur en tant que tel. Une seule préoccupation l'habitait alors : cette histoire pouvait-elle être utile à Trantor?

Trantor! Trantor occupait la première place dans les calculs de l'ambassadeur. Pourtant, ce dernier n'était pas de ces imbéciles adorateurs d'un amas stellaire ou de l'emblème jaune, frappé de l'Astronef et du Soleil, qui était l'insigne des forces armées trantoriennes. Autrement dit, Abel n'était pas un patriote au sens ordinaire du terme et, en soi, Trantor ne représentait rien pour lui.

Mais il avait le culte de la paix, un culte d'autant plus exigeant qu'Abel prenait de l'âge, qu'il appréciait la joie de savourer son vin, l'atmosphère saturée de douce musique et de parfums dont il aimait s'entourer, sa sieste de l'après-midi, l'attente sereine de la mort. C'étaient là des émotions que, pensait-il, tous les hommes devaient éprouver. Pourtant, les hommes étaient victimes de la guerre et de la destruction. Ils périssaient gelés dans le vide de l'espace, vaporisés par une explosion atomique, réduits à la famine sur une planète assiégée et bombardée.

Alors, comment imposer la paix? Ni par le raisonnement, c'était bien évident, ni par l'éducation. Si, placé devant le dilemme paix ou guerre, l'homme était incapable de choisir la première et de refuser la seconde, quel argument supplémentaire pourrait donc le convaincre? Qu'est-ce qui pouvait être plus éloquent que la condamnation de la guerre par la guerre même? Quelle prouesse rhétorique aurait-elle le dixième de la force de persuasion d'une seule épave éventrée avec sa cargaison de spectres?

En conséquence, pour mettre fin à l'emploi abusif de la violence, il n'y avait qu'une seule solution : la violence elle-même.

Abel avait dans son bureau une carte de Trantor conçue de façon à illustrer cette notion. C'était un ovoïde à la transparence cristalline où la galaxie était représentée en relief : ses étoiles étaient une blanche poussière de diamants, ses nébuleuses des filaments de lumière ou de brume et, dans ses profondeurs, luisaient quelques étincelles rougeoyantes qui figuraient l'ancienne république de Trantor.

La république originelle qui, quelque cinq cents années auparavant, avait été constituée en tout et pour tout de cinq planètes.

Mais il s'agissait d'une carte historique et c'était là l'état zéro de la république. Quand on déplaçait d'un cran le curseur du cadran, on obtenait l'image de la galaxie cinquante ans plus tard : toute une gerbe d'étoiles se colorait alors en rouge aux alentours de Trantor.

Le cadran possédait dix crans. Sa rotation reproduisait une évolution d'un demi-millénaire; la tache rouge s'élargissait comme une goutte de sang qui s'étale jusqu'à envahir plus de la moitié de la galaxie.

Ce n'était pas un sang figuratif. L'expansion de la république trantorienne, devenue d'abord la confédération trantorienne, puis l'empire trantorien, avait laissé derrière elle un sillage d'hommes éventrés, d'astronefs éventrés, de planètes éventrées. Et cependant, l'holocauste avait consolidé la puissance de Trantor et la paix régnait dans la zone rouge.

A présent, Trantor hésitait au seuil d'un nouvel avatar : la conversion de l'empire trantorien en empire galactique. Alors, la tache rouge engloberait la totalité des étoiles et ce serait la paix universelle. *Pax trantorica.*

Tel était le but d'Abel. Cinq cents, quatre cents, deux cents ans plus tôt, même, il aurait dénoncé en Trantor un dangereux foyer de créatures malfaisantes, matérialistes et belliqueuses, méprisant les droits d'autrui, vivant sous un régime de démocratie imparfait mais promptes à voir la paille de l'esclavage dans l'œil du voisin et animées d'une cupidité sans bornes. Mais le temps avait passé.

Abel n'était pas pour Trantor mais pour les objectifs universels que Trantor incarnait. Aussi la question « Comment telle chose pourra-t-elle contribuer à l'instauration de la paix galactique? » était-elle tout naturellement devenue : « Comment cela pourra-t-il aider Trantor? ».

L'ennui, dans ce cas particulier, c'était qu'Abel n'était pas certain de la réponse, alors que, pour Junz, la solution était manifestement nette et sans bavures : Trantor devait soutenir le Bureau interstellaire d'Analyse spatiale et châtier Sark.

C'était peut-être une solution valable si l'on parvenait à obtenir une preuve irréfutable de la culpabilité de Sark mais, même dans cette éventualité, rien n'était moins sûr. Et elle était certainement à éliminer si l'on ne réussissait pas à en avoir cette preuve. Mais, en tout état de cause, l'empire trantorien ne pouvait pas se permettre d'agir à la légère. La galaxie se rendait compte que Trantor visait à l'hégémonie galactique et le risque de voir les dernières planètes non trantoriennes se coaliser pour faire front subsistait encore. Trantor était en mesure de sortir victorieusement d'une guerre de ce genre mais le prix à payer serait tel qu'une pareille victoire ne serait qu'une défaite qui n'ose pas dire son nom.

En jouant la dernière manche, il importait donc que Trantor ne fît jamais un pas qui ne fût mûrement réfléchi. Par conséquent, Abel devait procéder avec précaution, ligoter dans son impalpable toile le dédale des bureaux et l'univers chatoyant des Ecuyers, tâter le terrain en souriant, questionner sans en avoir l'air. Il ne fallait pas non plus oublier de faire surveiller Junz lui-même par les services secrets trantoriens de crainte que le Libairien en colère ne causât en quelques instants des dommages qu'une année ne suffirait pas à réparer.

Cette fureur qui ne capitulait pas stupéfiait le diplomate. « Pourquoi vous faites-vous tant de souci pour un seul agent? » avait-il un jour demandé à Junz, s'attendant que ce dernier se lançât dans un discours sur l'intégrité du B.I.A.S. et sur le devoir qui s'imposait à tous de défendre le Bureau, organisme au service, non pas de tel ou tel monde particulier, mais de l'humanité tout entière. Or, au lieu d'entonner ce genre de couplet, Junz avait pris une mine sévère et s'était écrié : « Parce que les relations entre Florina et Sark sont le fin mot de cette histoire. Je veux qu'elles soient révélées et détruites. »

Cette réponse avait écœuré Abel. Toujours et partout, c'était la même préoccupation qui interdisait à jamais aux planètes de se concentrer intelligemment sur le problème de l'unité galactique. Certes, il y avait ici et là des injustices sociales. Certes, elles paraissaient parfois impossibles à tolérer. Mais comment imaginer que la question de l'injustice pût se régler autrement qu'à l'échelle de la galaxie? D'abord, mettre fin à la guerre et aux rivalités nationales. Alors, et alors seulement, on pourrait s'occuper des misères internes dont, en définitive, la cause principale résidait dans les conflits extérieurs.

Et Junz n'était même pas florinien! Il n'avait même pas cette excuse pour faire preuve de cette myopie passionnelle...

– Que représente Florina pour vous?

Le savant avait hésité.

– Une sorte de communauté de sang.

– Mais vous êtes libairien! C'est tout au moins mon impression.

– Je suis libairien mais c'est précisément là la raison de ce sentiment de solidarité. Les Floriniens et les Libairiens sont les extrêmes au sein d'une galaxie qui ne connaît que les moyens.

– Les extrêmes? Les moyens? Je ne comprends pas.

– Je parle de la pigmentation. Les Floriniens ont une peau exceptionnellement pâle. Nous sommes exceptionnellement foncés. Cela signifie quelque chose, nous rapproche, nous lie. Il me semble que nos ancêtres respectifs étaient différents de la majorité, qu'ils en étaient même exclus. Blancs et Noirs, nous sommes frères d'infortune. Frères parce que différents des autres.

Junz s'était tu. Depuis, jamais les deux hommes n'avaient abordé ce sujet.

Et voilà que maintenant, alors qu'une année avait passé, sans avertissement, sans qu'aucun indice eût permis de le deviner, au moment où l'on était en droit d'espérer que cette malheureuse affaire s'arrangerait en douceur, où le zèle de Junz lui-même donnait des signes d'essoufflement, voilà que tout éclatait!

Abel se trouvait en face d'un nouveau Junz. Un Junz dont la fureur n'était plus cristallisée sur Sark mais englobait le diplomate en personne.

– Je ne vous en veux pas parce que vous avez mis vos agents sur mes talons, disait le Libairien. Sans doute êtes-vous prudent et ne pouvez-vous faire confiance à rien ni à personne. Bien. Jusque-là, c'est admissible. Mais pourquoi n'ai-je pas été prévenu dès que notre homme a été localisé?

Abel caressa le chaud revêtement de son accoudoir.

– Ce sont des questions compliquées. Toujours compliquées. J'avais pris des dispositions pour que tout rapport signalant une personne non autorisée à la recherche de textes d'analyse spatiale soit communiqué à certains de mes agents au même titre qu'à vous. J'ai même pensé que vous auriez peut-être besoin d'être protégé. Mais sur Florina...

Junz l'interrompit pour lancer avec amertume:

– Oui. Nous avons été stupides de ne pas envisager la chose. Nous avons passé près d'un an à prouver qu'il était introuvable sur Sark. Il fallait donc qu'il fût sur Florina mais nous avons été aveugles. Toujours est-il qu'il est maintenant entre nos mains.

Ou entre les vôtres. Je suppose que vous allez vous arranger pour que je puisse le voir?

Abel ne répondit pas directement.

– Vous dites que l'on a déclaré que ce Khorov était un agent trantorien?

– Il n'en est pas un? Pourquoi m'aurait-on menti? Ou alors... les Sarkites auraient-ils été mal informés?

– Ce n'est pas un mensonge et ils sont bien informés. Il y a dix ans que Khorov travaille pour nous et il est fâcheux que les autorités sarkites aient été au courant. Je me demande ce qu'elles peuvent savoir d'autre et quelle est la solidité réelle de notre organisation. Mais ne trouvez-vous pas curieux que l'on vous ait dit tout à trac qu'il était à notre service?

– On me l'a dit parce que c'est la vérité, j'imagine, et afin de m'empêcher une fois pour toutes de formuler d'autres exigences qui ne pourraient qu'envenimer les rapports sarko-trantoriens.

– La vérité est une denrée quelque peu discréditée chez les diplomates. En outre, quel intérêt les Sarkites auraient-ils eu à nous mettre la puce à l'oreille en nous laissant savoir à quel point ils sont renseignés sur notre compte? Ils nous permettent ainsi de réparer notre filet endommagé quand il en est encore temps.

– Alors, répondez vous-même à votre question.

– S'ils vous ont révélé la véritable identité de Khorov, c'était à mon avis un geste de triomphe. Cela ne pouvait plus ni les aider ni leur nuire puisque je sais depuis douze heures qu'ils étaient au courant du rôle de Khorov.

– Comment cela?

– Grâce à un détail qui ne laisse pas la moindre place au doute. Écoutez-moi : il y a douze heures, Matt Khorov, agent de Trantor, a été abattu par un membre de la Patrouille florinienne. Les deux Floriniens auxquels il donnait asile à ce moment-là, une femme et l'homme qui, selon toute probabilité, est votre enquêteur, se sont volatilisés. Je présume qu'ils se trouvent maintenant aux mains des Ecuyers.

Junz poussa un juron et sauta sur ses pieds.

Calmement, Abel porta un verre à ses lèvres et ajouta :

– Je ne puis rien faire officiellement. La victime était florinienne, et le couple qui a disparu était lui aussi florinien : il nous est impossible de prouver le contraire. Comme vous voyez, nous sommes battus à plates coutures. Et on se moque de nous par-dessus le marché.

CHAPITRE VII

LE PATROUILLEUR

Rik vit le Boulanger mourir. Il le vit s'écrouler sans une plainte, la poitrine carbonisée d'un silencieux coup de fulgurant. Ce spectacle effaça de son esprit le souvenir de presque tout ce qui avait précédé et de presque tout ce qui suivit.

Il se rappelait vaguement l'arrivée du patrouilleur, le geste calme mais terriblement résolu avec lequel il avait sorti son arme. Le Boulanger avait levé la tête, il avait ouvert la bouche pour une dernière parole qu'il n'avait pas eu le temps de prononcer. Après le meurtre, Rik ne se rappelait plus rien sinon le martèlement du sang contre ses tempes et les hurlements affolés de la foule qui s'enfuyait dans tous les sens comme un fleuve qui déborde.

L'événement avait provisoirement annulé les progrès qu'avait fait son esprit pendant son sommeil. Le patrouilleur s'était précipité dans sa direction, fendant la masse humaine vociférante semblable à une mer visqueuse, à une coulée de boue à travers laquelle il lui fallait se frayer un chemin. Rik et Lona furent roulés, emportés par le flot. Il y eut des remous, des lames de fond, des ressacs quand les voitures des patrouilleurs commencèrent de survoler la foule. Valona entraîna Rik au loin, au-delà même des limites de la Cité. Il avait cessé d'être celui qui s'était réveillé presque adulte pour redevenir l'enfant terrifié de la veille.

Ce matin, quand il avait émergé du sommeil, il s'était retrouvé dans une pièce sans fenêtre où ne pénétrait pas la lumière grise de l'aube. Il était resté longtemps immobile à fouiller son esprit. Pendant la nuit, quelque chose s'était cicatrisé, réparé. Recousu. Le processus de cette régénération s'était engagé deux jours plus tôt quand Rik avait commencé à se « souvenir » et il s'était accéléré au cours de la journée précédente. Le voyage à la Cité Haute, la visite de la bibliothèque, l'agression contre le patrouilleur et la fuite qui s'était ensuivie – tout cela avait agi à la manière d'un ferment. Les fibres recroquevillées de son esprit depuis si longtemps assoupi s'étaient tendues et raidies, elles avaient été forcées de fonctionner, de sortir laborieusement de leur engourdissement et, maintenant que Rik avait dormi, quelque chose d'impalpable y palpitait, frémissant.

Rik songeait à l'espace et aux étoiles, à des étendues désolées et infinies, à d'immenses silences.

Enfin, il tourna la tête et appela :

– Lona!

Valona se réveilla en sursaut.

– Oui, Rik? fit-elle, appuyée sur un coude, le couvant des yeux.

– Je suis là, Lona.

– Tu vas bien?

– Oh! oui, – Impossible de calmer son excitation. – Merveilleusement! Écoute! D'autres souvenirs me sont revenus. J'étais sur un navire et je sais exactement...

Mais elle ne l'écoutait pas. Elle enfilait sa robe. Tournant le dos à Rik, elle passa sa main sur le devant du vêtement pour le fermer et s'escrima fébrilement avec sa ceinture.

Quand elle fut prête, elle s'approcha de lui sur la pointe des pieds.

– J'ai peu dormi, Rik. J'ai essayé de rester éveillée.

La nervosité de Valona était contagieuse.

– Y a-t-il quelque chose qui ne va pas?

– Chut! Ne parle pas si fort. Tout va bien.

– Où est le Prud'homme?

– Il n'est pas là. Il... il a dû s'absenter. Tu devrais te rendormir, Rik.

Il repoussa son bras.

– Je suis en pleine forme et je ne veux plus dormir. J'aurais voulu parler de ce navire au Prud'homme.

Seulement, le Prud'homme n'était pas là, et Lona ne l'écouterait pas. Il se résigna mais, pour la première fois, il se sentit irrité contre Valona. Elle le traitait comme un enfant alors qu'il commençait à redevenir un homme.

Un flot de lumière envahit tout à coup la pièce et le Boulanger fit son apparition. Rik le regarda en clignant des yeux, intimidé maintenant, et ne repoussa pas le bras de Valona quand elle le prit par les épaules d'un geste maternel.

Un sourire étira les lèvres épaisses du Boulanger.

– On se réveille tôt!

Ni Valona ni Rik ne répondirent.

Le Boulanger poursuivit :

– C'est aussi bien comme ça. Vous allez déménager.

– Vous ne nous livrerez pas aux patrouilleurs?

Valona avait la gorge sèche. Elle se rappelait la manière dont le gros homme avait contemplé Rik après le départ du Prud'homme. Cette fois encore, c'était Rik qu'il regardait. Rien que lui.

– Non, je ne vous livrerai pas aux patrouilleurs. J'ai prévenu qui de droit et vous ne risquez rien.

Le Boulanger s'éloigna. Son absence fut de courte durée. Quand il revint, il apportait de la nourriture, des vêtements et deux cuvettes remplies d'eau. Les vêtements étaient neufs et d'une coupe insolite.

Tandis que Rik et Valona se restauraient, le Boulanger prit la parole :

– Je vais vous donner des noms et un passé nouveaux. Soyez attentifs : il ne faut pas que vous oubliiez. Vous n'êtes pas floriniens, comprenez-vous? Vous êtes le frère et la sœur, et vous êtes nés sur la planète Wotex. Vous êtes venus sur Florina en touristes...

Et le Boulanger continua, précisant les détails, posant des questions.

Rik était content d'être capable de démontrer que sa mémoire fonctionnait et qu'il apprenait sans difficulté mais le regard de Valona était sombre et soucieux.

Le Boulanger ne s'y trompa point.

– Si vous me causez le moindre ennui, fit-il en la regardant dans les yeux, il partira seul et vous resterez là.

Les grosses mains de Valona se crispèrent convulsivement.

– Je ne vous causerai pas d'ennuis.

La matinée était bien avancée quand le Boulanger se leva.

– Allons-y! lança-t-il.

Avant de partir, il glissa dans la poche de Valona et de Rik quelque chose qui ressemblait à un étui de cuir. C'était noir, souple et avait un aspect cartonné.

Une fois dehors, Rik s'examina avec stupéfaction. Il ne s'était jamais douté qu'un costume pût être aussi compliqué. Le Boulanger l'avait aidé à l'endosser mais qui l'aiderait à l'ôter? Valona n'avait absolument pas l'air d'une paysanne. Ses jambes elles-mêmes étaient protégées par un tissu léger et ses souliers étaient munis de hauts talons qui l'obligeaient à marcher avec précaution pour garder l'équilibre.

Les passants se rassemblèrent; bouche bée, les yeux écarquillés, ils s'interpellaient. Il y avait surtout des enfants, des femmes qui se rendaient au marché et des vagabonds déguenillés. Le Boulanger semblait ne pas s'apercevoir de leur présence. Il tenait un lourd bâton qui se mettait parfois, comme par inadvertance, dans les jambes de ceux qui s'approchaient d'un peu trop près.

Le trio n'avait guère fait plus d'une centaine de pas quand une soudaine agitation parcourut les rangs des curieux. Rik distingua l'uniforme noir et argent d'un patrouilleur.

Ce fut alors que la chose se produisit. L'arme dégainée, l'éclair, puis la fuite éperdue... Y avait-il jamais eu un moment où la peur n'eût pas desserré son étreinte, où l'ombre du patrouilleur n'eût pas suivi Rik?

Ils avaient atteint un sordide quartier de la périphérie. Valona était haletante. Des cernes de transpiration maculaient sa robe neuve.

– Je ne peux plus courir, hoqueta Rik.

– Il faut continuer.

– Pas comme ça. Écoute... – Il se débattit violemment pour libérer son poignet de l'étreinte de Valona. – Écoute-moi.

La peur refluait, la panique s'éloignait.

– Pourquoi ne pas aller là où le Boulanger voulait que nous allions et ne pas faire ce qu'il voulait que nous fassions?

Comment veux-tu savoir ce qu'il voulait que nous fassions? répondit Valona.

Elle était inquiète et désirait poursuivre son chemin.

– Nous devions prétendre que nous venions d'une autre planète. Et il nous a donné ceci.

Rik sortit avec excitation le petit rectangle que Khorov avait fourré dans sa poche et l'examina dans tous les sens, essayant de l'ouvrir comme s'il se fût agi d'un livret.

Il n'y parvint pas. C'était une simple feuille recto verso. Comme il en explorait la tranche, ses doigts se posèrent sur le coin et il entendit – ou, plutôt, il sentit – quelque chose qui cédait. Mystérieusement, la surface de l'objet devint d'un blanc opalin et un texte aux lignes serrées y apparut. Rik déchiffra avec peine les premières syllabes.

– C'est un passeport, annonça-t-il enfin.

– Qu'est-ce que c'est que ça?

– Quelque chose qui nous permet de partir.

Il en était certain. La réponse avait brusquement jailli dans sa tête. Un seul mot : « passeport ».

– Tu ne vois pas? Le Boulanger devait nous faire quitter Florina. Sur un navire. Il n'y a qu'à suivre ses instructions.

– Non, Rik. Ils l'ont empêché de faire ce qu'il voulait faire. Ils l'ont tué. Ce n'est pas possible. Ce n'est pas possible.

Mais Rik insista avant tant de véhémence qu'il en bégayait presque.

– C'est la meilleure solution, voyons! Ils ne s'attendent pas que nous filions. Et puis, nous ne prendrons pas le navire sur lequel le Boulanger voulait que nous embarquions. Il doit être surveillé. Nous en prendrons un autre. N'importe lequel.

Un navire. N'importe quel navire... Ses propres paroles résonnaient dans son crâne. Que l'idée fût bonne ou mauvaise, cela n'avait aucune importance. Son seul désir était d'être à bord d'un navire. D'être dans l'espace.

– Je t'en supplie, Lona!

– Si tu le crois vraiment... soit! Je sais où se trouve le port spatial. Quand j'étais petite, on y allait quelquefois les jours de congé pour regarder de loin les navires qui décollaient.

Ils repartirent. Seul un vague malaise remuait en vain dans l'inconscient de Rik. Le souvenir d'un passé proche, très proche. Quelque chose qu'il devrait se rappeler mais qui lui échappait. Quelque chose...

Puis ses pensées se concentrèrent sur le navire qui les attendait.

Le Florinien de garde à l'entrée du port spatial allait avoir une journée agitée. Mais ce serait pour plus tard. Il courait des rumeurs fantaisistes : des patrouilleurs avaient été attaqués la veille au soir. On parlait d'évasion audacieuse. Ce matin, ces bruits n'avaient fait que croître et embellir. On murmurait que des patrouilleurs avaient été tués.

Le garde n'osait pas quitter son poste mais il tordait le cou pour voir passer les véhicules volants de la Patrouille. Les patrouilleurs s'en allaient, le visage sombre. Le contingent affecté au spatiodrome fondait à vue d'œil.

On les regroupe dans la Cité, se disait le garde, à la fois effrayé et grisé à cette idée. Pourquoi se réjouissait-il à la pensée que l'on tuait les patrouilleurs? Ils ne l'avaient jamais embêté. Pas beaucoup, en tout cas. Il avait une bonne place. Ce n'était pas comme s'il avait été un abruti de paysan.

Mais il était content.

Il ne perdit pas de temps avec le couple qui se présentait. Des étrangers, cela se voyait immédiatement. Gênés, transpirant dans leurs vêtements bizarres. La femme lui tendit un passeport à travers la fente du guichet.

Un coup d'œil sur elle, un autre sur le passeport, un troisième sur la liste des réservations. Il appuya sur le bouton approprié et deux rubans translucides jaillirent sous le nez des voyageurs.

– Alors, qu'est-ce que vous attendez? grogna le garde avec impatience. Attachez-vous ça au poignet et avancez!

– Quel est notre navire? s'enquit la femme.

Elle parlait à voix basse et son ton était poli.

Cela plut au préposé. Les étrangers étaient rares, sur Florina. Depuis quelques années, on en voyait de moins en moins souvent. Mais ce n'étaient ni des patrouilleurs ni des Écuyers. Ils n'avaient pas l'air de se rendre compte que vous n'étiez qu'un Florinien et ils s'adressaient à vous avec courtoisie.

Le garde avait l'impression d'avoir grandi de deux pouces.

– Il est en partance au poste 17, madame. Je vous souhaite bon voyage, fit-il, grandiloquent.

Puis il retourna à ses occupations qui consistaient à appeler ses amis, mine de rien, pour avoir des détails sur ce qui se passait dans la Cité et à essayer, de façon encore plus discrète, d'écouter les conversations sur les lignes privées de la Cité Haute.

Bien plus tard, seulement, il s'apercevrait de la monstrueuse bévue qu'il avait commise.

– Lona!

Rik tira Valona par la manche, leva un instant le bras et chuchota :

– Celui-ci.

Elle considéra avec méfiance l'astronef qu'il désignait. Il était beaucoup plus petit que celui du poste 17 pour lequel étaient délivrés leurs billets. Les quatre sas étaient ouverts et le maître sabord béait; une rampe inclinée en sortait comme si le navire leur tirait la langue; elle allait jusqu'au sol.

– Ils aèrent. On ventile généralement les bâtiments de

plaisance pour les débarrasser de l'odeur de l'oxygène de recyclage qui s'accumule.

Valona le dévisagea.

– Comment sais-tu ça?

Rik éprouva un chatouillement de vanité.

– Je le sais, c'est tout. Il ne devrait y avoir personne à bord pour le moment. C'est désagréable avec la soufflerie en marche.

Il jeta un regard circulaire autour de lui et ajouta, le front plissé :

– Quand même, je ne comprends pas pourquoi il n'y a pas plus de monde dans les environs. C'était comme cela quand tu venais voir les navires s'envoler?

Valona en doutait mais ses souvenirs d'enfance étaient flous. C'était si lointain...

Les jambes tremblantes, ils escaladèrent l'échelle de coupée. Il n'y avait pas de patrouilleurs en vue. On n'apercevait que des employés civils affairés que la distance faisait paraître tout petits.

Le courant d'air les gifla de plein fouet quand ils eurent franchi l'opercule et Valona dut retenir des deux mains sa robe qui s'envolait.

– C'est toujours comme ça? demanda-t-elle.

Elle n'était jamais montée à bord d'un navire et n'avait jamais rêvé que cela pût lui arriver. Ses lèvres étaient crispées et son cœur battait fort.

– Non, répondit Rik. Cela ne dure que pendant la ventilation.

Il parcourut joyeusement les coursives aux solides parois de métallite, examinant avec intérêt les compartiments vides.

– Ah! voilà!

Il était entré dans la cambuse.

– Il n'y a pas tellement de vivres, dit-il d'une voix rapide. On pourra tenir un bon moment sans manger. Mais il faut de l'eau.

Il fouilla les ustensiles et fit main basse sur un vaste récipient muni d'un bouchon. Il chercha un robinet en faisant des vœux silencieux pour que l'équipage n'ait pas négligé de remplir les réservoirs. Il eut un sourire de soulagement en entendant le martèlement feutré des pompes. L'eau se mit à couler.

– On va juste prendre quelques boîtes. Pas trop, pour que personne ne s'en aperçoive.

Il se creusait désespérément la tête pour trouver un moyen de ne pas se faire repérer. A nouveau, il tâtonnait pour mettre le doigt sur quelque chose qui lui échappait. Il arrivait encore à sa pensée de trébucher et il se rétractait alors lâchement, niant l'existence de ces trous de mémoire.

Il ouvrit la porte d'une petite chambre servant à entreposer le matériel de lutte contre l'incendie, la pharmacie de secours, les instruments de chirurgie et l'équipement de soudure.

– Personne ne viendra ici, sauf en cas d'urgence, fit-il avec une confiance mitigée. Tu as peur, Lona?

– Avec toi, je n'aurai pas peur, Rik, répondit-elle humblement.

Deux jours, non, douze heures plus tôt, elle eût tenu un tout autre langage. Mais à bord du navire, par la suite d'une sorte de transfert de personnalité qu'elle acceptait sans poser de questions, c'était Rik qui était l'adulte et elle l'enfant.

– Il ne faudra pas allumer car ils remarqueraient la perte d'énergie, reprit Rik. On utilisera les toilettes seulement pendant les périodes de repos en faisant attention à ne pas tomber sur le personnel de garde.

La soufflerie s'arrêta brutalement. Ils ne sentirent plus la caresse froide de l'air sur leur visage et cessèrent d'entendre le bourdonnement lointain et régulier. Ce fut soudain le silence.

– Ils ne vont pas tarder à embarquer, murmura Rik. On va bientôt être dans l'espace.

Jamais Valona ne lui avait vu une expression aussi heureuse. C'était un amant allant à la rencontre de sa bien-aimée.

Si, au réveil, Rik s'était senti un homme, il était maintenant un géant dont les bras étreignaient la galaxie entière. Les étoiles étaient ses billes, les nébuleuses des toiles d'araignée à épousseter.

Il était à bord d'un astronef! Un raz de marée de souvenirs jaillissait dans sa mémoire, effaçant tout pour faire place nette. Rik oubliait les champs de kyrt, la filature, Valona qui lui fredonnait des chansons, la nuit venue. Ce n'étaient là que des accrocs fugaces dans une étoffe qui, lentement, retrouvait son intégrité.

Tout cela à cause de ce navire!

S'il était monté plus tôt à bord d'un astronef, il n'aurait pas eu à attendre si longtemps que ses cellules cérébrales brûlées se restaurent d'elles-mêmes.

Sa voix s'éleva doucement dans l'obscurité :

– Ne t'inquiète pas, Lona. Il va y avoir une vibration et du bruit. Ce seront seulement les moteurs. Et puis, tu auras l'impression qu'un poids s'abattra sur toi. Ce sera l'accélération.

Il n'y avait pas de mot florinien simple pour exprimer ce concept et il avait employé un terme qui s'était présenté spontanément à son esprit. Valona ne comprit pas.

– Est-ce que cela fera mal? demanda-t-elle.

– Ce sera très désagréable parce que nous n'avons pas de dispositif antiaccélération pour compenser la pression mais cela ne durera pas. Appuie-toi contre la paroi et relâche tes muscles. Tiens! Ça commence, tu vois?

Il s'était collé contre la cloison de droite. Le grondement des générateurs hyperatomiques s'enfla, le champ de gravité apparent bascula et la cloison cessa d'être verticale pour faire un angle de plus en plus accusé.

Valona poussa un gémissement et l'on n'entendit plus que sa respiration rauque. Leur souffle à tous deux était grinçant car leur cage thoracique que rien ne protégeait, ni courroies de maintien ni amortisseur hydraulique, peinait pour faire pénétrer un minimum d'air dans leurs poumons oppressés.

Rik s'efforça de proférer quelques mots haletants, n'importe lesquels, afin que Valona sût qu'il était là, afin d'atténuer la peur terrible de l'inconnu qui, il le savait, devait l'habiter. Ce n'était qu'un navire, un merveilleux navire mais jamais elle n'avait mis les pieds sur le pont d'un navire.

– Il va y avoir le saut, évidemment, quand nous allons plonger dans l'hyperespace et franchir d'un seul coup la plus grande partie de la distance séparant les étoiles. Tu ne sentiras rien du tout. Tu ne t'en rendras même pas compte. Ce n'est rien comparé à ce que tu éprouves pour le moment. Juste une petite secousse à l'intérieur et ce sera fini.

Tout cela dit d'une voix hachée, syllabe par syllabe. Il lui fallut longtemps.

Progressivement, le poids qui leur comprimait la poitrine s'allégea et la chaîne invisible qui les liait à la cloison se distendit avant de se briser. Ils s'écroulèrent, un râle à la bouche.

– Tu es blessé, Rik? demanda enfin Valona.

– Moi? Blessé?

Il réussit à éclater de rire. Il n'avait pas encore retrouvé sa respiration mais l'idée qu'il pût lui arriver malheur sur un navire était par trop cocasse.

– J'ai passé des années de ma vie sur des astronefs. Il m'arrivait de rester des mois entiers dans l'espace.

– Pourquoi? fit Valona.

Elle s'était traînée vers lui et elle lui toucha la joue pour s'assurer qu'il était bien là. Il passa son bras autour de l'épaule de la Florinienne et celle-ci ne bougea plus, acceptant le renversement de situation.

– Pourquoi? répéta-t-elle.

Rik était incapable de répondre à cette question. Il fuyait les planètes. S'y poser lui répugnait. Rester dans l'espace avait été une nécessité pour lui mais il ne se rappelait pas la raison pour laquelle il en allait ainsi. Cette fois encore, il contourna la faille qui s'ouvrait devant lui.

– J'avais une tâche à accomplir.

– Oui. Tu analysais le Vide.

– C'est ça! – Il était satisfait. – Exactement! C'était ce que je faisais. Sais-tu ce que cela signifie?

– Non.

Il n'espérait pas qu'elle comprendrait mais il fallait qu'il parle. Il fallait qu'il se délecte à évoquer ses souvenirs, qu'il savoure l'ivresse de voir le passé accourir docilement à son appel.

– L'univers, vois-tu, Lona, est composé de centaines de substances différentes. On les appelle les éléments. Le fer, le cuivre sont des éléments.

– Je croyais que c'étaient des métaux.

– Oui, ce sont des métaux mais ce sont aussi des éléments. De même que l'oxygène, l'azote, le carbone et le palladium. Les plus importants de tous sont l'hydrogène et l'hélium qui sont les plus simples et les plus répandus.

– Je n'en ai jamais entendu parler, murmura pensivement Valona.

– Quatre-vingt-quinze pour cent de l'univers sont formés d'hydrogène et presque tout le reste est de l'hélium. Même l'espace.

– J'ai entendu dire que l'espace, c'était du vide. Qu'il n'y avait rien dedans. C'est faux?

– Pas entièrement. Il n'y a presque rien dans l'espace. Presque... Mais j'étais un spatio-analyste, comprends-tu? J'allais dans l'espace pour recueillir les quantités extrêmement faibles d'éléments qui s'y trouvent et je les analysais. C'est-à-dire que je notais : il y a tant d'hydrogène, tant d'hélium, tant d'autres éléments.

– Pour quoi faire?

– C'est compliqué à expliquer. Les éléments ne sont pas partout répartis de la même façon. Dans certaines régions, il y a un peu plus d'hélium que la dose normale. Ailleurs, un peu plus de sodium, etc. Ces zones particulières serpentent dans l'espace comme des courants. C'est comme cela qu'on les nomme : ce sont les courants de l'espace. Il est important de connaître l'agencement de ces courants car cela peut nous faire comprendre comment l'univers s'est créé et développé.

– Comment arrive-t-on à expliquer tout ça?

Rik hésita.

– Personne ne le sait exactement.

Il continua rapidement, déconcerté à l'idée que l'immense savoir dont il disposait laissait si facilement place au mystère et à l'inconnu devant les questions de... de... Il songea brusquement que, après tout, Valona n'était jamais qu'une paysanne florinienne.

– On détermine la densité – l'épaisseur, si tu préfères – de ces gaz dans toutes les régions de la galaxie. Elle varie selon les lieux et il est nécessaire de la connaître avec précision afin que les astronefs puissent calculer sans erreur les sauts qu'ils doivent faire à travers l'hyperespace. C'est comme...

Il se tut.

Valona se raidit, attendant qu'il poursuive. Mais Rik demeurait muet.

– Rik? – Dans les ténèbres, sa voix avait des résonances gutturales. – Qu'est-ce qu'il y a qui ne va pas?

Il ne répondit pas. Valona le prit aux épaules et le secoua.

– Rik! Rik!

Et ce fut alors l'ancien Rik qui parla. D'une voix faible, effrayée. Toute son allégresse, toute son assurance s'étaient évanouies.

– Lona... Nous avons commis une erreur.

– Quoi? Qu'est-ce qu'on a fait de mal?

Rik revoyait avec une parfaite netteté la scène de la mort du

Boulanger. Le souvenir était aussi clair que ceux qui remontaient à la surface de son esprit.

– Nous n'aurions pas dû nous enfuir. Nous n'aurions pas dû monter dans ce navire.

Un tremblement incoercible agitait Rik. Tant bien que mal, Valona essaya d'essuyer de sa main nue la sueur dont son front était baigné.

– Pourquoi? Pourquoi, Rik?

– Parce que si le Boulanger était disposé à nous faire évader en plein jour, c'est qu'il ne s'attendait pas à avoir des ennuis de la part des patrouilleurs. Est-ce que tu te souviens de celui qui l'a tué?

– Oui.

– Est-ce que tu te rappelles sa figure?

– Je n'ai pas osé le regarder en face.

– Moi, je l'ai regardé. Et il y avait quelque chose de bizarre mais je n'y ai pas fait attention. Ce n'était pas un patrouilleur, Lona. C'était le Prud'homme. Le Prud'homme habillé en patrouilleur.

CHAPITRE VIII

LA DEMOISELLE

Samia de Fife mesurait exactement un mètre cinquante – cent cinquante centimètres frémissant d'exaspération. Elle pesait quarante-cinq kilos, ce qui représentait pour le moment quarante-cinq mille grammes de fureur noire. Ses cheveux noirs roulés en lourds bandeaux, elle allait et venait d'un pas vif d'un bout à l'autre de la pièce, grandie par ses hauts talons. Son menton étroit, fendu d'une profonde fossette, tremblait.

– Non! s'exclama-t-elle. Il ne me ferait pas cela! Il ne peut pas... Capitaine!

Sa voix tranchante était autoritaire. Le capitaine Racety s'inclina, résigné à la tempête.

– Votre Seigneurie?

Pour n'importe quel Florinien, le capitaine Racety eût évidemment été un « Écuyer ». Cela allait de soi. Aux yeux des Floriniens, tous les Sarkites étaient des Écuyers. Mais, pour les Sarkites, il y avait des Écuyers et les *vrais* Écuyers. Le capitaine était un simple Écuyer. Samia de Fife était une vraie Écuyère.

– On ne me donne pas d'ordres, laissa-t-elle tomber. Je n'en ai plus l'âge. Je suis maîtresse de mes actes. Je décide de rester.

– Qu'il plaise à Votre Seigneurie de bien comprendre que l'ordre ne vient pas de moi, répondit le capitaine en pesant soigneusement ses mots. On ne m'a pas demandé mon avis. J'ai reçu des consignes nettes et catégoriques.

Il compulsa sans beaucoup d'enthousiasme une liasse de papiers pour y trouver copie de ces consignes. Il avait déjà essayé à deux reprises de prouver sa bonne foi à Samia de Fife mais elle n'avait pas voulu examiner le document, comme si son refus lui permettait de continuer de ne pas voir où était le devoir de l'officier.

Cette fois encore, elle répondit :

– Vos consignes ne m'intéressent pas.

Ses talons claquèrent. Elle fit demi-tour et s'éloigna de Racety d'un pas vif.

Il la suivit.

– Mes ordres m'enjoignent de vous faire transporter de force, si j'ose me permettre de m'exprimer ainsi, dans le cas où vous ne vous rendriez pas volontairement à mon bord, dit le capitaine avec douceur.

Elle lui fit face.

– Vous n'auriez pas cette audace.

– Eu égard à celui qui m'a donné mes directives, j'aurai toutes les audaces.

Elle se fit enjoleuse.

– Il n'y a pas réellement de danger, capitaine. C'est absolument ridicule! C'est démentiel! La Cité est paisible. Tout se borne à ceci : un patrouilleur s'est fait assommer hier dans la bibliothèque. Un point, c'est tout.

– Un autre a été tué ce matin. L'agresseur était également un Florinien.

Samia tressaillit mais son teint bistre devint plus sombre et ses yeux noirs flamboyèrent.

– En quoi cela me concerne-t-il? Je ne suis pas un patrouilleur.

– On est en train de préparer le navire, Votre Seigneurie. Nous allons appareiller sous peu. Il faut que vous embarquiez.

– Et mon travail? Mes recherches? Vous rendez-vous compte... Non, vous ne vous rendez pas compte...

Le capitaine garda le silence. Samia lui tournait le dos, à présent. Sa robe de kyrt couleur cuivre passementée d'argent faisait ressortir l'extraordinaire délicatesse de ses épaules et de ses bras. Le capitaine Racety contemplait la jeune fille avec quelque chose de plus que la plate courtoisie et l'humble objectivité qu'un simple Sarkite devait à une si noble personne. Il se demandait pourquoi une donzelle aussi bien faite s'amusait à perdre son temps à parodier l'activité d'un professeur d'université.

Samia savait bien que les recherches auxquelles elle se consacrait avec ardeur faisaient sourire les gens habitués à considérer que les nobles Dames de Sark avaient pour unique rôle d'être les ornements de la haute société et de servir finalement d'incubateurs à au moins deux (mais jamais plus de deux) futurs Écuyers de Sark. Cela lui était indifférent.

Les femmes venaient la trouver et disaient : « Est-il vrai que vous écrivez un livre, Samia? » Elles demandaient à le voir et gloussaient bêtement.

Les hommes étaient encore pire avec leur indulgence condescendante, manifestement persuadés qu'il suffirait d'un regard, d'un bras viril passé autour de sa taille pour qu'elle cesse de s'intéresser à ces niaiseries et tourne son esprit vers les choses qui avaient une importance réelle.

Elle avait toujours été comme cela, songeait-elle, parce qu'elle avait toujours été amoureuse du kyrt alors que, pour la plupart des gens, le kyrt n'était qu'un produit banal. Le kyrt! Le roi, l'empereur, le dieu des textiles. La métaphore était en dessous de la vérité.

Chimiquement parlant, le kyrt n'était rien de plus qu'une variété de cellulose. Les chimistes le juraient. Pourtant, malgré tous leurs instruments et toutes leurs théories, ils n'avaient encore jamais expliqué pourquoi Florina était la seule planète de la galaxie où la cellulose devenait kyrt. C'est une question d'état physique, disaient-ils. Mais si on leur demandait en quoi l'état physique du kyrt différait de celui de la cellulose commune, ils étaient muets.

Ç'avait d'abord été chez sa nourrice que Samia avait rencontré cette ignorance :

– Pourquoi c'est qu'il brille, nounou?
– Parce que c'est le kyrt, Miakins.
– Pourquoi les autres choses brillent pas pareil, nounou?
– Les autres choses ne sont pas le kyrt, petite Mia.

Et il n'y avait plus qu'à tirer un trait. Une monographie en deux volumes, traitant du kyrt, était sortie trois ans auparavant. Samia l'avait lue avec attention : tout revenait à l'explication de la nounou. Le kyrt était le kyrt parce que c'était le kyrt. Les choses qui n'étaient pas le kyrt n'étaient pas le kyrt parce qu'elles n'étaient pas le kyrt.

Certes, le kyrt ne brillait pas vraiment par lui-même mais, filé comme il convenait, il miroitait au soleil de reflets métalliques, chatoyait de mille et une couleurs. Un autre procédé lui conférait l'éclat du diamant. Un traitement qui ne coûtait guère d'efforts lui permettait de supporter une température de 600 degrés et le rendait inerte à l'action de presque toutes les substances chimiques. Ses fibres donnaient un fil d'un diamètre inférieur à celui des textiles synthétiques les plus fins et elles avaient une résistance à la tension que l'on ne trouvait dans aucun alliage d'acier existant.

Aucun matériau connu ne se prêtait à autant d'applications que le kyrt. S'il n'avait pas été aussi onéreux, on aurait pu s'en servir pour remplacer le verre, le métal et les matières plastiques dans toutes leurs utilisations industrielles. C'était à lui seul que l'on avait recours pour collimater les instruments d'optique, pour confectionner les moules de fusion des hydrochrons des moteurs hyperatomiques et pour fabriquer des grilles ultra-légères et robustes quand on ne pouvait employer le métal à cause de sa fragilité ou de son poids – ou des deux.

Mais, répétons-le, l'usage du kyrt était limité en raison de son coût prohibitif. En fait, la production florinienne de kyrt était achetée par des fabriques de textiles qui la transformaient en tissus – les tissus les plus fabuleux de toute l'histoire de la galaxie. Florina habillait l'aristocratie d'un million de planètes et la distribution se faisait au compte-gouttes. Une vingtaine de femmes sur un monde donné pouvaient avoir un trousseau en kyrt; deux mille, une jaquette fantaisie ou une paire de gants en kyrt. Vingt millions d'autres regardaient ces heureuses de loin et soupiraient.

Dans toute la galaxie, il y avait une expression pour désigner les snobs, la seule formule que tout le monde comprenait partout : « On croirait qu'elle se mouche dans le kyrt ! »

Un jour, quand elle était petite, Samia avait demandé à son père :

– Qu'est-ce que le kyrt, papa ?

– Ta tartine beurrée, Mia.

– La mienne ?

– Pas seulement la tienne, Mia. C'est la tartine beurrée de Sark.

Dame ! Elle avait aisément compris pourquoi il en était ainsi. Toutes les planètes de la galaxie sans exception avaient essayé de faire pousser le kyrt sur leur sol. Au début, Sark avait décrété la peine de mort pour tout individu, indigène ou étranger, coupable de faire sortir des graines de kyrt en fraude. Cela n'avait pas empêché la contrebande de fleurir. Au cours des siècles, la vérité était apparue ; la loi fut abolie et Sark se fit un plaisir de vendre à tout un chacun les semences... au tarif du produit fini, bien entendu.

Sark pouvait se le permettre car, ailleurs que sur Florina, le kyrt devenait de la banale cellulose. Une matière blanche, terne, sans résistance et bonne à rien. Qui ne valait même pas l'honnête coton.

Les propriétés du kyrt tenaient-elles au sol de Florina ? A certaines radiations caractéristiques émises par son soleil ? A sa faune et à sa flore bactériennes spécifiques ? On avait tout essayé. On avait effectué des prélèvements d'humus. On avait reconstitué artificiellement à l'aide de lampes à arc le spectre du soleil de Florina. On avait ensemencé des planètes avec des bactéries floriniennes. Le kyrt s'obstinait à devenir une substance blanche, terne, sans résistance et bonne à rien.

Il y avait sur le kyrt une foule de choses à dire qui n'avaient jamais été dites en dehors ce qu'on pouvait lire dans les rapports techniques, les revues scientifiques, voire les récits de voyages. Pendant cinq ans, Samia avait rêvé d'écrire un vrai livre relatant l'histoire du kyrt, de la planète sur laquelle il poussait, des êtres qui le cultivaient.

Un rêve qui suscitait des rires railleurs. Mais elle s'était entêtée. Elle avait exigé de se rendre sur Florina. Elle comptait passer une saison dans les champs et quelques mois dans les filatures. Ensuite, elle...

Mais à quoi bon penser à ce qu'elle aurait dû faire puisqu'elle avait ordre de rentrer ?

Elle prit brusquement une décision de la façon impulsive qui marquait tous ses actes : elle se battrait sur Sark. Farouche, elle se promit à elle-même de revenir sur Florina.

Elle se tourna vers Racety et lui demanda d'un ton froid :

– Quand partons-nous, capitaine?

Samia demeura devant le hublot d'observation tant que Florina demeura visible. C'était un monde vert et printanier dont le climat était beaucoup plus plaisant que celui de Sark. Elle avait espéré étudier les indigènes. Elle n'aimait pas les Floriniens de Sark; c'étaient des créatures insipides qui n'osaient pas la regarder et se détournaient à son passage comme le voulait la loi. Cependant, d'après ce que tout le monde disait, chez eux les indigènes menaient une vie heureuse et insouciante. Certes, ils étaient irresponsables et semblables à des enfants mais ils avaient leur charme.

Le capitaine Racety interrompit le cours de ses pensées.

– Votre Seigneurie désire-t-elle se retirer dans sa cabine?

Elle dévisagea l'officier et une minuscule ride verticale se forma entre ses yeux.

– Quelles nouvelles instructions avez-vous reçues, capitaine? Suis-je prisonnière?

– Absolument pas, Votre Seigneurie. Il s'agit simplement d'une mesure de précaution. Le terrain était étrangement désert avant le décollage. Il semble qu'il y ait eu un autre crime commis, cette fois encore, par un Florinien. La garnison de la Patrouille affectée à la base a été rappelée dans la Cité pour participer aux recherches. On traque le coupable.

– Je ne vois pas le rapport avec moi.

– Dans ces circonstances, auxquelles j'aurais dû faire face en mettant personnellement un dispositif de garde en place (je ne minimise pas cette défaillance), il est possible que des indésirables se soient illicitement introduits à bord.

– Dans quel but?

– Je ne saurais le dire mais probablement pas dans de bonnes intentions.

– C'est du roman, capitaine!

– Je crains que non, Votre Seigneurie. Nos compteurs d'énergie étaient, bien sûr, inefficaces tant que nous nous trouvions à une distance planétaire du soleil de Florina mais ce n'est plus le cas à présent et j'ai le regret de vous informer qu'ils ont décelé un excès de rayonnement calorique provenant de la réserve d'urgence.

– Parlez-vous sérieusement?

L'espace d'une seconde, une expression hautaine se peignit sur le visage maigre et imperturbable du commandant de bord.

– Ce rayonnement est équivalent à celui de deux personnes ordinaires, reprit-il.

– Ou à celui d'un bloc thermique que l'on aura oublié de couper.

– Il n'y a pas de perte d'énergie, Votre Seigneurie. Nous sommes prêts à enquêter. Je vous prierai seulement de bien vouloir vous retirer préalablement dans vos appartements!

Sans mot dire, elle acquiesça et s'éloigna. Deux minutes plus tard, la voix calme du capitaine tomba des haut-parleurs :

– Enfoncez la porte de la réserve d'urgence.

Si Myrlyn Terens dont les nerfs étaient tendus à craquer s'était laissé aller, il aurait facilement sombré dans l'hystérie – et c'eût peut-être été providentiel. Il était retourné trop tard à la boulangerie. D'un cheveu : les fugitifs l'avaient déjà quittée et ç'avait été pur hasard s'il les avaient rencontrés dans la rue. Ce qu'il avait alors fait avait été inéluctable. Il n'avait pas la liberté de choix. Et maintenant, le cadavre atroce du Boulanger gisait devant lui.

Ensuite, ç'avait été le raz de marée de la foule qui avait englouti Rik et Valona, puis les véhicules aériens bourrés de patrouilleurs – de vrais patrouilleurs! – avaient commencé de tourner en rond comme des vautours. Que faire?

Il avait lutté contre le réflexe qui le poussait à s'élancer sur les traces de Rik. Mauvaise solution : il n'aurait jamais retrouvé les fuyards et aurait eu toutes les chances de se faire repérer par les patrouilleurs. Alors il était parti dans la direction opposée, celle de la boulangerie.

Son seul atout résidait dans l'organisation même de la patrouille. L'ordre n'avait pas été troublé depuis des générations. En tout cas, il n'y avait pas eu à proprement parler de révoltes floriniennes depuis deux siècles. L'institution du corps des Prud'hommes (à cette pensée, Terens eut un sourire farouche) avait été miraculeuse et, dès lors, la mission de police des patrouilleurs avait été purement formelle. Il leur manquait le sens du travail d'équipe qui se serait développé chez eux si la situation avait été différente.

Terens avait pu s'introduire à l'aube dans un poste auquel son signalement avait dû être déjà notifié mais il avait été examiné d'un œil manifestement négligent. Le patrouilleur de garde l'avait considéré d'un air indifférent et maussade. Il lui avait demandé d'exposer le motif de sa visite. Or, ce motif était un barreau de matière plastique que Terens avait arraché à une masure délabrée dans les faubourgs.

Il avait assommé le patrouilleur, revêtu son uniforme et volé ses armes. La liste de ses crimes était déjà si formidable qu'il n'éprouva aucun trouble en découvrant qu'il avait tué l'homme au lieu de l'endormir.

Pourtant, il était toujours en liberté et, jusqu'ici, c'était en vain que la machine rouillée et grinçante de la Patrouille s'était mise en branle.

Il était devant la boulangerie. Le vieux qui servait de mitron se trouvait sur le seuil, cherchant sans succès à comprendre la raison de toute cette agitation. A la vue du redoutable uniforme noir et argent, il poussa un cri étouffé et réintégra les profondeurs de la boutique.

Le Prud'homme se rua sur lui et l'empoigna par le col.

– Où est allé le Boulanger? demanda-t-il en secouant sa victime.

Le vieillard ouvrit la bouche mais aucun son n'en sortit.

– J'ai tué un homme il y a deux minutes, reprit Terens. Ça m'est égal d'en tuer un autre.

– Je vous en prie... Je vous en prie... Je ne sais rien.

– Tu mourras pour t'apprendre à ne rien savoir.

– Mais il ne m'a pas dit où il allait. J'ai cru comprendre qu'il avait retenu des places.

– Tiens? Et qu'est-ce que tu as encore cru comprendre d'autre?

– A un moment, il a parlé de Wotex. C'étaient des places d'astronef.

D'une bourrade, Terens envoya le vieux rouler à l'autre bout de la pièce.

Il fallait attendre que la fièvre se calmât un peu dans la rue. Il fallait accepter le risque de voir de vrais patrouilleurs faire une descente dans la boulangerie.

Mais pas trop longtemps. Pas trop longtemps... Il devinait ce que ses compagnons d'hier allaient faire. Certes, la conduite de Rik était imprévisible mais Valona était une fille intelligente. Il n'y avait qu'à voir comment ils s'étaient enfuis pour comprendre qu'ils l'avaient pris pour un authentique patrouilleur et, sans aucun doute, Valona avait jugé que la seule issue possible était d'appliquer le plan du Boulanger.

Le Boulanger avait retenu des places à leur intention. Un astronef était en partance. Valona et Rik se rendraient au spatiodrome.

Il faudrait que Terens y arrive le premier.

La situation était désespérée. Rien d'autre n'avait plus d'importance. En perdant Rik, Terens perdait une arme capable de mettre fin à la tyrannie de Sark. À côté de cela, sa propre mort ne comptait guère.

Aussi, quand il quitta la boulangerie, ce fut sans éprouver la moindre angoisse bien qu'il fît grand jour, bien que les patrouilleurs dussent maintenant savoir que celui qu'ils recherchaient portait la tenue de la Patrouille et bien que deux véhicules aériens fussent en vue.

Terens savait de quel spatiodrome il s'agissait. Il n'en existait qu'un seul conforme aux normes requises sur toute la planète. Il y avait une douzaine de minuscules bases privées pour astronefs de plaisance dans la Cité Haute et des centaines de terrains disséminés sur toute la surface de Florina à l'usage exclusif des cargos lourds qui livraient à Sark des monceaux de pièces de kyrt et en ramenaient des biens d'équipement et de consommation. Mais un seul astrodrome était réservé aux voyageurs ordinaires, aux plus pauvres des Sarkites, aux fonctionnaires floriniens et aux rares étrangers autorisés à se rendre sur Florina pour des raisons touristiques.

Le garde florinien dévisagea Terens avec un intérêt manifeste. L'astrodrome désert commençait à lui être insupportable.

– Salut à vous, dit-il. – Il y avait quelque chose de furtivement avide dans sa voix. Après tout, plusieurs patrouilleurs avaient été liquidés. – Il y a beaucoup d'agitation dans la Cité, à ce qu'il paraît?

Terens ne mordit pas à l'appât.

Il avait rabattu la visière de son casque et boutonné sa tunique jusqu'au col.

– Avez-vous vu entrer récemment deux personnes, un homme

et une femme, dont la destination était Wotex? demanda-t-il d'un ton revêche.

L'étonnement se peignit sur le visage du gardien. Il resta quelques instants la bouche ouverte avant de répondre avec infiniment plus de soumission :

– Oui, chef. Il y a une demi-heure environ. Peut-être moins. – Ses joues se colorèrent soudain. – Y a-t-il un rapport entre ce couple et...? Leurs réservations étaient parfaitement en règle, chef. Je n'aurais pas laissé passer des étrangers en situation irrégulière.

Terens ne releva pas ces derniers mots. En situation irrégulière! Le Boulanger avait réglé la question en l'espace d'une nuit. Par tous les dieux de la galaxie, jusqu'à quel point l'administration sarkite était-elle pénétrée par l'espionnage trantorien?

– Quels noms vous ont-ils donnés?

– Gareth et Hansa Barne.

– Leur navire a-t-il appareillé? Vite...

– N... non, chef.

– Où se trouve-t-il?

– Au poste 17.

Terens s'efforça de ne pas prendre le pas de course mais il accéléra quand même l'allure. Si un vrai patrouilleur avait été dans les parages, cette foulée qui péchait par manque de dignité eût suffi à sonner le glas de sa liberté.

Un officier en tenue était debout devant le maître sas du navire.

– Gareth et Hansa Barne sont-ils montés à bord? lui demanda le faux patrouilleur qui haletait un peu.

– Non, répondit l'officier avec flegme. – Il était sarkite et, à ses yeux, un patrouilleur n'était rien de plus qu'un autre homme en uniforme. – Vous avez un message à leur transmettre?

– Ils ne sont pas à bord?

La patience de Terens s'effilochait.

– C'est ce que je vous dis. Et nous ne les attendrons pas. Nous partirons à l'heure prévue, avec ou sans eux.

Terens fit demi-tour et reprit le chemin de la guérite.

– Sont-ils partis?

– Partis? répéta le gardien. Qui ça, chef?

– Les Barne. Le couple qui s'embarquait pour Wotex. Ils ne sont pas à bord de l'astronef. Ont-ils quitté le port?

– Non, chef, pas que je sache.
– Ils auraient pu sortir par une autre porte.
– Il n'y en a pas d'autres, chef.
– Qu'est-ce que vous attendez pour vérifier, misérable imbécile?

Le gardien en proie à la panique saisit le tube de communication. C'était la première fois qu'un patrouilleur employait un ton aussi brutal pour s'adresser à lui et il se demandait avec terreur comment cela allait finir. Deux minutes plus tard, il reposa le tube.

– Personne n'a quitté le port, chef.

Terens le dévisagea. Sous son couvre-chef noir, la transpiration collait ses cheveux roux sur son crâne et des gouttes de sueur brillaient sur ses joues.

– Est-ce qu'un navire a décollé depuis que ces individus sont entrés?

Le gardien consulta la liste des plans de vol.

– Oui. L'astronef-paquebot *Intrépide*

Désireux de se concilier les bonnes grâces du patrouilleur en colère, il enchaîna, volubile :

– L'*Intrépide* ramène à Sark Sa Seigneurie Samia de Fife. C'est un vol privé.

Il s'abstint de préciser grâce à quels raffinements d'indiscrétion il avait réussi à obtenir cette « information confidentielle ».

Mais, pour Terens, rien n'avait plus d'importance.

Le Prud'homme s'éloigna à pas lents. Une fois l'impossible éliminé, ce qui demeurait, si improbable que ce fût, était la vérité. Rik et Valona s'étaient introduits dans l'astroport. Ils n'avaient pas été arrêtés : autrement le gardien l'aurait sûrement su. Ils ne s'étaient pas contentés d'errer à l'aventure dans le port sinon ils auraient été capturés. Ils n'étaient pas à bord du navire où leurs places étaient retenues. Ils n'avaient pas quitté les lieux. Le seul bâtiment à avoir décollé était l'*Intrépide*. Donc, Rik et Valona se trouvaient dans ses flancs. Peut-être prisonniers. Peut-être comme passagers clandestins.

Les deux hypothèses étaient d'ailleurs équivalentes. S'ils s'étaient cachés, ils seraient bientôt prisonniers. Seuls une paysanne florinienne et un simple d'esprit étaient incapables de se rendre compte qu'il n'y a pas moyen de se dissimuler à bord d'un astronef moderne.

Et ils avaient choisi celui qui emportait la fille de l'Écuyer de Fife!

L'Écuyer de Fife!

CHAPITRE IX

L'ÉCUYER

L'Écuyer de Fife était le personnage le plus éminent de Sark : c'était pour cette raison qu'il n'aimait pas être debout. Comme sa fille, il était petit mais, contrairement à elle, il n'était pas parfaitement proportionné. C'étaient en effet ses jambes qui étaient trop courtes. Il avait un torse puissamment musclé, une physionomie indéniablement majestueuse mais son tronc était planté sur une paire de jambes rabougries qui donnaient à l'Écuyer de Fife une démarche de canard, incapables qu'elles étaient de supporter le poids de son corps.

En dehors de sa fille, des serviteurs attachés à sa personne et de feu son épouse, nul ne l'avait jamais vu qu'assis derrière son bureau.

Dans cette position, il avait l'air d'être celui qu'il était. Il avait une tête massive, une grande bouche presque dépourvue de lèvres, un nez écarté aux larges narines, un menton pointu creusé d'une fente médiane et son visage arborait avec une égale aisance une expression bonasse ou une mine inflexible. Ses cheveux qui lui tombaient presque jusqu'aux épaules au mépris de la mode étaient aile-de-corbeau; on n'y distinguait pas le moindre fil d'argent. Ses joues étaient bleuâtres et son barbier florinien devait lutter deux fois par jour contre une barbe opiniâtre.

L'Écuyer de Fife affichait en pleine connaissance de cause un maintien affecté. Sa physionomie était volontairement vide d'expression. Il avait croisé ses mains épaisses terminées par des doigts courts sur le plateau lisse et poli de son bureau nu. Rien – pas un papier, pas un tube de communication, pas un bibelot. Ce dépouillement ne faisait que souligner la présence de l'Écuyer de Fife.

Il parlait à son secrétaire, un Florinien au teint blême de poisson, sur le ton monocorde qu'il réservait aux ustensiles mécaniques et aux fonctionnaires de Florina.

– Je présume qu'ils ont tous accepté?

La réponse ne faisait aucun doute.

Le secrétaire répondit de la même voix blanche :

– L'Écuyer de Bort a déclaré qu'en raison d'engagements antérieurs, il ne pourrait assister à la conférence qu'à partir de trois heures.

– Et que lui avez-vous dit?

– Que, eu égard à la nature de l'affaire en question, tout retard serait inopportun.

– Le résultat?

– Il sera là, messire. Les autres n'ont fait aucune difficulté.

Fife sourit. Une demi-heure de plus ou de moins n'eût rien changé. C'était un nouveau principe qu'il avait établi, rien de plus. Les Grands Écuyers étaient trop ombrageux en ce qui concernait leur indépendance : cette susceptibilité devait disparaître.

Il n'y avait plus qu'à attendre. La pièce était vaste. Tout était prêt. Le gros chronomètre, dont l'infime étincelle de radioactivité qui était sa source d'énergie palpitait sans défaillance depuis un millénaire, indiquait deux heures vingt et une.

Que d'événements en deux jours! L'antique chronomètre serait peut-être témoin de bouleversements sans précédent.

Pourtant, il avait vu bien des choses en mille ans. A l'époque où il avait commencé d'égrener les minutes, Sark était un monde jeune; ses cités à l'architecture rudimentaire, n'entretenaient que des rapports incertains avec les mondes plus anciens. Le chronomètre était alors fixé au mur d'un vieux bâtiment dont les briques étaient depuis longtemps retombées en poussière. Son mécanisme avait fredonné sa chanson régulière tandis que se succédaient trois « empires » éphémères : une demi-douzaine de planètes proches livrées pendant des laps de temps plus ou moins longs à la loi des soldats indisciplinés de Sark. Ses atomes radioactifs s'étaient désintégrés selon une séquence strictement statistique pendant deux périodes alors que les flottes militaires des mondes voisins avaient dicté la politique sarkite.

Cinq cents ans auparavant, Sark avait découvert que la planète la plus proche, Florina, recelait dans son sol un trésor échappant à toute évaluation. Le chronomètre avait débité le temps en tranches égales pendant deux guerres victorieuses et solennellement enregistré l'instauration de la paix du conquérant. Sark avait renoncé à son empire, absorbé Florina et acquis une puissance qui laissait loin derrière elle celle de Trantor lui-même.

Trantor avait des vues sur Florina. Et il n'était pas le seul. De tous les points de l'espace, des mains avides se tendaient vers Florina, mais ç'avaient été celles de Sark qui s'étaient refermées sur le butin et, plutôt que de relâcher son étreinte, Sark eût pris le risque d'une guerre galactique.

Trantor le savait! *Trantor le savait!*

C'était comme si le rythme silencieux du chronomètre avait fait naître une petite ariette dans la tête de l'Écuyer de Fife.

Il était deux heures vingt-trois.

Près d'un an auparavant, les cinq Grands Écuyers de Sark avaient eu une réunion. Cette fois déjà, elle s'était tenue dans la demeure de Fife. Aucun des Écuyers disséminés d'un bout à l'autre de la planète n'avait quitté le continent qui était le sien. L'entrevue s'était déroulée par projection tridimensionnelle.

Ce système équivalait en gros à une sorte d'émission de télévision en relief, en couleurs et grandeur nature. On trouvait des duplicateurs chez tous les Sarkites un peu à l'aise. Mais ce qui sortait de l'ordinaire, c'était l'absence de tout récepteur visible. A l'exception de Fife, puissance invitante, les quatre Écuyers étaient présents dans tous les sens possibles, à ceci près que leur présence n'était pas réelle. On ne voyait pas le mur derrière eux, leur image ne scintillait pas mais on aurait pu passer la main à travers leur corps.

L'Écuyer de Rune en chair et en os se trouvait aux antipodes. A l'heure où la conférence s'était ouverte, son continent était plongé dans la nuit. Le volume cubique entourant immédiatement sa représentation dans le bureau de Fife avait l'éclat blanc et froid de l'éclairage artificiel.

C'était Sark elle-même qui, réellement ou en effigie, était rassemblée dans la salle. Étrange incarnation de la planète... Incarnation qui n'était d'ailleurs pas totalement placée sous le signe de la grandeur. Rune était chauve, obèse et avait la peau rose tandis que Balle avait les cheveux gris, un corps efflanqué et un visage parcheminé. Steen affichait sous sa toison blanche et hirsute le sourire désespéré d'un homme usé feignant de posséder encore la force vitale qui l'a déserté. Quant à Bort, il manifestait un mépris complet envers les autres au point d'avoir une barbe de deux jours et les ongles en deuil.

Pourtant, c'étaient les cinq Grands Écuyers de Sark.

Ils représentaient l'échelon suprême du pouvoir. Ces échelons étaient au nombre de trois. Le plus bas était constitué, évidemment, par l'administration florinienne qui était restée immuable à travers les vicissitudes marquant l'essor et la chute des grandes familles sarkites. C'était elle qui faisait effectivement tourner sans qu'ils grincent les rouages du gouvernement. Au-dessus des fonctionnaires floriniens, on trouvait les ministres et les directeurs de cabinet nommés par le chef de l'État dont le poste était héréditaire – et qui était impuissant. Il était nécessaire que son nom et celui des excellences figurât sur les actes officiels afin de conférer à ces derniers l'estampille légale qui les rendait exécutoires, mais signer des textes était le seul devoir qui incombait à ces personnages.

L'étage supérieur de la hiérarchie était celui des cinq Grands Écuyers, chacun reconnaissant tacitement les droits de propriété de ses collègues sur leurs continents respectifs. Les cinq étaient les chefs de file des familles qui contrôlaient la majeure partie de l'industrie du kyrt et les revenus afférents. C'était l'argent qui conférait la puissance et dictait en dernier ressort la politique de Sark.

Or, les cinq avaient l'argent. Et, de tous, c'était Fife qui en possédait le plus.

Ce jour-là, presque un an plus tôt, l'Écuyer de Fife avait annoncé à ses pairs, les autres maîtres de la planète, qui arrivaient à la seconde place pour ce qui était de la richesse (la première revenant à Trantor qui, après tout, avait un demi-million de mondes à exploiter au lieu de deux) :

– J'ai reçu un curieux message.

Les quatre autres n'avaient rien répondu. Ils avaient attendu la suite.

Fife avait alors tendu une feuille de métallite à son secrétaire qui l'avait présentée à chacun des Écuyers afin que tous pussent la lire.

Chacun des quatre hommes réunis dans le bureau de Fife avait le sentiment que c'était lui qui était réel, que ses collègues, y compris Fife, étaient des ombres. La pellicule de métallite était une ombre, elle aussi. Ce que les Écuyers avaient sous les yeux dans leur résidence n'était qu'un jeu d'optique. Les mots qu'ils lisaient, rayons lumineux réfractés d'un bout à l'autre de la planète, n'étaient que des ombres sur une ombre.

Seul Bort, qui allait toujours droit au but et ne se souciait pas de subtilités, l'oublia et tendit la main vers le message.

Sa main sortit du cadre de réception et disparut. Elle se referma sur le néant, passant au travers de la pellicule impalpable. Fife sourit. Les autres l'imitèrent. Steen pouffa.

Bort rougit. Sa main réapparut.

– Eh bien, tout le monde a lu ce texte. Si vous n'y voyez pas d'inconvénient, je vais maintenant le lire à haute voix afin que vous puissiez en saisir toute l'importance.

Le secrétaire se hâta de lui tendre le message à la hauteur voulue pour que le Grand Écuyer n'ait pas à attendre.

Fife se mit à lire d'une voix de velours, faisant un sort aux mots comme s'il était l'auteur du texte et se plaisait à le déclamer :

– Voici ce qu'il dit : « Vous êtes un Grand Écuyer de Sark et nul ne peut rivaliser avec vous, ni par la puissance ni par la richesse. Pourtant, cette puissance et cette richesse reposent sur une base fragile. Vous pensez peut-être qu'une réserve de kyrt à l'échelle planétaire comme celle que recèle Florina constitue une base rien moins que fragile. Mais demandez-vous combien de temps durera Florina. Éternellement?

« Non! Demain, Florina sera peut-être détruite. Elle peut vivre encore mille ans. De ces deux hypothèses, la première est la plus plausible. Sa destruction ne sera certes pas mon fait mais elle arrivera d'une façon que vous ne saurez prévoir. Réfléchissez à ce que signifiera sa destruction. Songez également que votre puissance et votre richesse sont déjà anéanties car j'en exige la majeure partie. Vous avez le temps de réfléchir. Mais un temps limité.

« Si vous cherchez à employer des manœuvres dilatoires, je proclamerai la vérité sur cette destruction imminente à la face de la galaxie et tout particulièrement sur Florina. Alors, plus de kyrt, plus de puissance, plus de richesse. Pour moi non plus, mais j'en ai l'habitude. Mais pour vous ce serait extrêmement grave puisque vous êtes nés dans l'opulence.

« J'exige la plus grande part de vos domaines. Je vous ferai savoir dans un avenir prochain comment il vous faudra procéder pour cette dévolution et je chiffrerai mes exigences. Le reliquat restera en votre possession. Certes, ce sera peu par rapport à vos critères actuels mais cela vaudra mieux que rien. Autrement, il ne vous restera rien. Ne méprisez pas non plus la portion congrue qui vous reviendra. Il se peut que Florina ne disparaisse qu'après votre mort et vous vivrez, sinon dans le luxe, du moins dans le confort. »

Fife avait fini. Il tourna la pellicule de métallite dans sa main avant de la glisser avec soin dans un étui cylindrique fait d'une substance argentée et translucide à travers laquelle des lignes se fondirent en une tache rougeâtre.

Reprenant sa voix normale, il dit :

– Amusante, cette lettre. Elle n'est pas signée. Vous avez remarqué son style ampoulé et pompeux. Qu'en pensez-vous, messieurs?

Le mécontentement se lisait sur le visage rougeaud de Rune qui répondit :

– Il est visible que celui qui a écrit cela est un névrosé ou peu s'en faut. On dirait un roman historique. Franchement, Fife, je ne crois pas que de telles niaiseries soient une excuse valable pour cette convocation contraire à toutes nos traditions d'autonomie continentale. Et je n'apprécie pas la présence de votre secrétaire.

– Mon secrétaire? Parce qu'il est florinien? Craindriez-vous qu'une missive de ce genre ne lui mette la tête à l'envers? C'est ridicule! – Il abandonna le ton vaguement amusé avec lequel il avait prononcé ces mots pour ordonner d'une voix monocorde : – Tournez-vous vers l'Écuyer de Rune.

Le secrétaire obéit. Il gardait les yeux baissés avec déférence. Pas une ride ne creusait son visage blanc et sa physionomie était totalement vide d'expression. C'est à peine s'il semblait vivant.

– Ce Florinien est à mon service personnel, reprit Fife comme si l'homme n'était pas là. Mais ce n'est pas là la raison de son absolue loyauté. Regardez-le. Regardez ses yeux. Ne vous rendez-vous pas compte qu'il est décervelé? Il est incapable de nourrir la moindre pensée déloyale à mon égard. N'y voyez aucune offense mais je peux dire que j'aurais plus confiance en lui qu'en aucun d'entre vous.

Bort eut un rire étouffé.

– Je ne vous le reprocherai pas. Aucun d'entre nous ne vous doit la loyauté que vous pouvez attendre d'un Florinien au cerveau lavé.

Steen gloussa à nouveau et s'agita sur son siège comme si celui-ci lui chauffait le postérieur.

Nul ne fit de commentaires sur le fait que Fife soumît ses serviteurs au sondage psychique. Il aurait été profondément stupéfait si ses pairs s'étaient permis une remarque à ce propos. Le lavage de cerveau était interdit, sauf pour corriger les désordres mentaux ou éliminer les impulsions criminelles. A strictement parler, il était interdit aux Grands Écuyers eux-mêmes.

Néanmoins, Fife recourait à la technique du lavage de cerveau chaque fois qu'il le jugeait nécessaire, en particulier si le sujet était florinien. Soumettre un Sarkite à ce traitement était beaucoup plus délicat. L'Écuyer de Steen – dont les trémoussements n'avaient pas échappé à Fife – avait la réputation d'utiliser des Floriniens décervelés des deux sexes à des fins qui n'avaient aucun rapport avec les travaux de secrétariat.

Fife joignit ses doigts aux extrémités carrées.

– Je ne vous ai pas réunis pour vous lire la lettre d'un détraqué. J'espère que, cela, vous le comprenez. La vérité est que je crains que nous ne soyons confrontés avec un grave problème. Tout d'abord, je me suis posé la question : pourquoi adresser ce poulet uniquement à votre serviteur? Certes je suis l'Écuyer dont la fortune est la plus grande mais je ne contrôle qu'un tiers du commerce du kyrt. A nous cinq, nous le contrôlons totalement. Il est aussi facile d'établir cinq duplicata d'une lettre que d'en écrire une.

– Abrégez, grommela Bort. Qu'est-ce que vous voulez?

Les lèvres décolorées et flétries de Balle remuèrent dans son visage cendreux.

– Il veut savoir si nous avons reçu copie de cette lettre, seigneur de Bort.

– Eh bien, qu'il le dise!

– Je croyais l'avoir dit, répliqua Fife d'une voix égale. Alors?

Les Écuyers s'entre-regardèrent, les uns d'un air de défi, les autres avec méfiance selon leur tempérament.

Rune parla le premier. Sur son front rose perlaient des gouttelettes de sueur; sortant un délicat carré de kyrt, il épongea sa peau moite, sillonnée de rides allant d'une oreille à l'autre.

– Je n'en sais rien, Fife. Je peux m'informer auprès de mes secrétaires – qui sont tous sarkites, soit dit en passant. Après tout, si une lettre pareille était parvenue à mes services, elle aurait été considérée comme émanant... quelle expression avez-vous employée?... d'un détraqué. On ne me l'aurait jamais transmise. C'est à l'organisation particulière de votre secrétariat que vous devez d'être importuné par des sottises de ce genre.

Il dévisagea ses collègues en souriant. Ses gencives luisaient d'un éclat humide au-dessus et au-dessous de ses dents en acier chromé, profondément implantées dans le maxillaire. Elles étaient plus solides qu'aucune dent d'émail. Le sourire du sieur de Rune inspirait plus d'effroi qu'un froncement de sourcils.

Balle haussa les épaules.

– Ce que Rune vient de dire vaut probablement pour chacun de nous.

Steen eut un petit rire affecté.

– Je ne lis jamais le courrier. Parole! C'est tellement fastidieux et cela entraîne tellement de corvées que je n'en aurais pas le temps.

Il regarda les autres d'un air pénétré comme s'il était vraiment nécessaire de convaincre la compagnie de la véracité de cet important détail.

– Sornettes! laissa tomber Bort. Qu'est-ce qui vous prend? C'est Fife qui vous fait peur? Écoutez-moi, Fife. Je n'ai pas de secrétariat parce que je n'ai pas besoin d'intermédiaire entre moi et mon travail. J'ai reçu une copie de cette lettre et je suis sûr que ces messieurs en ont reçu une, eux aussi. Voulez-vous savoir ce que j'en ai fait? Je l'ai flanquée dans le vide-ordures et je vous conseille d'imiter mon exemple, messires. Finissons-en! J'en ai assez de cette histoire.

Il tendit la main vers le contacteur pour couper la projection.

– Attendez, Bort! lança Fife d'une voix impérative. Je n'ai pas terminé. Si nous prenions des décisions en votre absence, je suis sûr que vous le regretteriez. N'est-ce pas?

– Patientez, sire Bort, renchérit Rune. – Il s'exprimait avec plus d'aménité que Fife mais il n'y avait rien de particulièrement aimable dans le regard qui brillait au fond de ses petits yeux porcins. – J'aimerais savoir pourquoi de pareilles vétilles tracassent tellement l'Écuyer de Fife.

– Peut-être, répondit Balle sur un ton sec et grinçant, peut-être pense-t-il que notre correspondant détient des informations relatives à une attaque trantorienne dirigée contre Florina.

Fife émit un grognement dédaigneux.

– Comment pourrait-il être au courant, quel que soit cet individu? Je vous assure que notre service de renseignements fonctionne de manière efficace. Et comment ce personnage empêcherait-il une attaque s'il recevait nos biens en guise de pourboire? Non! Quand il évoque la destruction de Florina, c'est à une destruction d'ordre matériel et non d'ordre politique qu'il pense.

– Nous nageons en pleine démence! s'exclama Steen.

– Vous croyez? C'est donc que vous n'avez pas compris la portée des événements de ces deux dernières semaines?

– Quels événements? s'enquit Bort.

– Il paraît qu'un spatio-analyste a été porté disparu. Vous avez certainement entendu parler de cette affaire.

Bort prit un air ennuyé – et il ne paraissait nullement apaisé.

– Oui, Abel de Trantor m'a parlé de cela. Et alors? Je ne sais rien des spatio-analystes.

– Vous avez au moins eu entre les mains un double du dernier message qu'il a envoyé à sa base sur Sark avant de disparaître?

– Abel me l'a montré. Je n'y ai pas prêté attention.

– Et vous, messires? – Le regard de Fife se posa tour à tour avec défi sur chacun des trois autres. – Votre mémoire est-elle capable de retrouver un souvenir vieux d'une semaine?

– J'ai eu ce message sous les yeux, fit Rune. Et je m'en souviens, évidemment! Il y était également fait allusion à une destruction. C'est à cela que vous vouliez en venir?

– Il était rempli de sous-entendus déplaisants qui n'avaient aucun sens, fit Steen sur un timbre aigu. Ma parole, j'espère que nous n'allons pas discuter de cela! J'ai eu toutes les peines du monde à me débarrasser d'Abel. Et c'était juste avant le dîner, par-dessus le marché! Un souvenir des plus pénibles... Parole!

– Je regrette, Steen, mais il faut reparler de cette affaire, rétorqua Fife dont l'impatience était manifeste. (Que faire avec un être comme Steen?) Ce spatio-analyste évoquait la destruction de Florina. Des lettres où il est également question de la destruction de Florina nous parviennent. Et elles coïncident avec la disparition de cet analyste. Croyez-vous vraiment qu'il s'agisse d'une coïncidence?

– Selon vous, ces lettres auraient été envoyées par le spatio-analyste devenu maître chanteur? murmura le vieux Balle.

– Non, ce serait peu vraisemblable. Pourquoi aurait-il commencé par lancer cet avertissement sans cacher son identité pour le reprendre ensuite anonymement?

– La première fois qu'il a parlé de cela, il s'adressait à son organisation, pas à nous, dit Balle.

– Ça n'est pas une raison. Un maître chanteur ne traite jamais qu'avec sa victime lorsque c'est possible.

– Alors?

– Il a disparu. Admettons que notre spatio-analyste soit sincère. Seulement, il propage une information dangereuse. Il est actuellement à la merci d'autres gens qui, eux, ne sont pas honnêtes et qui font du chantage.

– Qui sont ces gens?

Fife se laissa aller au fond de son fauteuil, la mine sévère. Ses lèvres remuaient à peine.

– Vous parlez sérieusement? Trantor!

Steen frissonna.

– Trantor? répéta-t-il sur un timbre aigu.

Sa voix se brisa.

– Et pourquoi pas? N'est-ce pas le meilleur moyen de s'assurer le contrôle de Florina, ce qui est l'un des buts essentiels de la politique étrangère trantorienne. Si les Trantoriens peuvent réaliser cet objectif sans recourir à la guerre, ce serait tout bénéfice. Réfléchissons. Si nous cédons devant cet ultimatum impossible, Florina est à eux. Ils nous proposent un petit dédommagement mais pour combien de temps? Que se passera-t-il si nous ne tenons pas compte de cet ultimatum? – et, à la vérité, nous n'avons pas d'autre choix. Que fera Trantor? Il répandra le bruit qu'une menace de mort imminente pèse sur Florina. Ce sera la panique chez les paysans floriniens. Et le désastre est inévitable. Quelle force est capable de contraindre à travailler un homme qui croit que la fin du monde est pour demain? La récolte pourrira sur pied. Les entrepôts resteront vides.

Steen, les yeux fixés sur un miroir situé hors du champ de projection, égalisa du doigt le fard sur sa joue.

– Je ne pense pas que cela nous gênerait beaucoup, fit-il. S'il y a pénurie de matière première, les prix monteront, n'est-ce pas? Au bout d'un certain temps, on constatera que Florina est toujours à sa place et les paysans se remettront au travail. D'ailleurs, nous aurons toujours la possibilité de menacer de bloquer les exportations. Je ne vois pas comment une planète civilisée pourrait vivre sans kyrt. Sa Majesté le kyrt... Voilà beaucoup de bruit pour rien si vous voulez mon avis.

Et, le doigt délicatement glissé sous le menton, Steen s'enferma dans un silence boudeur.

Pendant qu'il parlait, Balle avait baissé ses paupières fripées. Il prit la parole à son tour :

– Les prix ne peuvent plus monter. Nous avons atteint le plafond absolu.

– Exactement, acquiesça Fife. N'importe comment, la crise n'ira pas jusqu'à la catastrophe. Trantor guette les premiers symptômes de désordre sur Florina. Si les Trantoriens peuvent démontrer à la galaxie que Sark est dans l'incapacité d'assurer les expéditions de kyrt, quoi de plus naturel pour eux que d'intervenir afin de maintenir ce qu'ils appellent l'ordre et de prendre des mesures en vue de garantir les livraisons? Le danger, c'est que les mondes indépendants marcheraient probablement avec eux à cause du kyrt. Surtout si Trantor acceptait d'abolir le monopole, augmentait la production et réduisait les prix. Ce qu'il ferait ensuite, c'est une autre histoire mais, entre-temps, Trantor serait soutenu par les mondes indépendants. C'est le seul moyen logique de mettre la main sur Florina. Si Trantor employait purement et simplement la force pour parvenir à ses fins, les planètes libres situées en dehors de sa sphère d'influence se rallieraient à nous dans un réflexe d'autodéfense.

– Où votre spatio-analyste entre-t-il en jeu? s'enquit Rune. Est-il nécessaire? Si votre théorie est correcte, elle devrait expliquer son rôle.

– Je crois qu'elle l'explique. Les spatio-analystes sont pour la plupart des gens déséquilibrés et celui-ci a élaboré... – Fife ébaucha un geste comme s'il dessinait une vague construction... – une doctrine farfelue. Laquelle? Aucune importance : Trantor ne peut pas la laisser diffuser. Elle serait étouffée par le Bureau d'Analyse de l'Espace. Cependant, si les Trantoriens capturaient l'homme et le cuisinaient, les détails qu'ils apprendraient présenteraient sans doute un semblant de véracité qui convaincrait les profanes. Ils pourraient les utiliser, leur donner l'apparence de la réalité. Le B.I.A.S. est une marionnette dont ils tirent les fils et, une fois que cette histoire d'allure pseudo-scientifique se serait répandue, aucun démenti du Bureau ne serait assez catégorique pour démolir l'imposture.

– Cela me semble rudement compliqué, murmura Bort. Vous divaguez : ils ne peuvent pas se permettre de laisser l'histoire s'ébruiter... et ensuite, ils autorisent sa propagation!

– Vous ne comprenez pas qu'ils ne peuvent pas la rendre publique sous forme d'une déclaration scientifique sérieuse mais qu'ils peuvent en revanche la divulguer sous forme de rumeurs?

– Dans ce cas, pourquoi Abel perdrait-il son temps à rechercher ce spatio-analyste?

– Vous le voyez clamant sur tous les toits qu'il s'est assuré de sa personne? Ce qu'Abel fait et ce qu'il donne l'impression de faire sont deux choses différentes.

– Admettons que vous ayez raison, dit Rune. Quelle solution envisagez-vous?

– Nous sommes prévenus du danger et c'est là la chose importante. Nous retrouverons le spatio-analyste si nous le pouvons. Il faut surveiller de près tous les agents trantoriens connus tout en leur laissant les coudées franches. Leur activité nous permetra peut-être de déterminer le cours que prendront les événements. Il faut réprimer énergiquement sur Florina toute propagande tendant à accréditer la légende de la destruction de la planète. La moindre insinuation doit susciter immédiatement une réaction brutale. Et, surtout, il faut que nous restions unis. La création d'un front commun est à mes yeux la raison d'être fondamentale de cette conférence. Nul n'est plus attaché que moi à la notion d'autonomie continentale. Dans les circonstances ordinaires. Or, les circonstances présentes ne sont pas ordinaires. Je pense que vous en êtes conscients?

Avec plus ou moins de répugnance, car l'autonomie continentale n'était pas une chose à laquelle on renonçait à la légère, les interlocuteurs reconnurent le bien-fondé des propos de Fife.

– Puisque nous sommes d'accord, il ne reste plus qu'à attendre le prochain mouvement de l'adversaire, conclut ce dernier.

Tel avait été le débat qui s'était instauré l'anné précédente. Les Ecuyers s'étaient séparés. Par la suite, le Sieur de Fife avait rencontré l'échec le plus étrange et le plus complet qu'il eût connu au cours d'une carrière modérément longue et plus que modérément audacieuse.

L'adversaire n'avait plus donné signe de vie. Les Ecuyers n'avaient plus reçu de lettres. Le spatio-analyste n'avait pas été retrouvé, bien que Trantor continuât de poursuivre sporadiquement ses recherches. Il n'y eut pas de rumeurs apocalyptiques à propos de Florina où rien ne vint troubler la culture et le traitement du kyrt.

L'Ecuyer de Rune avait pris l'habitude d'appeler Fife toutes les semaines.

– Quoi de neuf, Fife? lui demandait-il.

Son lard en tremblotait de ravissement et il pouffait sans retenue.

Fife conservait son flegme. Que pouvait-il faire? Sans cesse, il reprenait l'analyse des faits mais c'était en vain. Il manquait un élément. Un élément d'une importance vitale.

Et, soudain, tout avait explosé à nouveau. En même temps, Fife avait sa réponse. Il savait que c'était *la* réponse et ce n'était pas celle à laquelle il s'était attendu.

Il avait convoqué une seconde conférence.

Deux heures vingt-neuf, disait le chronomètre.

Les Grands Ecuyers arrivaient. D'abord le Sieur de Bort, lèvres serrées, grattant sa joue mal rasée d'un doigt dont la propreté laissait à désirer. Puis Steen dont le visage, récemment débarrassé de son fond de teint, était blême et d'une couleur malsaine. Balle, indifférent et las, les joues creuses, enfoncé dans son fauteuil rembourré, un verre de lait à portée de la main. Deux minutes plus tard, Rune, bon dernier, apparut à son tour, la babine molle et boudeuse. La nuit régnait encore sur son continent. Mais, cette fois, l'éclairage de son bureau était tamisé et il n'était qu'une masse indistincte au milieu d'un cube d'ombre que les lampes de Fife n'auraient pu dissiper même si elles avaient eu l'intensité du soleil de Sark.

Fife ouvrit la séance :

– L'année dernière, messires, je vous ai parlé d'un danger compliqué et lointain. Ce faisant, je suis tombé dans le piège. Ce danger existe mais il n'est pas lointain. Il est tout près de nous. L'un d'entre vous au moins sait déjà ce que je veux dire. Les autres le comprendront bientôt.

– Que voulez-vous donc dire? demanda Bort.

– Quelqu'un est coupable du crime de haute trahison, répondit laconiquement l'Ecuyer de Fife.

CHAPITRE X

LE FUGITIF

Myrlyn Terens n'était pas un homme d'action. C'était l'excuse qu'il se donnait à lui-même tandis qu'il quittait l'astrodrome, l'esprit encore paralysé.

Il fallait prendre garde à maintenir une allure uniforme. A ne pas aller trop lentement pour ne pas avoir l'air de flâner et à ne pas aller trop vite pour ne pas avoir l'air de courir. Il fallait marcher d'un pas vif comme un patrouilleur qui vaque à ses affaires et est prêt à sauter dans sa voiture de service.

Si seulement Terens pouvait sauter dans une voiture! Malheureusement, on n'apprenait pas à conduire aux Floriniens, même aux Prud'hommes. Aussi essayait-il de réfléchir tout en avançant. Mais il n'y parvenait pas. Il avait besoin pour cela de silence et de temps.

Et il se sentait si faible qu'il pouvait à peine mettre un pied devant l'autre. Peut-être n'était-il pas un homme d'action mais il avait agi tambour battant pendant un jour et demi. Il avait épuisé sa réserve de dynamisme. Cependant il n'osait pas s'arrêter.

S'il avait fait nuit, il aurait eu quelques heures de répit pour réfléchir. Mais l'après-midi n'en était qu'à son début.

S'il avait su conduire, il aurait pu mettre pas mal de milles entre lui et la Cité. Cela lui aurait donné un sursis suffisant pour réfléchir un peu sur ce qu'il convenait de faire. Mais il n'avait que ses jambes.

S'il pouvait réfléchir... C'était toute la question. S'il pouvait réfléchir, suspendre tout mouvement, toute activité... Ordonner à l'univers de se figer, de s'immobiliser entre deux points de la durée pour examiner la situation. Il devait exister un moyen...

Terens s'enfonça dans l'ombre accueillante de la Cité Basse. Il se dandinait avec raideur comme il avait vu les patrouilleurs se dandiner, la neuromatraque se balançant à son poing. Les rues étaient vides. Les indigènes étaient tapis au fond de leurs masures. C'était une bonne chose.

Le Prud'homme choisit avec soin la maison. Il était préférable qu'il jetât son dévolu sur les demeures les plus élégantes, avec des briques de plastique polychrome et des fenêtres aux vitres polarisées. Les membres des castes inférieures étaient rétifs. Ils avaient moins à perdre. Un « supérieur » bondirait pour l'aider.

Il repéra une maison qui lui parut convenir. On y accédait par une petite allée car elle était située un peu en retrait de la rue, ce qui était également un signe d'opulence. Il savait qu'il serait inutile de marteler la porte à coups de poing ou de l'enfoncer : il avait nettement vu quelque chose bouger derrière la fenêtre à son approche. (Au cours des générations, les Floriniens avaient appris par nécessité à flairer les patrouilleurs à distance.) La porte s'ouvrirait.

Elle s'ouvrit.

Une jeune fille aux yeux cerclés de blanc se tenait sur le seuil, guindée dans sa robe dont les franfreluches montraient la volonté arrêtée de ses parents de s'élever au-dessus de la condition ordinaire de la « racaille florinienne ». Le souffle court, elle s'effaça pour le faire entrer.

Le Prud'homme lui fit signe de refermer.

– Ton père est là, ma fille?

Elle appela : « Papa! » avant de répondre dans un murmure :

– Oui, chef.

« Papa » surgit d'une pièce voisine, l'excuse à la bouche : il se déplaçait difficilement. L'apparition d'un patrouilleur chez lui n'était pas une nouveauté. Simplement, il était moins risqué de laisser une jeune fille l'accueillir : si, d'aventure, le patrouilleur était de méchante humeur, il serait moins enclin à la maltraiter qu'à bousculer le maître de céans.

– Ton nom? demanda le Prud'homme.

– Jacof, chef.

Il y avait un mince carnet dans l'une des poches de son uniforme. Terens l'ouvrit, l'examina rapidement, griffonna quelque chose et dit :

– Jacof... C'est cela. Je veux voir tous les membres de ta famille. Vite!

Si la tension qui l'habitait avait été moins terrible et n'avait pas oblitéré en lui toute faculté d'émotion, Terens aurait presque éprouvé un certain plaisir. Il n'était pas inaccessible aux attraits de l'autoritarisme.

Bientôt, tout le monde fut réuni : une femme maigre à l'air

soucieux tenant dans ses bras un enfant de deux ans qui gigotait, le père, la fille qui avait ouvert et son jeune frère.

– C'est tout?

– Oui, chef, répondit humblement Jacof.

– Est-ce que je peux m'occuper du bébé? fit la femme d'une voix anxieuse. C'est l'heure de la sieste. J'étais en train de le mettre au lit.

Elle souleva le nourrisson comme si son innocence pouvait attendrir le cœur d'un patrouilleur.

Le Prud'homme ne regarda même pas la femme. Un patrouilleur ne l'aurait pas regardée, et il était un patrouilleur.

– Posez-le et donnez-lui une sucette pour qu'il se tienne tranquille. Approche, Jacof.

– Oui, chef.

– Tu es un garçon qui a le sens des responsabilités, n'est-ce pas?

Quel que fût son âge, un indigène était évidemment un « garçon ».

– Oui, chef. – Les yeux de Jacof brillèrent et il redressa très légèrement les épaules. – Je suis employé au centre alimentaire. J'ai suivi des cours de mathématiques. Je connais la division avec diviseur supérieur à 12. Je sais utiliser les logarithmes.

Oui, songea le Prud'homme. On t'a montré à te servir d'une table de logarithmes et on t'a appris à prononcer le mot.

Il connaissait ce genre d'individus. L'homme était aussi fier de ses logarithmes qu'un petit Ecuyer de son astronef de plaisance. Les vitres polarisées étaient la conséquence des logarithmes et les briquettes multicolores le signe visible de sa capacité à effectuer une division par 12. Il avait pour les indigènes sans instruction le même mépris que l'Ecuyer moyen professait à l'égard de tous les indigènes; sa haine envers eux était d'autant plus vive qu'il était obligé de les côtoyer et que ses maîtres le confondaient avec eux.

– Tu as foi en la loi et en la bienveillance des Ecuyers, mon garçon, n'est-ce pas?

Terens feignait toujours de consulter son carnet pour impressionner ses interlocuteurs.

– Mon mari est un honnête homme, s'écria la femme avec véhémence. Il n'a jamais eu d'ennuis avec les autorités. Il ne fréquente pas la racaille. Moi non plus. Les enfants non plus. Nous nous sommes toujours...

Terens lui imposa le silence d'un geste.

– Oui, je sais. Tu vas t'asseoir là, mon garçon, et tu vas faire ce que je vais te dire. Je veux la liste de tous les gens de l'îlot que tu connais. Nom, adresse, ce qu'ils font, quel genre de type ils sont... Surtout ça. S'il y a des trublions, je veux le savoir. On va procéder à une opération de nettoyage. Tu comprends?

– Oui, chef, oui... D'abord, il y a Husting. Il habite un peu plus bas. Il...

– Non, pas comme ça. Donnez-lui un bout de papier. Bien... Toi, assieds-toi et note tout par écrit. Avec les détails. Et écris lentement parce que vos pattes de mouche, à vous autres indigènes, sont indéchiffrables.

– J'ai l'habitude des écritures, chef.

– Eh bien, on va voir.

Jacof se pencha sur la table et se mit à écrire avec lenteur. Sa femme regardait par-dessus son épaule.

Terens se tourna vers la jeune fille.

– Poste-toi devant la fenêtre et avertis-moi si tu vois d'autres patrouilleurs arriver, lui ordonna-t-il. Je veux leur parler. Mais ne les appelle pas. Contente-toi de me prévenir.

A présent, il pouvait enfin se détendre. Il s'était construit un petit asile au milieu des périls.

Il régnait un silence raisonnable que brisait seulement le bruit de succion que faisait le bébé. Si l'ennemi approchait, il serait alerté et aurait une chance de lui échapper.

Maintenant, il pouvait réfléchir.

Pour commencer, il faudrait bientôt renoncer à jouer les patrouilleurs. Il y avait probablement des barrages à toutes les sorties et ses poursuivants savaient que le Prud'homme était incapable de se servir d'un véhicule plus compliqué qu'un scooter diamagnétique Il ne tarderait pas à tomber sur des patrouilleurs. La machine grinçante de la Patrouille ne pouvait espérer mettre la main sur un fugitif qu'en quadrillant systématiquement la ville, en la fouillant îlot par îlot, maison par maison.

Quand elle prendrait la décision de mettre ce dispositif en place, elle commencerait par passer les faubourgs au peigne fin et progresserait ensuite vers le centre. Dans ce cas, la demeure de Jacof serait l'une des premières à être visitée de sorte que le temps dont Terens disposait était particulièrement limité.

Jusqu'à présent, son uniforme de patrouilleur lui avait été

utile, si voyant qu'il fût. Les indigènes eux-mêmes ne s'étaient pas posé de questions. Ils ne s'arrêtaient pas pour s'étonner du teint pâle de celui qui le portait. Ils ne scrutaient pas ses traits. La vue de l'uniforme était suffisante.

Mais avant longtemps, la meute lancée aux trousses du Prud'homme aurait compris. On donnerait comme instructions à la population indigène de retenir tout patrouilleur qui ne pourrait faire preuve de son identité, particulièrement s'il s'agissait d'un patrouilleur à la peau claire et aux cheveux roux. On remettrait aux vrais patrouilleurs des sauf-conduits provisoires. Une récompense serait promise à qui permettrait la capture du simulateur. Peut-être qu'un seul indigène sur cent aurait le courage de s'en prendre à un homme en uniforme, même si la supercherie sautait aux yeux. Un sur cent serait amplement suffisant.

Donc, il fallait abandonner cette défroque.

C'était une chose. Mais il y avait une autre question. Désormais, Terens ne serait nulle part en sécurité sur Florina. Tuer un patrouilleur était le crime des crimes. Dans cinquante ans, à supposer qu'il puisse échapper aussi longtemps aux recherches, la chasse à l'homme durerait encore. Il fallait donc quitter Florina.

Comment?

Terens s'accordait un sursis de vingt-quatre heures. Une évaluation optimiste tablant sur un maximum de stupidité de la part des patrouilleurs et un maximum de chance.

En un sens, c'était un avantage. Quand on n'a que vingt-quatre heures à vivre, on peut prendre des risques devant lesquels un individu reculerait normalement.

Terens se leva.

Jacof tourna la tête vers lui.

– Je n'ai pas tout à fait fini, chef. Je calligraphie.

– Montre un peu ce que tu as écrit.

Il examina le papier.

– Ça ira comme ça. Si d'autres patrouilleurs viennent, ne leur fais pas perdre leur temps en leur disant que tu as déjà préparé une liste. Ils seront pressés et ils auront peut-être autre chose à te demander. Obéis-leur, c'est tout. Il n'y en pas en vue pour le moment?

– Non, chef, répondit la jeune fille qui surveillait la fenêtre. Faut-il que j'aille voir dans la rue?

– Ce n'est pas la peine. Bien... Où est l'ascenseur le plus proche?

– A un quart de mille, chef. En sortant de la maison, vous tournez à gauche. Vous...

– Parfait. J'y vais.

Au moment où la porte de l'ascenseur se refermait sur le Prud'homme, une escouade de patrouilleurs s'engagea dans la rue. Le cœur de Terens battait à grands coups. La Patrouille avait problablement commencé de ratisser méthodiquement la Cité. Ses poursuivants étaient sur ses talons.

Une minute plus tard, il émergeait de la cabine. Son cœur battait toujours la chamade. Dans la Cité Haute, il ne trouvait pas d'abri. Il n'y avait pas de piliers, pas de plaque d'alliage de ciment pour le dissimuler aux regards des patrouilleurs dans leurs véhicules aériens.

Il avait l'impression d'être une tache noire se mouvant sur le fond éclatant des édifices polychromes, d'être visible à deux milles de distance. Il lui semblait que de grandes flèches étaient pointées sur lui.

Il n'y avait pas de patrouilleurs en vue. Le regard des Ecuyers qu'il croisait le traversait comme s'il était transparent. Si un patrouilleur était un objet de terreur pour un Florinien, il était inexistant pour un Ecuyer. C'était peut-être l'unique planche de salut.

Terens avait une vague idée de la topographie de la Cité Haute. Quelque part, il y avait un parc. La solution la plus logique aurait été de demander son chemin. Il pouvait également entrer dans un immeuble un peu élevé et examiner les lieux du haut d'une terrasse. La première solution était impraticable : un patrouilleur n'a pas besoin de demander son chemin. La seconde était trop risquée. La présence d'un patrouilleur à l'intérieur d'un édifice eût attiré l'attention.

Terens préféra se fier à sa mémoire. Il avait déjà eu l'occasion de voir des cartes de la Cité Haute. Ses souvenirs ne le trahirent pas : il atteignit le Parc au bout de cinq minutes.

Le Parc était un espace vert d'une superficie de quatre cents hectares. Sur Sark même, il jouissait d'une réputation exagérée pour bien des choses, depuis la paix bucolique qui régnait sous ses charmilles jusqu'aux orgies nocturnes dont il était le théâtre. Sur Florina, ceux qui en avaient plus ou moins entendu parler l'imaginaient de dix à cent fois plus vaste et de cent à mille fois plus luxuriant qu'il n'était en réalité.

Le cadre était néanmoins agréable. Grâce à la douceur du

climat florinien, le Parc était verdoyant d'un bout à l'autre de l'année. On y trouvait des pelouses, des bosquets, des grottes artificielles, un petit bassin peuplé de poissons décoratifs, un autre plus grand, où les enfants pouvaient barboter. La nuit, avant la légère averse quotidienne, il s'embrasait d'illuminations multicolores. C'était entre le crépuscule et le moment de la pluie qu'il était le plus animé. Il y avait des bals, des spectacles en trois dimensions et les couples se perdaient dans ses allées sinueuses.

Terens n'était jamais entré dans le Parc. D'emblée, le caractère artificiel du paysage le révolta. Il savait que le sol et les pierres qu'il foulait, que les pièces d'eau et les arbres qui l'entouraient reposaient sur une assise d'alliage de ciment inerte et plat. C'était attristant. Songeant aux vastes champs de kyrt, aux montagnes qui s'élevaient au sud, il n'éprouvait que mépris envers les étrangers qui s'employaient à fabriquer des jouets à leur usage au milieu de ces splendeurs.

Une demi-heure durant, Terens erra à l'aventure. C'était seulement ici, dans le Parc, qu'il pourrait faire ce qu'il avait à faire. Cela se révélerait peut-être impossible mais, ailleurs, il n'y fallait même pas songer.

Personne ne le voyait. Personne n'avait conscience de sa présence. Il en avait la certitude. Qu'on demande donc aux Ecuyers et aux Ecuyères qui le croisaient : « Avez-vous remarqué un patrouilleur dans le Parc, hier? » Ils ouvriraient de grands yeux. Autant leur demander s'ils avaient remarqué un moucheron!

Ce Parc était trop apprivoisé. Un sentiment de panique se fit jour en Terens. Il gravit un escalier taillé entre des blocs de rochers, qui redescendait ensuite vers une sorte de crique bordée de petites grottes où les couples surpris par l'ondée nocturne pouvaient s'abriter. (Les couples qui se faisaient ainsi surprendre par la pluie étaient trop nombreux pour que la chose puisse s'expliquer par les lois du hasard.)

C'est alors que Terens trouva ce qu'il cherchait.

Un homme! Ou, plus exactement, un Ecuyer. Il faisait fébrilement les cent pas, fumait nerveusement une cigarette, jetait le mégot dans un cendrier où, au bout d'un instant, il disparaissait en jetant un éclair, puis consultait sa montre.

Personne d'autre aux environs. Les lieux étaient réservés aux activités nocturnes.

L'Ecuyer attendait quelqu'un, c'était visible. Terens se retourna. Nul ne l'avait suivi. Il n'y avait pas un chat dans l'escalier.

Peut-être en existait-il un autre. Sûrement. Tant pis. Il était impossible de laisser passer l'occasion.

Le Prud'homme se dirigea vers l'Ecuyer. Evidemment, celui-ci ne lui prêta pas attention.

– Je vous demande pardon...

Terens avait parlé sur un ton respectueux mais un Ecuyer n'avait pas l'habitude qu'un patrouilleur le prît par le coude, même avec respect.

– Que diable voulez-vous?

La voix de Terens demeurait déférente et en même temps pressante. (Le faire parler... l'obliger à le regarder pendant une demi-minute encore...)

– Par ici, messire. Il s'agit de l'opération déclenchée dans la Cité pour capturer l'indigène meurtrier.

– Qu'est-ce que vous racontez?

– Cela ne vous prendra qu'un instant, messire.

Discrètement, Terens avait empoigné sa neuromatraque. L'Ecuyer n'eut pas le temps de la voir. Il y eut un léger bourdonnement et, soudain rigide, il s'effondra.

C'était la première fois de sa vie que Terens portait la main sur un Ecuyer. Il fut étonné de la nausée qui s'empara de lui. Etonné de se sentir coupable.

Toujours personne dans les parages. Il tira le corps raide comme un morceau de bois, le regard fixe et vitreux, au fond de la grotte la plus proche.

Là, il déshabilla sa victime sans difficulté, dépouilla son uniforme souillé de taches de transpiration et enfila les sous-vêtements de l'Ecuyer. Le contact du kyrt sur son corps était nouveau pour lui.

Quand il fut habillé, il coiffa la calotte de l'Ecuyer. C'était une nécessité. La calotte n'était pas considérée comme une coiffure très élégante par tous les jeunes gandins, mais il était heureux que cet Ecuyer en portât une, car c'était un accessoire indispensable pour masquer les cheveux roux de Terens qui l'auraient trahi. Il l'enfonça sur son crâne, la tirant jusqu'aux oreilles.

Ensuite, il fit ce qu'il fallait faire. Tuer un patrouilleur n'était peut-être par le pire des crimes, après tout, songea-t-il subitement.

Il régla son fulgurant sur « dispersion maximale » et le braqua sur l'Ecuyer inconscient. Dix secondes plus tard, il ne restait plus de ce dernier qu'une masse informe et carbonisée. Cela retarderait l'identification du corps et sèmerait la confusion chez les patrouilleurs.

Cela fait, il réduisit son uniforme en un petit tas de cendres blanches, prenant soin de récupérer les boutons et les boucles qui n'étaient plus que des fragments d'argent noirci afin de compliquer encore la tâche de ses poursuivants. Peut-être ne gagnerait-il ainsi qu'une heure de répit mais cela en valait la peine.

Maintenant, il lui fallait s'éloigner sans plus attendre. Terens s'immobilisa à l'entrée de la grotte et renifla. Le fulgurant faisait du travail propre. Le Prud'homme ne sentit qu'une infime odeur de chair brûlée que la brise aurait dissipée en quelques instants.

Comme il redescendait l'escalier, il croisa une jeune femme. La force de l'habitude lui fit baisser les yeux. C'était une Ecuyère. Il eut le temps de constater qu'elle était bien faite et paraissait pressée.

Il serra les mâchoires. Elle ne trouverait évidemment pas celui qui l'attendait. Mais elle était en retard sinon le mort n'aurait pas regardé sa montre de cette façon. Peut-être se dirait-elle qu'il en avait eu assez de faire le pied de grue et qu'il s'en était allé. Terens accéléra un peu l'allure. Il n'avait aucune envie que la femme revînt sur ses pas pour lui demander s'il avait vu un jeune homme.

Il sortit du Parc et se mit à flâner. Une demi-heure s'écoula ainsi.

Que faire maintenant? Il n'était plus un patrouilleur mais un Ecuyer.

Mais que faire?

Il s'arrêta devant une petite place. Une fontaine se dressait au centre de la pelouse. On avait dû ajouter un peu de détergent à l'eau car elle bouillonnait et écumait dans un miroitement irisé.

S'appuyant à la rambarde, il laissa lentement tomber les fragments d'argent noirci dans le bassin.

Il revoyait la fille qui l'avait croisé dans l'escalier. Une fille très jeune. Il songea à la Cité Basse et l'étreinte fugace du remords qui l'étreignait s'évanouit.

Les débris de métal avaient disparu. Terens se fouilla en s'efforçant d'agir avec nonchalance. Le contenu de ses poches n'avaient rien de particulièrement extraordinaire : un trousseau de clés dépliant, quelques pièces de monnaie et une carte d'identité. (Par tous les diables de Sark! Même les Ecuyers devaient posséder des papiers! Seulement, ils n'étaient pas tenus de les présenter à tous les patrouilleurs qu'ils rencontraient.)

Terens s'appelait donc à présent Alstare Deamone. Il espérait qu'il ne serait pas obligé d'utiliser ce nom. La population de la Cité Haute ne s'élevait qu'à une dizaine de milliers de personnes – hommes, femmes et enfants compris. Le risque de tomber sur quelqu'un qui connaîtrait personnellement Deamone était faible. Mais il n'était quand même pas nul.

Il avait vingt-neuf ans. A nouveau, il éprouva une vague nausée en songeant à ce qu'il avait laissé dans la grotte mais il serra les dents. Un Ecuyer était un Ecuyer. Combien de Floriniens de vingt-neuf ans étaient morts de la main des Ecuyers ou à cause des ordres donnés par les Ecuyers? Combien?

Il avait aussi une adresse mais elle ne signifiait rien pour Terens car sa connaissance de la topographie de la Cité Haute était rudimentaire.

Il tomba en arrêt devant un portrait en pseudo-relief. Le portrait d'un enfant qui pouvait avoir trois ans. Les couleurs fulgurèrent quand il le sortit de l'enveloppe. S'agissait-il du fils de la victime? D'un neveu? La fille rencontrée dans le Parc... Non, ce ne pouvait être son fils.

A moins que Deamone n'eût été marié? S'agissait-il d'un rendez-vous « clandestin » comme on les appelait? Mais donnerait-on un rendez-vous clandestin en plein jour? Pourquoi pas, dans certaines circonstances?

Terens espérait que tel était bien le cas. Si la fille avait eu rendez-vous avec un homme marié, elle ne se hâterait pas de signaler son absence. Elle penserait qu'il n'avait pu se débarrasser de l'épouse légitime. Cela donnerait du temps au Prud'homme.

Non, se dit-il avec un brusque découragement. Non, il n'y avait pas d'espoir de gagner du temps de ce côté-là. Des enfants découvriraient les restes macabres en jouant à cache-cache et ils ameuteraient tout le monde. Cela se produirait inévitablement dans les vingt-quatre heures.

Terens reprit l'examen des objets contenus dans les poches de Deamone. Une licence de pilotage, catégorie plaisance. Il ne s'attarda pas sur ce document. Tous les Sarkites riches possédaient leur yacht qu'ils pilotaient eux-mêmes. C'était la grande mode.

Il y avait encore des lettres de crédit en devises sarkites. Voilà qui pourrait être utile. Terens se rappela tout à coup qu'il n'avait pas mangé depuis la veille au soir : son dernier repas, il l'avait pris chez le Boulanger. Comme on devient vite conscient de la faim!

Soudain, Terens reprit la licence de pilotage. Attention... Ce yatcht n'était pas en service puisque son propriétaire était mort. Et, à présent, il lui appartenait en propre! Hangar 26, port 9...

Où se trouvait ce port 9? Terens n'en avait pas la moindre idée.

Il posa son front sur le rebord de la fontaine. Que faire? Que faire?

Une voix le fit sursauter :

– Bonjour! Vous n'êtes pas malade?

Terens leva la tête. Un Ecuyer d'un certain âge se tenait devant lui, fumant une longue cigarette d'herbes aromatiques. Une pierre verte était suspendue à un bracelet d'or lui entourant le poignet. Son expression aimable stupéfia Terens qui en perdit l'usage de la parole. Jusqu'au moment où il se rappela... Maintenant, il faisait lui-même partie du clan. Entre eux, les Ecuyers étaient peut-être des êtres humains d'un commerce agréable.

– Je me repose, répondit le Prud'homme. J'avais décidé de faire une promenade et j'ai perdu la notion du temps. J'ai un rendez-vous et j'ai bien peur d'y arriver en retard.

Il eut un geste d'impuissance. Il était capable de fort bien imiter l'accent sarkite grâce aux longues années qu'il avait passées sur Sark mais il ne commit pas l'imprudence de l'exagérer. Il était plus facile de déceler l'exagération que l'insuffisance.

– Vous êtes parti sans mousticule?

L'Ecuyer était l'image même du vieillard qu'amuse l'insouciance de la jeunesse.

– Oui. Je suis parti sans mousticule, reconnut Terens.

– Prenez le mien, lui proposa aussitôt son interlocuteur. Il est parqué tout à côté. Vous n'aurez qu'à passer sur l'automatique pour me le renvoyer quand vous n'en aurez plus besoin. Je peux vous le laisser pour une heure.

C'était presque la solution idéale. Les mousticules étaient des engins extrêmement rapides, capables de surclasser n'importe quel véhicule de la Patrouille sur le plan de la vitesse comme sur celui de la maniabilité. Le seul ennui était que Terens était incapable de piloter un mousticule.

– Jusqu'à Sark et au-delà. – Il connaissait cette formule de remerciements propre à l'argot en usage chez les Ecuyers et ne manqua pas de la placer. – Je crois que j'irai à pied. Nous ne sommes pas loin du port 9.

– Effectivement, acquiesça l'autre.

La réponse n'avançait guère le Prud'homme. Il essaya une autre tactique.

– Bien sûr, je préférerais que ce soit encore plus près. La promenade jusqu'à la route du Kyrt est à elle seule suffisamment hygiénique.

– La route du Kyrt? Je ne vois pas le rapport...

L'Ecuyer ne le dévisageait-il pas avec curiosité? Terens songea subitement que son costume n'était sans doute pas parfaitement à ses mesures.

– Attendez! s'empressa-t-il de dire. Je me suis embrouillé et je ne sais plus du tout où je me trouve. Voyons...

Il jeta un regard circulaire autour de lui.

– Ici, c'est la rue Recket, dit l'autre. Vous n'avez qu'à la suivre jusqu'à Triffis. Là, vous tournez à gauche et vous continuez tout droit jusqu'au port.

Machinalement, le Sarkite avait tendu le doigt pour lui indiquer la direction à prendre.

Terens sourit.

– Vous avez raison. Je crois qu'il est temps que j'arrête de rêvasser. Jusqu'à Sark et au-delà, messire.

– Ma proposition tient toujours. Si vous voulez prendre mon mousticule...

– Vous êtes trop aimable...

Terens, déjà, s'éloignait en agitant le bras. Il marchait peut-être un petit peu trop vite. L'Ecuyer le regardait.

Demain, quand on aurait retrouvé le corps dans la grotte et commencé de rechercher le meurtrier, il se rappellerait peut-être cette rencontre. Il avait un je ne sais quoi de bizarre si vous voyez ce que je veux dire, expliquerait-il probablement aux autorités. Une étrange façon de s'exprimer. Et il ne savait pas où il était. Je jurerais qu'il n'avait jamais entendu parler de l'avenue Triffis.

Mais ce serait le lendemain.

Terens suivit à la lettre les instructions de l'Ecuyer. Quand il vit scintiller une plaque portant l'indication « Avenue Triffis » – elle était presque terne par contraste avec le miroitement irisé de la façade orange où elle était fixée –, il prit à gauche.

Le port 9 fourmillait de jeunes gens en costume de yachtman – casquette effilée et culottes ajustées aux hanches. Terens avait l'impression d'attirer les regards mais son arrivée passa inaperçue. Il ne comprenait rien aux expressions dont étaient émaillées les conversations.

Il repéra le hangar 26 mais attendit quelques minutes pour s'en approcher. Il ne tenait pas à ce qu'il y ait des Ecuyers à proximité car l'un d'eux pourrait fort bien avoir un yacht dans un hangar voisin, connaître le véritable Alstare Deamone et voir qu'un inconnu s'approchait illégalement de l'astronef.

Finalement, estimant qu'il n'y avait pas de danger, le Prud'homme s'avança vers le hangar. Le nez du yacht émergeait à l'air libre. Il tordit le cou pour l'examiner.

Que faire maintenant?

Il avait tué trois hommes en l'espace de douze heures. De Prud'homme, il était devenu patrouilleur, puis Ecuyer. Il avait quitté la Cité pour la Cité Haute et avait abouti à un astrodrome. Il était quasiment propriétaire d'un vaisseau capable de le conduire vers la sécurité, vers n'importe quel monde habité de ce secteur de la galaxie.

Il n'y avait qu'une seule difficulté : Terens ne savait pas piloter.

Il était exténué et affamé. Toute cette longue route pour finir par se heurter à une impasse! Il avait atteint la frontière de l'espace libre mais il était dans l'incapacité de la franchir.

A l'heure qu'il était, les patrouilleurs étaient sûrement parvenus à la conclusion que l'homme qu'ils recherchaient n'était pas dans la Cité Basse. Ils se mettraient à fouiller la Cité Haute dès que germerait dans leur épaisse cervelle l'idée qu'un Florinien avait pu avoir l'audace de s'y réfugier. Alors, on découvrirait le cadavre de Deamone et les recherches prendraient une orientation nouvelle. L'objectif serait de mettre la main sur un faux Ecuyer.

Voilà... Terens avait le dos au mur. Il n'y avait plus rien à faire qu'à attendre que le filet se refermât sur lui.

Trente-six heures auparavant, il avait en main la plus grande chance de sa vie. Maintenant, c'était fini et il n'avait plus longtemps à vivre.

CHAPITRE XI

LE CAPITAINE

C'était vraiment la première fois de sa carrière que le capitaine Racety était dans l'incapacité d'imposer sa volonté à un passager. Si ce passager avait été l'un des Grands Ecuyers en personne, il aurait au moins pu compter sur sa coopération. Un Grand Ecuyer était peut-être tout-puissant sur son continent mais il eût admis que, à bord d'un navire, il n'y avait qu'un seul maître : le capitaine.

Avec une femme, il en allait différemment. Quelle qu'elle fût. Et une femme qui était fille de Grand Ecuyer était un être totalement impossible.

– Comment puis-je vous laisser vous entretenir en privé avec eux, Votre Seigneurie? s'exclama le capitaine.

Samia de Fife répondit, les yeux flamboyants :

– Pourquoi pas? Sont-ils armés?

– Bien sûr que non. La question n'est pas là.

– Il est visible que ce sont des gens terrorisés. Ils meurent de peur.

– Quelqu'un qui a peur peut être très dangereux, Votre Seigneurie. On ne peut pas espérer qu'il aura un comportement raisonnable.

– Alors, pourquoi faites-vous en sorte qu'ils aient peur? – Quand elle était en colère, Samia de Fife bégayait légèrement. – Vous les avez placés sous la garde de trois énormes marins armés de fulgurants, les malheureux. Je ne l'oublierai pas, capitaine.

C'est certain : elle ne l'oubliera pas, songea Racety. Il sentait qu'il commençait à céder.

– Votre Seigneurie voudrait-elle me dire exactement ce qu'elle désire?

– C'est simple. Je vous l'ai déjà expliqué. Je veux leur parler Si, comme vous le prétendez, ce sont des Floriniens, ils peuvent me fournir des informations infiniment précieuses pour mon livre. Mais s'ils sont trop effrayés, je n'en tirerai rien. En revanche, si je suis seule avec eux, tout ira bien. Seule, capitaine! Êtes-vous capable de comprendre ce petit mot? *Seule!*

– Et que dirai-je à votre père s'il apprend que je vous ai autorisée à rester sans protection en présence de deux criminels aux abois, Votre Seigneurie?

– Des criminels aux abois! Que l'Espace m'emporte! Deux pauvres imbéciles qui, pour essayer de s'enfuir de leur planète, n'ont rien trouvé de plus malin que d'embarquer sur un navire sarkite! D'ailleurs, comment voulez-vous que mon père le sache?

– S'ils vous font du mal, il le saura.

– Pourquoi me feraient-ils du mal? – Elle brandit un petit poing frémissant et jeta, mettant dans sa voix jusqu'au dernier atome d'énergie qu'elle pouvait rassembler : – Je l'exige, capitaine!

– Je vais vous faire une proposition, Votre Seigneurie. Je vous accompagnerai. Il ne s'agira pas de trois marins armés mais d'un seul homme qui n'aura pas de fulgurant apparent, Sinon... – A son tour, le capitaine s'exprimait d'un ton résolu. – sinon, je ne ferai pas droit à votre demande.

– Eh bien, soit! murmura Samia dans un souffle. Soit. Mais si je n'arrive pas à les faire parler à cause de vous, je veillerai personnellement à ce que l'on ne vous confie plus jamais le commandement d'un astronef.

Quand Samia pénétra dans l'entrepont, Valona se hâta de poser la main sur les yeux de Rik.

– Qu'y a-t-il, ma fille? lança Samia d'une voix sèche, se rappelant trop tard qu'il fallait employer un autre ton pour mettre le couple en confiance.

– Il n'est pas intelligent, Votre Seigneurie, répondit la Florinienne qui avait du mal à parler. Il ne sait pas que vous êtes une Haute Dame et il aurait pu vous regarder. Sans penser à mal, Votre Seigneurie.

– Qu'il me regarde s'il en a envie! Faut-il qu'ils restent enfermés là, capitaine?

– Voudriez-vous qu'on leur donnât une cabine de luxe, Votre Seigneurie?

– Vous auriez sûrement pu trouver une endroit moins sinistre.

– Il vous paraît sinistre, Votre Seigneurie, mais je ne doute pas qu'il soit luxueux à leurs yeux. Il y a de l'eau courante. Demandez-leur s'il y avait de l'eau courante dans le gourbi qu'ils habitaient sur Florina.

– Dites à ces hommes de disparaître.

Le capitaine fit un signe aux trois marins qui sortirent d'un pas souple.

Racety déplia le léger fauteuil d'aluminium qu'il avait apporté, et Samia y prit place.

– Debout! ordonna-t-il brutalement à Valona et à Rik.

Samia le coupa net :

– Non! Qu'ils restent assis. Vous n'avez pas voix au chapitre, capitaine. – Elle se tourna vers Valona. – Vous êtes donc florinienne, ma fille?

Valona eut un geste de dénégation.

– Nous sommes de Wotex.

– Inutile d'avoir peur. Que vous soyez florinienne n'a aucune importance. Nul ne vous maltraitera.

– Nous sommes de Wotex.

– Ne voyez-vous pas que vous avez pratiquement avoué que vous êtes florinienne? Pourquoi avez-vous caché les yeux de ce garçon?

– Il est interdit de regarder une Haute Dame en face.

– Même quand on est de Wotex?

Valona demeura muette.

Samia la laissa réfléchir un instant, s'efforçant d'arborer un sourire aimable, avant de poursuivre :

– C'est seulement aux Floriniens qu'il est interdit de poser le regard sur une Haute Dame. Vous voyez bien que vous avez avoué que vous êtes de Florina.

– Pas lui! s'écria Valona.

– Mais vous?

– Oui, je suis florinienne. Mais lui n'est pas un Florinien. Ne lui faites rien. C'est la vérité. Il n'est pas florinien. On l'a trouvé un jour. Je ne sais pas d'où il venait mais il n'est pas florinien.

A présent, son débit était presque volubile.

Samia la considéra d'un air légèrement surpris.

– Bien. Je vais lui parler. Comment vous appelez-vous, mon garçon?

Rik la regardait en équarquillant les yeux. C'était donc cela une Ecuyère? Cette femme était toute petite. Et aimable. Et qu'elle sentait bon! Il était très heureux qu'elle le laissât la regarder.

– Comment vous appelez-vous, mon garçon? répéta Samia.

Rik revint à la réalité mais il eut toutes les peines du monde à former le son monosyllabique.

– Rik répondit-il enfin. – Puis il réfléchit et corrigea : – Je crois que mon nom est Rik.

– Vous n'en êtes pas sûr?

D'un geste tranchant de la main, Samia imposa silence à Valona qui, l'air navré, se préparait à intervenir.

Rik secoua la tête.

– Je ne sais pas.

– Êtes-vous florinien?

Cette fois, Rik fut catégorique.

– Non. J'étais sur un navire. Je venais d'ailleurs.

Il ne pouvait pas s'arracher à la contemplation de Samia mais il lui semblait qu'elle se confondait avec ce navire. Un petit navire. Accueillant et intime.

– Je suis arrivé sur Florina à bord d'un navire. Avant, je vivais sur une planète.

– Quelle planète?

C'était comme si le souvenir se frayait péniblement sa voie le long de filières mentales trop étroites. Mais, soudain, la mémoire lui revint et ce fut avec délice que Rik entendit le vocable depuis si longtemps oublié jaillir de ses lèvres :

– La Terre! Je viens de la Terre.

– La Terre?

Rik confirma d'un signe de tête.

Samia se tourna vers l'officier.

– Où est située cette planète? demanda-t-elle.

Racety eut un bref sourire.

– Je n'en ai jamais entendu parler. Ne prenez pas les propos de ce garçon au sérieux, Votre Seigneurie. Les indigènes mentent comme ils respirent. C'est naturel chez eux. Il vous dit la première chose qui lui passe par la tête.

– Il ne parle pas comme un indigène. Où se trouve la Terre, Rik?

– Je... – Rik passa une main tremblante sur son front. – Dans le secteur de Sirius.

– Il existe bien un secteur de Sirius, n'est-ce pas, capitaine?

– En effet. C'est étonnant mais il ne s'est pas trompé. Cela ne rend cependant pas la Terre plus réelle pour autant.

– Si, elle est réelle! s'écria Rik avec force. Je vous dis que je m'en souviens. Il y a si longtemps que j'avais oublié... Je ne peux pas faire d'erreur, à présent. Je ne peux pas!

Il agrippa Valona par le coude.

– Lona, dis-leur que je viens de la Terre. De la Terre. De la Terre...

L'inquiétude élargissait les yeux de Valona.

– Nous l'avons trouvé un jour, Votre Seigneurie. Il n'avait plus d'intelligence. Il ne savait pas s'habiller seul. Ni parler. Ni marcher. Il n'était plus rien. Depuis, la mémoire lui revient petit à petit. Jusqu'à présent, tout ce qu'il s'est remémoré a été vrai. – Elle jeta un coup d'œil apeuré au capitaine qui affichait une mine sévère. – C'est peut-être la vérité quand il dit qu'il vient de la Terre, messire. Sans vouloir vous contredire.

Le « sans vouloir vous contredire » était une vieille formule conventionnelle qui accompagnait toute déclaration démentant apparemment l'affirmation d'un supérieur.

– Il pourrait aussi bien venir du centre de Sark, Votre Seigneurie, maugréa Racety. Toutes ces histoires ne prouvent rien.

– Peut-être, mais il n'empêche qu'il y a quelque chose de curieux là-dedans, répliqua Samia qui, de façon bien féminine, se laissait captiver par tout ce qui était romanesque. J'en suis certaine... Pourquoi était-il dans cet état d'impuissance quand vous l'avez découvert, ma fille? Avait-il été maltraité?

Valona resta silencieuse. Son regard angoissé se posa tour à tour sur Rik qui lui étreignait le bras, sur le capitaine qui souriait d'un sourire dépourvu de gaieté, sur Samia, enfin, qui attendait.

– Répondez-moi, ma fille.

Valona se décida.

– Un docteur l'a examiné. Il a dit que m... mon Rik avait subi un sondage psychique.

– Un lavage de cerveau! – Samia éprouva un léger sentiment de dégoût et recula son fauteuil qui grinça en glissant sur le sol métallique. – Voulez-vous dire que c'était un névrosé?

– Je ne sais pas ce que signifie ce mot, murmura humblement la Florinienne.

– Pas dans le sens que vous croyez, Votre Seigneurie, dit le capitaine presque en même temps. Les indigènes n'ont pas de névroses. Leurs besoins et leurs désirs sont trop simplistes. Je n'ai jamais entendu parler d'un indigène névrosé.

– Mais dans ce cas...

– C'est facile à comprendre, Votre Seigneurie. Si nous acceptons le récit fantastique de cette fille, il n'y a qu'une conclusion possible : le garçon était un criminel, ce qui est, j'imagine, une façon d'être névrosé. Il aura alors été traité par un de ces charlatans qui soignent les indigènes. Le médicastre l'aura presque tué et abandonné dans un coin désert pour échapper aux poursuites légales.

Samia protesta :

– Mais il aurait fallu qu'il disposât du matériel de sondage. Je suppose que vous n'allez pas prétendre que les indigènes sont capables d'utiliser une psychosonde?

– Peut-être pas. Mais je vois mal un médecin habilité s'en servir aussi maladroitement. Le fait que nous nous heurtions à une contradiction démontre que cette histoire n'est qu'un tissu de mensonges. Si vous voulez m'en croire, Votre Seigneurie, vous nous laisserez nous occuper de ces créatures. Il est vain d'espérer quelque chose d'elles.

Samia hésita.

– Peut-être avez-vous raison.

Elle se leva et examina Rik d'un air indécis. Le capitaine s'avança, souleva le fauteuil et le replia avec un déclic.

Rik sauta sur ses pieds.

– Attendez!

Le capitaine ouvrit la porte et s'effaça pour laisser le passage à Samia.

– Mes hommes vont le calmer, Votre Seigneurie.

Samia s'arrêta au moment de franchir le seuil.

– Ils ne lui feront pas de mal?

– Je doute que nous soyons obligé d'employer les moyens extrêmes. Il se laissera manier sans difficulté.

– Madame! appela Rik. Madame! Je peux prouver que je viens de la Terre.

Samia balançait, irrésolue.

– Écoutons ce qu'il a à dire, fit-elle enfin.

– Comme il plaira à Votre Seigneurie, murmura Racety d'un ton pincé.

La jeune fille se retourna mais sans s'éloigner de la porte. Rik était écarlate. Une parodie de sourire étirait ses lèvres dans l'effort qu'il faisait pour se souvenir.

– Je me souviens de la Terre, commença-t-il. Elle était radio-active. Je me souviens des régions interdites. La nuit, l'horizon était bleu. Le sol était lumineux et rien n'y poussait. Il y avait seulement quelques zones où les hommes pouvaient vivre. C'était pour cela que j'étais spatio-analyste. C'était pour cela qu'il m'était égal d'être dans l'espace. Ma planète était un monde mort.

Samia haussa les épaules.

– Venez, capitaine. Il divague!

Mais cette fois, c'était le capitaine qui paraissait médusé.

– Un monde radio-actif... dit-il à voix basse.

– Voulez-vous dire que cela existe vraiment?

– Oui. – Racety posa sur Samia un regard étonné. - Mais où a-t-il bien pu dénicher ce renseignement?

– Comment une planète pourrait-elle être à la fois radio-active et habitée?

– En tout cas, il y en a une qui répond à cette définition. Et elle se trouve dans le secteur de Sirius. Je ne me rappelle plus son nom. Il se peut même que ce soit la Terre.

– C'est la Terre, déclara Rik avec fierté et assurance. La plus ancienne planète de la galaxie. Le berceau de la race humaine.

– C'est vrai! souffla le capitaine.

– La race humaine est donc née sur cette planète? demanda Samia.

Les pensées tourbillonnaient dans sa tête.

– Non, répondit distraitement le capitaine. Non, il s'agit d'une superstition. C'est simplement parce que c'est en ces termes que j'ai entendu parler d'une planète radio-active. On prétend que c'est la planète natale de l'Homme.

– Je ne savais pas que nous étions censés avoir une planète natale.

– Je suppose que l'espèce humaine a dû prendre naissance quelque part, Votre Seigneurie, mais je doute fort que quiconque puisse identifier la planète en question.

Racety prit soudain une décision et s'avança vers Rik.

– Que vous rappelez-vous d'autre?

Il retint juste à temps le « mon garçon » qui lui venait aux lèvres.

– Principalement le navire et l'analyse spatiale.

Samia rejoignit le capitaine. Tous deux faisaient face à Rik, et la fille du Grand Ecuyer de Fife était reprise par l'excitation qui s'était emparée d'elle un peu plus tôt.

– C'est donc vrai? s'exclama-t-elle. Mais alors, comment se fait-il qu'on lui ait fait subir un psychosondage?

– On peut le lui demander, fit le capitaine, songeur. Eh vous... l'indigène, l'étranger ou je ne sais quoi... Comment se fait-il que l'on vous ait psychosondé?

Rik le dévisagea d'un air incertain.

– Vous dites tous la même chose. Même Lona. Mais je ne sais même pas ce que veut dire ce mot.

– Eh bien, quand avez-vous perdu la mémoire, si vous préférez?

– Je ne le sais pas au juste. – Et Rik répéta avec désespoir : – J'étais sur un navire.

– Vous nous l'avez déjà dit. Continuez.

Samia s'interposa :

– Inutile de hurler, capitaine. Vous allez chasser le peu de raison qui lui reste.

Rik était entièrement absorbé par l'effort qu'il faisait pour déchirer les ténèbres dont le voile recouvrait son esprit, effort qui ne laissait place à aucune émotion. Ce fut lui le premier surpris quand il s'entendit dire :

– Je n'ai pas peur de lui, Votre Seigneurie. J'essaye de me rappeler. Il y avait un danger. Cela, j'en suis certain. Un grave danger menaçant Florina mais les détails m'échappent.

– Il menaçait la planète tout entière?

Samia lança un rapide coup d'œil au capitaine.

– Oui. A cause des courants.

– Quels courants? s'enquit l'officier.

– Les courants de l'espace.

Racety leva les bras et les laissa retomber le long de son corps.

– C'est du délire!

– Non, non! Laissez-le continuer! – L'incrédulité avait changé de camp. Les lèvres entrouvertes, les yeux brillants, de petites fossettes lui creusant les joues et le menton, Samia souriait presque. – Que sont ces courants de l'espace?

– Les différents éléments, répondit vaguement Rik. – Il s'était déjà expliqué là-dessus et n'avait pas envie d'y revenir. Il enchaîna avec précipitation, presque incohérence, parlant à mesure que les pensées lui venaient comme si elles expulsaient les mots de sa gorge : – J'ai envoyé un message à la délégation locale du Bureau. La délégation de Sark. Je m'en souviens très clairement. Il fallait agir prudemment. Le danger n'était pas limité à Florina. Oui... La menace allait au-delà de Florina. Elle était aussi vaste que la Voie Lactée. Il fallait être très prudent.

On eût cru que Rik avait perdu tout contact réel avec ceux qui l'écoutaient, qu'il vivait dans un passé dont le voile qui le dissimulait était en train de craquer par endroits.

– Arrête! murmura doucement Valona en lui posant la main sur l'épaule.

Mais Rik ne réagit même pas.

– Ce message, reprit-il d'une voix haletante, ce message fut intercepté par un officiel de Sark. Par erreur. Je ne sais pas comment la faute a été commise. – Il plissa le front. – Je suis sûr de l'avoir transmis à la délégation locale sur la longueur d'onde du Bureau. Pensez-vous qu'il soit possible de capter une émission en sub-éther? – Il ne fut même pas surpris que le mot « sub-éther » lui fût si facilement venu à la bouche. Son regard était toujours aveugle à ce qui l'entourait. – Toujours est-il que, lorsque je me suis posé sur Sark, on m'attendait.

Il y eut une nouvelle pause qui, cette fois, se prolongea. Rik réfléchissait. Le capitaine ne tenta pas de briser le silence. Lui aussi paraissait plongé dans ses pensées.

– Qui vous attendait? demanda quand même Samia. Qui?

Je... je ne sais pas. Je n'arrive pas à me rappeler. Ce n'était pas quelqu'un de la délégation du Bureau. C'était un Sarkite. Je lui ai parlé, je m'en souviens. Il était au courant de ce danger. Il y a fait allusion. J'en suis certain. Nous étions assis autour d'une table. Je me le rappelle. L'homme me faisait face. Nous avons parlé longtemps. Je ne voulais pas entrer dans les détails. De cela aussi, je suis certain. Il fallait que je prenne d'abord contact avec la délégation. Et puis, il...

– Continuez, insista Samia.

– Il a fait quelque chose. Il... Non, rien de plus ne me reviendra. *Rien de plus!*

Rik avait crié ces derniers mots. Il se tut. Le bourdonnement prosaïque du bracelet de communication du capitaine rompit le silence qui s'était appesanti.

– J'écoute, fit Racety.

Une voix nasillarde, précise et déférente sortit du communico.

– Un message de Sark est arrivé à l'attention du capitaine. Le capitaine est prié d'en accuser personnellement réception.

– Bien. Je descends tout de suite au centre de transmission. – Racety se tourna vers Samia. – Puis-je me permettre de rappeler à Votre Seigneurie que, n'importe comment, il est l'heure de dîner?

Devinant que la jeune femme allait répondre qu'elle n'avait pas d'appétit, le presser de s'en aller et de ne pas s'occuper d'elle, il ajouta diplomatiquement :

– Il faut aussi donner à manger à ces créatures. Elles sont sans doute fatiguées et affamées.

Samia ne pouvait pas protester.

– Il faudra que je les revoie plus tard, capitaine.

Racety s'inclina sans mot dire. Peut-être était-ce un acquiescement. Peut-être pas.

Samia de Fife était habitée par une vive exaltation. Ses recherches floriniennes répondaient à certaines aspirations intellectuelles mais le Mystère du Terrien Décervelé (elle pensait en majuscules) touchait quelque chose de beaucoup plus primitif et de beaucoup plus obsédant qui palpitait au fond d'elle-même. Cela réveillait une curiosité en elle tout animale.

C'était une énigme!

Trois points fascinaient Samia. Mais pas la question, peut-être la plus raisonnable (compte tenu des circonstances), de savoir si le récit de l'homme était du délire ou un mensonge délibéré. Croire qu'il ne soit point l'expression de la vérité aurait gâché le mystère et Samia ne pouvait pas le permettre.

Les trois points d'interrogation qui se posaient à elle étaient donc les suivants : quel était le danger qui menaçait Florina ou, plus exactement, qui menaçait la galaxie tout entière? Qui avait soumis le Terrien à un sondage psychique? Pourquoi cette personne avait-elle eu recours à la technique du lavage de cerveau?

Samia était décidée à tirer cette affaire au clair. Nul n'est jamais assez modeste pour ne pas se figurer être un détective amateur compétent et Samia de Fife était loin d'être modeste.

Le dîner achevé, dès qu'elle put s'éclipser sans enfreindre les

règles de la politesse, elle regagna précipitamment l'entrepont.
– Ouvrez! ordonna-t-elle à la sentinelle.

Le marin resta au port d'arme, le regard vide, la tête respectueusement baissée.

– S'il plaît à Votre Seigneurie, la porte restera close.

Samia en demeura bouche bée.

– Quelle audace! Si vous n'ouvrez pas immédiatement, je me plaindrai au capitaine.

– S'il plaît à Votre Seigneurie, la porte restera close, répéta le factionnaire. Par ordre du capitaine.

Samia rebroussa chemin et surgit comme une furie dans la cabine de Racety. Une tornade d'un mètre cinquante!

– Capitaine!

– Votre Seigneurie?

– Avez-vous donné l'ordre à vos hommes de m'empêcher de voir le Terrien et la femme indigène?

– Il me semble que nous étions convenus que vous ne les verriez qu'en ma présence, Votre Seigneurie.

– Avant le dîner, oui. Mais vous avez constaté qu'ils sont inoffensifs?

– J'ai constaté qu'ils semblaient être inoffensifs.

Samia était prête à éclater.

– En ce cas, je vous somme de m'accompagner.

– Ça ne m'est pas possible, Votre Seigneurie. La situation s'est modifiée.

– Comment cela?

– Le couple doit être interrogé sur Sark par les autorités compétentes et je pense que, d'ici là, ces créatures doivent demeurer isolées.

Samia ouvrit la bouche toute grande mais reprit aussitôt une attitude plus digne.

– Vous n'allez quand même pas les remettre entre les mains du Secrétariat aux Affaires floriniennes?

Le capitaine chercha à temporiser.

– C'était en fait le projet initial. Tous deux ont quitté leur village sans autorisation. A la vérité, ils ont quitté la planète sans autorisation. De plus, ils se sont introduits clandestinement à bord d'un bâtiment sarkite.

– Par erreur.

– Était-ce vraiment par erreur?

– Mais vous étiez au courant de tous leurs crimes avant l'entrevue que nous avons eue avec eux.

– C'est seulement au cours de cet entretien que j'ai entendu le récit du soi-disant Terrien.

– Soi-disant? Vous avez dit vous-même que la planète Terre existait.

– J'ai dit qu'elle pouvait exister. Mais puis-je me permettre de demander à Votre Seigneurie ce qu'elle souhaite que l'on fasse de ces gens?

– Je considère qu'il faut examiner le récit du Terrien. Il parle d'un danger menaçant Florina et de quelqu'un qui, sur Sark, a volontairement tenté de dissimuler cette information aux autorités. Je pense que c'est une affaire qui regarde mon père. Je compte d'ailleurs faire comparaître le Terrien devant lui en temps utile.

– Quelle ingéniosité! murmura Racety.

– Seriez-vous sarcastique, capitaine?

L'officier rougit.

– Veuillez me pardonner, Votre Seigneurie. Je songeais à nos prisonniers. M'autorisez-vous à vous faire un exposé relativement long?

– J'ignore ce que vous entendez par « relativement long » mais commencez toujours.

– Je vous remercie. Tout d'abord, j'espère que Votre Seigneurie ne minimise pas l'importance des troubles qui ont éclaté sur Florina.

– Quels troubles?

– Vous ne pouvez avoir oublié l'incident de la bibliothèque.

– Un patrouilleur tué! Vraiment, capitaine...

– Un second patrouilleur a été assassiné ce matin, Votre Seigneurie, ainsi qu'un indigène. Il n'est guère fréquent de voir les indigènes assassiner les patrouilleurs. Or, en voici un qui a tué à deux reprises et qui est cependant toujours en fuite. Agit-il seul? Est-ce un accident? Ou cela fait-il partie d'un plan soigneusement préparé?

– C'est apparemment la dernière hypothèse que vous croyez vraie!

– En effet. L'indigène meurtrier avait deux complices. Leur signalement correspond à celui de nos passagers clandestins.

– Vous ne m'avez jamais dit une chose pareille!

– Je ne voulais pas inquiéter Votre Seigneurie. Qu'elle se rappelle néanmoins que je lui ai répété à plusieurs reprises qu'ils pouvaient être dangereux.

– Fort bien. Qu'en déduisez-vous?

– Et si les meurtres de Florina n'étaient qu'une manœuvre de diversion visant à détourner l'action des escadrons de la Patrouille pendant que ces deux-là pénétraient à bord de ce navire?

– Je trouve cela stupide!

– Stupide? Pourquoi voulaient-ils quitter Florina? Nous ne le leur avons pas demandé. Admettons que ce soit pour échapper aux patrouilleurs puisque c'est la supposition la plus raisonnable. Chercheraient-ils alors à se rendre justement sur Sark? A bord du navire de Votre Seigneurie? Et il y a ce désir de se faire passer pour un spatio-analyste...

Samia plissa le front.

– Et alors?

– Il se trouve qu'un spatio-analyste est porté disparu depuis un an. Cette affaire n'a jamais connu beaucoup de publicité. Si je suis au courant, c'est que mon unité a participé aux recherches destinées à trouver trace de son navire dans l'espace proche. Ceux qui sont derrière les événements de Florina ont sans aucun doute utilisé cette histoire et le fait qu'ils soient renseignés sur la disparition du spatio-analyste est la preuve de la puissance et de l'efficacité inattendues de leur organisation.

– Il n'y a peut-être aucun rapport entre le Terrien et ce spatio-analyste.

– Il n'existe pas de lien réel entre eux, c'est certain, mais il ne faut pas croire qu'il n'y ait aucun rapport entre les deux. La coïncidence serait invraisemblable. C'est à un imposteur que nous avons affaire. Voilà pourquoi il prétend qu'on lui a lavé le cerveau.

– Oh!

– Comment pouvons-nous démontrer qu'il n'est pas spatio-analyste? Il n'apporte aucun détail sur la planète Terre en dehors du simple fait qu'elle est radioactive. Il ne sait pas piloter un astronef. Il ne connaît rien de l'analyse spatiale. Sa couverture, c'est d'affirmer qu'on lui a lavé le cerveau. Comprenez-vous, Votre Seigneurie?

Samia ne répondit pas directement.

– Mais pourquoi ce scénario?

– Pour que vous fassiez ce que vous avez précisément l'intention de faire, Votre Seigneurie.

– Approfondir le mystère?

– Non, Votre Seigneurie. Mettre cet homme en présence de votre père.

– Je ne vois toujours pas.

– Il y a plusieurs possibilités. Dans l'hypothèse la plus favorable, il cherche à espionner l'Écuyer de Fife pour le compte de Florina ou, peut-être, de Trantor. J'imagine que le vieil Abel, l'ambassadeur trantorien, l'identifiera comme Terrien, ne serait-ce que pour gêner Sark en exigeant une enquête pour rechercher la vérité sur le roman du lavage de cerveau. L'autre hypothèse est qu'il soit le futur assassin de votre père.

– Capitaine!

– Votre Seigneurie?

– C'est une accusation ridicule!

– Il se peut, Votre Seigneurie. Mais le ridicule s'étend alors au département de la Sécurité. Vous vous rappelez peut-être que j'ai été appelé avant le dîner pour recevoir une communication de Sark?

– Oui.

– Voici ce message.

Racety tendit à Samia un feuillet translucide couvert de lettres rouges. Elle lut : *« Nous avons été informés que deux Floriniens se sont introduits clandestinement à votre bord. Assurez-vous immédiatement de leur personne. L'un d'eux prétendra peut-être être spatio-analyste et niera sa nationalité florinienne. Vous n'interviendrez pas sur ce point. Nous vous tenons pour responsable de la sécurité de ces individus. Ils doivent être remis au Depsec. Cette affaire est ultra-secrète et de toute première urgence. »*

Samia était abasourdie.

– Le Depsec, murmura-t-elle. Le Département de la Sécurité...

– Cette affaire est ultra-secrète, répéta le capitaine. Je commets une faute en vous communiquant ces instructions mais vous ne m'avez pas laissé d'autre choix, Votre Seigneurie.

– Que va-t-on faire de lui?

– Je ne saurais vous répondre avec certitude. Il est sûr qu'un individu soupçonné d'espionnage et d'assassinat ne peut s'attendre que l'on prenne des gants avec lui. Sa fabulation va probablement devenir vraie en partie et il apprendra ce qu'est réellement un lavage de cerveau.

CHAPITRE XII

LE DÉTECTIVE

Chacun des quatre Grands Écuyers contemplait le Sieur de Fife à sa manière. Bort avec colère, Rune avec amusement, Balle avec ennui et Steen avec crainte.

Rune parla le premier :

– Haute trahison? Cherchez-vous à nous faire peur avec des mots? Qu'est-ce que cela veut dire? Trahison à l'endroit de qui? De Bort? De moi? Fomentée par qui? Et comment? Ces conférences perturbent mes heures de sommeil, Fife!

– Les conséquences risquent de les troubler bien plus encore, répondit Fife. Il ne s'agit pas d'une trahison dirigée contre l'un ou l'autre d'entre nous mais d'une trahison envers Sark.

– Envers Sark? répéta Bort. Qu'est Sark sinon nous?

– Disons que c'est un mythe. Quelque chose qui a une réalité aux yeux des Sarkites ordinaires.

– Je ne comprends pas, grommela Steen. Les joutes oratoires : il n'y a que cela qui semble vous intéresser! Parole! J'aimerais qu'on en finisse.

– Steen a raison, s'exclama Balle.

Steen eut l'air flatté par cette approbation.

– Je ne demande pas mieux que de m'expliquer sur-le-champ, répliqua Fife. Vous avez sans doute entendu parler des troubles qui ont récemment eu lieu sur Florina?

– Les dépêches du Depsec font état de l'assassinat de plusieurs patrouilleurs, dit Rune. C'est à cela que vous faites allusion?

Bort l'interrompit pour jeter d'un ton rageur :

– Puisque conférence il y a, parlons-en donc. On a tué des patrouilleurs? Ils méritent qu'on les tue. Voulez-vous dire qu'un indigène peut tout simplement s'approcher d'un patrouilleur et lui cabosser le crâne d'un coup de matraque? Comment un patrouilleur n'importe quel patrouilleur - peut-il laisser un indigène – n'importe quel indigène armé d'une matraque s'approcher assez près de lui pour l'assommer? Pourquoi l'indigène en question n'a-t-il pas été abattu à vingt pas d'une giclée de fulgurant? Par Sark, je secouerai la Patrouille du plus haut gradé à la dernière recrue! Le service dans l'espace, voilà ce que méritent ces abrutis! La Patrouille florinienne n'est rien de plus qu'un tas de lard. Il faudrait décréter la loi martiale tous les cinq ans pour liquider les agitateurs. Comme cela, les indigènes se tiendraient tranquilles et nos hommes resteraient vigilants.

– Avez-vous terminé? demanda Fife.

– Pour le moment, oui. Mais nous en reparlerons. Moi aussi, j'ai des intérêts là-bas, vous savez. Ils sont peut-être moins vastes que les vôtres, Fife, mais ils sont quand même suffisamment importants pour que je m'en inquiète.

Fife haussa les épaules et se tourna brusquement vers Steen.

– Et vous? Avez-vous entendu parler de ces incidents?

Steen sursauta.

– Oui. C'est-à-dire que je viens d'entendre ce que vous...

– Vous n'avez pas lu les rapports du Depsec?

– Eh bien, sur ma parole... – Steen parut soudain passionné par ses ongles, longs et effilés, délicatement recouverts d'un enduit cuivré. – Je n'ai pas toujours le temps de lire absolument tous les rapports. Je ne pensais pas que c'était une obligation qui m'était imposée. En fait... – Steen prit son courage à deux mains et regarda Fife dans les yeux – ... en fait, je ne savais pas que c'était vous qui promulguiez les règles. Ma parole!

– Je n'ai rien promulgué. Toutefois, puisque vous êtes, vous tout au moins, dans l'ignorance de cette affaire, je vais vous résumer les faits. Cela pourra d'ailleurs également intéresser les autres.

Rapportés en quelques mots, les événements des dernières quarante-huit heures paraissaient étonnamment banals. Tout d'abord, quelqu'un avait demandé de façon imprévue des ouvrages traitant de l'analyse spatiale. Puis, un patrouilleur à la retraite avait reçu un coup sur la tête et était mort deux heures plus tard d'une fracture du crâne. Puis il y avait eu une chasse à l'homme qui avait tourné court, les fugitifs s'étant réfugiés chez un agent trantorien – asile inviolable. Puis, à l'aube, ç'avait été le meurtre d'un autre patrouilleur dont l'agresseur avait revêtu l'uniforme pour échapper à ses poursuivants et, un peu plus tard, l'agent trantorien était mort à son tour.

– Si vous voulez les toutes dernières nouvelles, voici encore un détail à ajouter à ce catalogue de faits en apparence insignifiants, conclut Fife. Il y a quelques heures, on a découvert un cadavre – ou, plus exactement, ce qu'il en restait – dans le Parc de la Cité de Florina.

– Le cadavre de qui? demanda Rune.

– Un instant, je vous prie. A côté de ce cadavre, on a trouvé un tas de cendres qui semblaient être les restes de vêtements carbonisés. Quelqu'un avait pris soin de récupérer tous les objets de métal mais l'analyse a révélé que c'était un uniforme de patrouilleur qui avait brûlé de la sorte.

– La victime était-elle notre ami l'imposteur? s'enquit Balle.

– C'est peu vraisemblable. Qui l'aurait tué en secret?

– Il s'est suicidé, siffla Bort. Combien de temps cette crapule pouvait-elle espérer conserver la liberté? J'imagine qu'il a choisi la mort la plus douce. Personnellement, j'aimerais savoir à qui, dans la Patrouille, incombe la responsabilité de l'avoir laissé se suicider et je remettrais aux intéressés un fulgurant. Avec une seule charge.

– Je ne crois pas à la théorie du suicide, rétorqua Fife. Il aurait fallu qu'après s'être fait justice notre homme ait enlevé son uniforme, l'ait brûlé et se soit enfin débarrassé des boucles et des insignes. Ou alors, il a commencé par se déshabiller et par brûler sa tenue, il a récupéré les insignes, quitté la grotte, nu ou en sous-vêtements, pour les faire disparaître; après quoi, il y est retourné et s'est donné la mort.

– Le corps était dans une grotte? demanda Bort.

– Oui, dans une des grottes d'agrément du Parc.

– Il a donc eu tout son temps et il a pu opérer en toute tranquillité, s'exclama Bort avec un accent belliqueux. – Il détestait renoncer à une théorie. – Il a pu se défaire de ses insignes en un premier temps et ensuite...

Fife l'interrompit pour lui demander avec ironie :

– Avez-vous déjà essayé d'arracher la passementerie d'un uniforme de patrouilleur? Et si le corps était celui de l'imposteur, quel motif pouvez-vous proposer pour expliquer son acte? D'ailleurs, j'ai un rapport d'autopsie. D'après l'examen des os, le cadavre n'est ni celui d'un patrouilleur ni celui d'un Florinien. Le mort était un Sarkite.

– Ma parole! s'écria Steen.

Balle écarquilla les yeux. Rune referma la bouche et ses dents métalliques, qui, de temps à autre, accrochaient un reflet de lumière apportant un frémissement de vie dans le cube d'ombre à l'intérieur duquel il se tenait, disparurent. Bort lui-même était médusé.

– Vous me suivez? reprit Fife. Comprenez-vous maintenant pourquoi les parties métalliques de l'uniforme ont été enlevées? L'assassin voulait que l'on croie que les vêtements brûlés étaient ceux du Sarkite qu'il avait tué. Le meurtre aurait alors passé pour un suicide ou pour un règlement de comptes entre particuliers sans aucun rapport avec notre ami le pseudo-patrouilleur. Mais il ne savait pas que l'analyse des centres permettrait de différencier le kyrt d'un costume sarkite de la cellulose d'un uniforme de patrouilleur, même privé de ses ornements de métal. Un Sarkite mort et un uniforme de patrouilleur brûlé... Une seule supposition est possible : il y a quelque part dans la Cité Haute un Prud'homme vivant déguisé en Sarkite. Notre Florinien ayant joué assez longtemps le rôle de patrouilleur et estimant que le danger était trop grand, qu'il grandissait de plus en plus, a décidé de se métamorphoser en Ecuyer. Et il n'avait qu'un seul moyen de parvenir à ses fins.

– L'a-t-on arrêté? s'informa Bort d'une voix pâteuse.

– Non.

– Comment cela se fait-il, au nom de Sark?

– On l'arrêtera, laissa tomber Fife sur un ton indifférent. Pour l'instant, nous avons des choses plus importantes à débattre. Par comparaison, cette dernière atrocité n'est qu'une broutille.

– Allez au fait! le supplia Rune.

– Un peu de patience! Je voudrais d'abord savoir si vous vous souvenez de ce spatio-analyste qui a disparu depuis un an?

Steen émit un petit rire nerveux.

– Encore cette histoire? murmura Bort avec un mépris infini.

– Y a-t-il un lien entre les deux choses ou va-t-il encore falloir revenir en long et en large sur cette horrible affaire de l'an passé? s'exclama Steen. Je suis fatigué!

Fife ne s'émut pas.

– L'explosion d'hier et d'avant-hier a commencé après qu'on eut demandé des ouvrages de spatio-analyse à la bibliothèque de Florina. Le lien me paraît amplement suffisant. Voyons si je ne réussirai pas à vous convaincre de cette évidence. Je commencerai par décrire les trois personnes impliquées dans l'incident de la bibliothèque et je vous serai reconnaissant de ne pas m'interrompre.

« D'abord, le Prud'homme. C'est l'homme dangereux du trio. Excellent dossier : un élément intelligent et loyal, disent les archives. Malheureusement, il s'est retourné contre nous. Il ne fait pas de doute qu'il soit l'auteur des quatre crimes actuellement connus. Un joli record pour n'importe qui ! Compte tenu qu'il y a deux patrouilleurs et un Sarkite parmi ses victimes, ce bilan est remarquable pour un indigène. C'est incroyable... Et il est toujours en liberté.

« En numéro deux, nous avons une Florinienne. Sans instruction et totalement insignifiante. Toutefois, l'enquête fouillée qui se poursuit depuis deux jours afin d'élucider tous les aspects de cette affaire nous a permis de reconstituer son passé. Ses parents étaient membres de l' « Ame du Kyrt », si quelqu'un se rappelle encore cette ridicule conspiration paysanne qui a été liquidée sans difficulté il y a une vingtaine d'années.

« Reste le troisième individu. Le plus étonnant. Employé comme manœuvre dans une filature. Par-dessus le marché, c'était un demeuré.

Bort s'ébroua et Steen émit à nouveau un gloussement de sa voix haut perchée. Les yeux de Balle demeurèrent clos. Rune ne fit pas un mouvement dans son cube de nuit.

– Je n'emploie pas le terme de « demeuré » au sens figuratif. Le Depsec n'a pas ménagé sa peine mais il n'a pu reconstituer que la toute dernière période de son existence. L'homme en question a été découvert il y a dix mois et demi dans un village voisin de la métropole florinienne. Il était dans un état de crétinisme intégral. Incapable de marcher, incapable de parler. Incapable, même, de se nourrir.

« Vous remarquerez que son entrée en scène intervient quelques semaines après la disparition du spatio-analyste. Notez encore qu'en quelques mois il a appris à parler et a obtenu un emploi dans une filature. Étrange, cet idiot qui apprend aussi rapidement, vous ne trouvez pas ?

– Oh, s'il avait subi un bon lavage de cerveau, commença Steen sur un ton presque passionné, il aurait pu...

La phrase demeura en suspens.

Fife lui adressa un regard sarcastique.

– Je ne vois personne qui fasse autant autorité sur ce point! Toutefois, même sans l'avis éclairé de Steen, j'ai eu la même idée. C'était la seule explication possible. Or, il n'existe que deux endroits où ce lavage de cerveau aurait pu être effectué. Sur Sark ou dans la Cité Haute de Florina. Par acquit de conscience, les cabinets médicaux de la Cité Haute ont été contrôlés. On n'a retrouvé aucune trace de psychosondage clandestin. Mais un de nos agents a pris l'initiative d'examiner les dossiers des médecins morts postérieurement à l'apparition de notre simple d'esprit. Je veillerai à ce que cet agent reçoive l'avancement qu'il mérite. Nous avons en effet trouvé un dossier concernant le demeuré dans les archives d'un médecin décédé La femme qui constitue la deuxième personne du trio l'avait fait examiner six mois auparavant. Il semble qu'elle ait agi en secret car elle s'était absentée de son travail ce jour-là en excipant d'un tout autre prétexte. Le praticien a donc procédé à l'examen et a conclu de manière catégorique que le patient avait été sondé.

« Nous en arrivons maintenant à un point intéressant. Il s'agissait d'un médecin exerçant à la fois dans la Cité Haute et dans la Cité Basse, un de ces idéalistes qui estiment que les indigènes ont droit à une assistance médicale de premier ordre. Homme méthodique, il conservait les doubles de ses dossiers dans ses deux cabinets afin de s'épargner d'inutiles allées et venues en ascenseur. En outre, j'imagine que ses conceptions utopiques le poussaient à exclure toute ségrégation dans ses archives entre sa clientèle sarkite et sa clientèle florinienne. Or, le dossier de notre idiot n'existait qu'à un seul exemplaire. C'était le seul qui n'avait pas de duplicata.

« Pourquoi? Si, pour une raison quelconque, le médecin avait décidé de ne pas garder de double de ce dossier particulier, pourquoi celui-ci a-t-il été découvert dans le cabinet de la Cité Haute allors qu'il aurait logiquement dû se trouver dans celui de la Cité Basse? Après tout, le client était florinien. Il avait été conduit par une Florinienne. C'était dans la Cité Basse qu'avait eu lieu la consultation. Toutes ces données sont clairement indiquées dans les documents saisis.

« Il n'y a qu'une seule réponse pour résoudre le mystère. Le dossier a été dûment enregistré en partie double mais l'original conservé dans les archives de la Cité Basse a été détruit par quelqu'un qui ignorait l'existence d'un duplicata dans la Cité Haute.

« Poursuivons... A ce dossier était jointe une note dépourvue d'ambiguïté précisant que le médecin signalerait ce cas dans son prochain rapport de routine destiné au Depsec. Processus parfaitement normal puisque tout individu ayant été soumis à la psychosonde peut être un criminel ou un agitateur subversif. Mais ce rapport n'a jamais été rédigé. Au cours de la même semaine, le médecin mourut des suites d'un accident de la circulation. Les coïncidences se multiplient de façon invraisemblable, n'est-ce pas?

– Balle ouvrit les yeux et murmura :

– C'est un roman policier que vous êtes en train de nous raconter.

– Oui, répondit Fife avec satisfaction. Un roman policier. Et, pour l'instant, c'est moi le détective.

– Qui est l'accusé? reprit Balle d'une voix lasse.

– Attendez. Laissez-moi encore un peu jouer au détective.

Au cœur de ce qu'il considérait comme la crise la plus grave qu'eût jamais affrontée Sark, Fife s'apercevait subitement qu'il s'amusait follement.

– Prenons l'histoire par un autre bout, poursuivit-il. Oublions pour le moment le simple d'esprit et revenons au spatio-analyste. Nous entendons pour la première fois parler de lui lorsqu'il signale au Bureau des Transports qu'il se prépare à atterrir. Un message antérieur accompagne cette notification.

« Le spatio-analyste n'atterrit pas. On ne le localise nulle part dans l'espace proche. De plus, son message au Bureau des Transports disparaît. Le B.I.A.S. soutient que nous l'avons délibérément étouffé. Le Depsec croit de son côté que ce message est un faux forgé par les gens du B.I.A.S. pour des raisons de propagande. Je pense à présent que tous deux étaient dans l'erreur. Le message a bien été expédié mais il n'a pas été étouffé par le gouvernement sarkite.

« Nous allons maintenant inventer un personnage que nous appellerons pour le moment X. X a accès aux archives du Bureau des Transports. Il prend connaissance du message du spatio-analyste. X est quelqu'un d'astucieux et il sait agir vite. Il s'arrange pour envoyer au spatio-analyste un sub-éthergramme secret lui donnant pour instructions de se poser sur un petit astrodrome privé. L'autre obtempère et X le rencontre.

» Il s'est muni du message annonciateur de catastrophes. Il peut y avoir deux raisons à cela. En premier lieu, l'élimination d'un indice brouillerait les pistes en cas d'enquête. En outre, le message pourrait peut-être servir à capter la confiance du spatio-analyste. Si celui-ci estimait ne devoir parler qu'à ses supérieurs comme c'est plausible, X a pu espérer qu'il le persuaderait de lui ouvrir son cœur en lui prouvant qu'il était déjà au courant de l'essentiel.

« Le spatio-analyste a parlé, c'est certain. Si incohérent, démentiel et, d'une façon générale, invraisemblable qu'ait été son récit, X jugea que ce dernier constituait un excellent instrument de propagande. Il a envoyé sa lettre de chantage aux Grands Écuyers – à nous. Il est probable qu'il escomptait que les choses se passeraient comme elles se sont précisément passées : sa missive serait attribuée aux Trantoriens. Si nous n'acceptions pas de négocier, il avait l'intention de perturber la production florinienne par une campagne de rumeurs jusqu'au moment où nous serions contraints de capituler.

« Ce fut sa première erreur de calcul. Quelque chose l'a effrayé. Quoi ? Nous le verrons plus tard. Toujours est-il qu'il prit la décision de surseoir à l'exécution de son plan. Cependant, il y avait une complication. X ne croyait pas à l'histoire du spatio-analyste mais ce dernier était de toute évidence sincère dans sa folie. Il fallait donc s'arranger pour qu'il acceptât de mettre son apocalypse sous le boisseau.

« Pour qu'il se taise, il était nécessaire de le mettre hors d'état d'agir. X pouvait le tuer mais je pense que l'homme lui était indispensable en tant que source d'informations pour l'avenir (après tout, X ne connaissait rien à l'analyse spatiale et il ne pouvait pas réussir un chantage fondé sur un bluff total) et, peut-être, comme otage si le coup ratait. Bref, il lui a lavé le cerveau. Désormais, il avait en main un idiot décervelé qui ne lui causerait pas d'ennuis pendant un certain temps. Plus tard, le spatio-analyste recouvrerait ses facultés.

« Le pas suivant ? Il était impératif que l'on ne puisse pas localiser le spatio-analyste pendant une année, que personne (je parle de gens qui comptent), que personne même ne le voie dans son personnage d'idiot. X agit alors avec une magistrale simplicité. Il emmena son homme sur Florina et pendant près d'un an le spatio-analyste ne fut qu'un indigène faible d'esprit employé dans les filatures de kyrt.

« J'imagine que, au cours de ces mois, X ou un de ses émissaires se rendait de temps en temps là où sa victime avait été cachée afin de s'assurer qu'elle était en sécurité et à peu près en bonne santé. Lors d'une de ces visites, X apprit d'une manière ou d'une autre que le spatio-analyste avait été examiné par un médecin qui savait reconnaître un cas de psychosondage. Le médecin mourut et le dossier disparut – tout du moins celui qui était conservé dans son cabinet de la Cité Basse. Ce fut la première erreur de calcul : X ne songea jamais qu'il pouvait exister un double de ce dossier dans la Cité Haute.

« Il fit une seconde erreur. L'idiot commença de recouvrer ses facultés un petit peu trop vite et le Prud'homme du village était assez malin pour se rendre compte que ses propos n'étaient pas de simples divagations. Peut-être la fille qui s'occupait de l'idiot parla-t-elle au Prud'homme de psychosondage? C'est une supposition.

« Voilà comment l'histoire se présente.

Fife se croisa les mains et attendit la réaction.

Rune parla le premier. Il avait allumé quelques instants plus tôt et il clignait des yeux en souriant dans son cube de projection.

– Une histoire assez assommante, Fife, dit-il. Si j'étais resté un peu plus longtemps dans l'obscurité, je me serais endormi.

– C'est une viande aussi fade que celle que vous nous avez servie l'an dernier, fit lentement Balle. Quatre-vingt-dix pour cent d'hypothèses gratuites!

– Balivernes! jeta Bort.

– Et d'abord qui est X? demanda Steen. Si vous ne le connaissez pas, cela n'a pas de sens.

Sur quoi, Steen bâilla avec grâce, un doigt délicatement recourbé devant ses petites dents blanches.

– L'un d'entre vous au moins a vu le point fondamental, répondit Fife. L'identité de X est le nœud de l'affaire. Réfléchissons aux caractéristiques qu'il doit présenter si mon analyse est juste.

« En premier lieu, X est un homme qui a des contacts avec l'administration. Un homme capable de soumettre quelqu'un au lavage de cerveau. Un homme qui s'estime en mesure de lancer une puissante manœuvre de chantage. Un homme qui a pu sans peine faire quitter Sark au spatio-analyste et l'expédier sur Florina. Un homme qui a pu se débarrasser d'un médecin de Florina. Ce n'est certainement pas le premier venu.

« En fait, sa personnalité est clairement définie. X doit être un Grand Écuyer. Ce n'est pas votre avis?

Bort fit un bond qui le projeta hors de son siège. Sa tête se dématérialisa. Il se rassit. Steen éclata d'un rire hystérique qui n'en finissait plus. Une lueur fébrile s'alluma dans les yeux de Rune, à moitié noyés dans la graisse. Balle hocha lentement la tête.

– Qui accusez-vous, Fife? s'écria Bort d'une voix tonitruante.

Fife conservait tout son calme.

– Je n'accuse encore personne. Pas nommément. Suivez mon raisonnement. Nous sommes cinq. En dehors de nous, personne sur Sark n'aurait pu accomplir ce que X a accompli. Cinq, pas un de plus. On peut considérer le fait comme établi. Maintenant, qui est X? Pour commencer, ce n'est pas moi.

– Nous n'avons qu'à vous croire sur parole, n'est-ce pas? cracha Rune.

– Pas du tout. Moi seul n'ai pas de motif. L'objectif de X est de prendre le contrôle de l'industrie du kyrt. Je possède le tiers des champs de kyrt floriniens. Mes filatures, mes installations et ma flotte de commerce sont suffisamment prédominantes pour évincer n'importe lequel d'entre vous ou vous quatre si j'en ai envie. Je n'aurais pas eu besoin de recourir à un chantage compliqué.

Il éleva la voix pour dominer le vacarme que faisaient les Ecuyers qui parlaient tous ensemble.

– Écoutez-moi! Chacun de vous a un motif. Le continent de Rune est le plus petit et ses domaines sont les moins vastes. Je sais que c'est une situation qui le mécontente et il ne peut pas dire le contraire. La lignée de Balle est la plus ancienne. Il fut un temps où sa famille régnait sur Sark. Il ne l'a sans doute pas oublié. Bort souffre d'être toujours mis en minorité au Conseil et de ne pas pouvoir, en conséquence, conduire ses affaires dans ses territoires avec toute la brutalité qu'il voudrait.

« Steen a des goûts dispendieux et ses finances battent de l'aile. Il lui faut impérativement remplir ses caisses. Tous les mobiles sont réunis : la jalousie, la soif de puissance, la cupidité, la recherche du prestige. Maintenant, lequel d'entre vous est X?

Une flamme malicieuse dansa soudain dans les yeux du vieux Balle.

– Vous ne le savez pas?

– Cela n'a pas d'importance. Écoutez-moi bien. J'ai dit que quelque chose a effrayé X (continuons de l'appeler X) après la première lettre qu'il nous a envoyée. Savez-vous de quoi il a eu peur? Lors de notre précédente conférence, j'ai prêché l'unité d'action nécessaire. X était là. X était l'un de nous – et il est encore l'un de nous. Il savait que le front commun signifierait pour lui l'échec. Il comptait vaincre parce qu'il savait que notre idéal de stricte autonomie continentale nous maintiendrait divisés jusqu'au dernier moment et au-delà. Voyant qu'il s'était trompé, il a décidé d'attendre que l'urgence s'estompât pour repartir ensuite à l'attaque.

« Mais il se trompe encore. Nous ferons encore front commun et il n'existe qu'un seul moyen sûr de réaliser l'union, compte tenu du fait que X est parmi nous. L'autonomie continentale est morte. C'est un luxe que nous ne pouvons plus nous permettre car des plans de X ne peut résulter que notre défaite économique ou l'intervention de Trantor. Je ne puis avoir confiance en personne sinon en moi-même. Aussi, à partir de maintenant, je prends la direction des affaires de Sark, planète unie. Êtes-vous avec moi?

Tout le monde était debout et s'égosillait. Bort menaçait Fife du poing. Il y avait un peu d'écume aux coins de ses lèvres.

Mais les Ecuyers étaient impuissants. Fife souriait. Chacun était très loin, sur son continent. Il pouvait rester assis derrière son bureau à les regarder tempêter.

– Vous n'avez pas le choix, reprit-il. Moi aussi, j'ai fait mes préparatifs depuis la conférence de l'an passé. Pendant que vous étiez en train de m'écouter bien gentiment, des officiers à ma dévotion ont pris le commandement des forces spatiales de Sark.

– Trahison! hurla le chœur des Ecuyers.

– Trahison envers l'autonomie continentale, loyauté à Sark, rétorqua Fife.

Steen tordait nerveusement ses doigts dont le vernis cuivré était la seule touche de couleur sur sa peau.

– Mais c'est X! s'exclama-t-il. Même si X est l'un de nous, nous sommes trois innocents. Et je ne suis pas X. C'est quelqu'un d'autre, ajouta-t-il en jetant un regard venimeux à ses collègues.

– S'ils le souhaitent, les trois innocents entreront dans mon gouvernement. Ils n'ont rien à perdre.

– Mais qui sont les innocents? tonna Bort. Vous ne le direz pas! Vous allez nous tenir tous le bec dans l'eau avec cette histoire et... et...

Il s'arrêta, le souffle court.

– Non. Je connaîtrai son identité dans vingt-quatre heures. Sachez que ce fameux spatio-analyste est entre mes mains.

Le silence suivit ces paroles. Les Grands Ecuyers s'entre-regardèrent d'un air plein de réserve et de méfiance.

Fife ricana.

– Vous vous demandez tous qui est X. Il y en a un qui le sait, n'en doutez pas. Et, sous vingt-quatre heures, nous le saurons tous. Cela dit, messires, n'oubliez pas que vous ne pouvez rien faire. La flotte de guerre est désormais en ma possession. Je vous salue.

Il leva la main pour leur signaler que la conférence était terminée.

L'un après l'autre, ils disparurent comme des étoiles effacées de l'écran panoramique par le passage d'une invisible épave.

Steen fut le dernier à partir.

– Fife!

Sa voix était mal assurée.

Fife leva la tête.

– Oui? Vous voulez avouer, maintenant que nous sommes seuls? Vous êtes X?

L'affolement convulsa les traits de Steen.

– Non! Non! Sur ma parole... Je veux simplement vous demander si vous parliez sérieusement. En ce qui concerne l'autonomie continentale et tout le reste...

Fife considéra le vieux chronomètre fixé au mur.

– Je vous salue, répéta-t-il.

Une plainte s'échappa de la gorge de Steen. Il tendit la main vers le bouton de contrôle et se dématérialisa à son tour.

Fife demeura immobile derrière son bureau. Maintenant que la conférence était achevée, maintenant que la crise avait atteint son point culminant, il se sentait abattu. Sa bouche sans lèvres était comme une entaille dans son visage plein.

Tout son raisonnement partait du postulat que le spatio-analyste était fou, que la menace apocalyptique n'existait pas. Mais quel tapage pour un fou! Junz, le représentant du B.I.A.S., aurait-il passé une année à rechercher un dément? Pourquoi tant d'acharnement à faire la chasse à des contes bleus?

Cela, Fife n'en avait pas parlé. C'était à peine s'il osait se poser la question à lui-même. Et si ce spatio-analyste n'avait jamais été fou? Si la planète du kyrt était en danger?

Le secrétaire florinien s'approcha du Grand Ecuyer de sa démarche glissante.

– Messire!

Sa voix était sèche et atone.

– Qu'y a-t-il?

– Le navire qui ramène votre fille a atterri.

– Le spatio-analyste et la femme indigène sont-ils sains et saufs?

– Oui, messire.

– Qu'ils ne soient interrogés qu'en ma présence. Qu'on les mette au secret jusqu'à ce que je sois là... Des nouvelles de Florina?

– Oui, messire. Le Prud'homme est capturé. Il fait route vers Sark.

CHAPITRE XIII

LE YACHTMAN

Les lumières du port brillaient d'un éclat uniforme dans le crépuscule qui s'épaississait. Jamais l'éclairage global n'était inférieur à la luminosité atténuée d'une fin d'après-midi. Au Port 9 comme dans les autres ports de plaisance de la Cité Haute, il faisait jour pendant toute la durée de la révolution de Florina. La clarté était plus prononcée à midi quand le soleil était à son zénith mais c'était là sa seule variation.

Markis Genro savait que le jour proprement dit était arrivé à son terme uniquement parce que en entrant dans le port il avait laissé derrière lui les feux colorés de la Cité, qui brasillaient dans l'ombre sans chercher à se substituer au jour.

Genro s'arrêta à l'entrée principale. Le gigantesque fer à cheval de l'astrodrome – trente-six hangars, cinq silos de départ – ne l'impressionnait manifestement pas. Pour lui comme pour tout yachtman expérimenté, c'était là un spectacle banal.

Il prit une longue cigarette violette dont le bout était recouvert d'une infime couche de kyrt argenté et la glissa entre ses lèvres. L'extrémité qu'il protégeait de ses mains en coupe émit une phosphorescence verdâtre quand il aspira. La cigarette brûlait lentement sans faire de cendres. Un filet de fumée couleur émeraude s'échappa des narines de Genro.

– La routine, murmura-t-il.

Un homme en costume de yachtman se porta à sa rencontre sans hâte apparente. Seules les initiales d'une discrète élégance au-dessus de l'unique bouton de sa veste indiquaient qu'il était membre du comité de direction du club.

– Tiens, Genro! Et pourquoi pas la routine?

– Bonsoir, Doty. J'avais craint qu'avec tout ce remue-ménage un petit malin ait eu l'idée de fermer le port. Sark en soit louée, il n'en est rien.

Le membre du comité devint grave.

– Il n'est pas exclu qu'on en arrive là, vous savez. Êtes-vous au courant des dernières nouvelles?

Genro sourit.

– Comment peut-on savoir s'il s'agit des dernières ou des avant-dernières?

– Il n'y a plus de problème en ce qui concerne l'indigène meurtrier.

– Voulez-vous dire qu'il est arrêté? Je l'ignorais.

– Non, il n'est pas arrêté mais l'on sait qu'il n'est pas dans la Cité Basse.

– Ah bon? Où se trouve-t-il donc?

– Dans la Cité Haute. Ici.

– Allons donc!

Genro écarquilla les yeux puis plissa les paupières d'un air incrédule.

– Je vous l'affirme, fit son interlocuteur, un peu vexé. C'est une information dont on m'a garanti la véracité. Les patrouilleurs ratissent la route du Kyrt. Ils ont bouclé le Parc et se servent des Arènes centrales comme point de coordination. C'est absolument authentique.

– Peut-être bien, après tout. – Genro promena un regard nonchalant sur les navires rangés dans les hangars. – Il y a bien deux mois que je ne suis pas venu au Port 9. Vous avez de nouveaux bâtiments?

– Non. Ah si... la *Flèche de Flamme* de Hjordesse.

Genro secoua la tête.

– Je le connais. En dehors des chromes, ce n'est rien du tout.

Je sens qu'il faudra que je finisse par dessiner moi-même mon astronef et cela ne m'enchante pas du tout.

– Vous vendez le *Comète V*?

– Je ne sais pas si je vais le vendre ou l'envoyer à la casse. J'en ai assez de ces modèles récents. Trop d'automatisme! Avec leurs relais et leurs calculateurs de trajectoire, il n'y a plus de sport.

– Vous n'êtes pas le seul que j'entends dire cela. Écoutez, si j'entends parler d'une occasion intéressante – un modèle ancien en bonne condition –, je vous préviendrai.

– Merci. Ça ne vous fait rien si je jette un petit coup d'œil?

– Bien entendu! Allez...

Le membre du comité sourit à Genro, agita la main et s'éloigna d'un pas vif.

Sa cigarette à moitié consumée pendant au coin de la bouche, Genro déambula autour des hangars, examinant les yachts d'un air entendu. Celui qui occupait le hangar 26 parut l'intéresser tout particulièrement.

– Messire! appela-t-il, penché au-dessus de la barrière basse.

Il attendit quelques instants et appela à nouveau sur un ton un petit peu moins poli et un petit peu plus péremptoire.

L'Écuyer qui parut à sa vue ne payait pas de mine. D'abord, il n'était pas en tenue de yachtman. De plus, il avait besoin de se raser et l'atroce calotte qu'il portait était enfoncée sur son crâne de la façon la plus inélégante qui fût. Enfin, son attitude était empreinte de méfiance et de suspicion.

– Je m'appelle Markis Genro. Ce bâtiment est à vous?

– Oui, répondit l'Écuyer d'une voix basse et tendue.

Genro n'en tint pas compte. Levant la tête, il étudia attentivement la carène. D'une chiquenaude, il se débarrassa de ce qui restait de sa cigarette. Avant d'avoir atteint le sommet de sa parabole, celle-ci s'évanouit en jetant un pâle éclair.

– M'autorisez-vous à entrer?

L'autre hésita, puis s'effaça et Genro pénétra à l'intérieur du hangar.

– Qu'est-ce que vous avez comme moteurs? s'enquit-il.

– Pourquoi cette question?

Genro était grand. Son épiderme était foncé et ses yeux noirs. Ses cheveux raides étaient coupés court Il dominait son interlocuteur d'une demi-tête et son sourire découvrait des dents blanches et régulières.

– Pour être franc, je songe à acquérir un nouveau yacht.

– Le mien vous intéresse?

– Je ne sais pas. Je me laisserais peut-être tenter par un modèle de ce genre si le prix n'était pas trop élevé. Mais, n'importe comment, j'aimerais regarder les contrôles et les moteurs.

L'Écuyer garda le silence.

– Comme il vous plaira, ajouta Genro avec un rien de froideur.

Et il fit demi-tour.

– Je peux envisager de le vendre, dit alors l'Écuyer. – Il se fouilla. – Tenez... voici ma licence.

Genro y jeta un rapide coup d'œil, un coup d'œil d'habitué, et la lui rendit.

– Vous êtes Deamone?

L'Écuyer fit un signe d'assentiment.

– Donnez-vous la peine d'entrer.

Genro consulta la grosse horloge chronométrique du port, ses aiguilles luminescentes qui brillaient même en plein jour indiquaient que le soleil s'était couché depuis plus d'une heure.

– Je vous remercie. Vous me montrez le chemin?

L'Écuyer fouilla à nouveau ses poches pour en extraire un trousseau de clés d'argent.

– Après vous, messire.

Genro saisit le trousseau en forme de dépliant et se mit à la recherche de l'étui frappé du petit signe symbolique. L'autre ne faisait pas mine de l'aider.

– Je suppose que c'est cette clé? fit-il enfin.

Il gravit la rampe inclinée conduisant au sas et étudia avec soin la mince rainure qui se trouvait à droite du tambour.

– Je ne vois pas... Ah! voilà!

Il fit un pas de côté et passa à gauche.

Le sas s'ouvrit lentement et sans bruit. Genro entra. Il faisait noir dans le caisson. Le voyant rouge s'alluma automatiquement quand la porte se referma derrière les deux hommes tandis que le tambour intérieur s'ouvrait à son tour. Ils le franchirent et un flot de lumière blanche baigna le navire.

Myrlyn Terens n'avait pas le choix. Il ne se rappelait plus l'époque lointaine où ce qui s'appelait « un choix » existait.

Pendant trois longues et terribles heures, il était resté à côté du yacht de Deamone à attendre sans rien pouvoir faire, persuadé qu'il n'y aurait d'autre dénouement à l'aventure que sa capture.

Et puis cet individu avait fait son apparition : l'acheteur éventuel. C'était de la folie que de lier conversation avec lui. Terens ne pouvait pas soutenir son imposture sur un terrain aussi brûlant. Mais il ne pouvait davantage demeurer là où il était.

Peut-être, au moins, y aurait-il des vivres à bord. C'était bizarre mais cette idée ne lui était pas encore venue.

Il y en avait.

– C'est bientôt l'heure de dîner, fit-il. Voulez-vous prendre quelque chose?

Ce fut à peine si l'autre se retourna.

– Un peu plus tard, peut-être, je vous remercie.

Terens n'insista pas. Il le laissa aller et venir à sa guise et attaqua une terrine de viande et des fruits sous emballage de cellulose. Il but avec avidité. Il y avait une douche en face de la cuisine. Il s'y enferma et se baigna. Quel plaisir d'enlever cette calotte, même momentanément! Terens découvrit même un placard contenant tout un choix de vêtements.

Il avait recouvré en partie sa maîtrise de soi quand Genro le rejoignit.

– Dites-moi, fit ce dernier, cela ne vous ennuierait pas que je fasse un petit essai?

– Je n'y vois aucun inconvénient, répondit le Prud'homme avec une indifférence bien imitée. Savez-vous piloter ce modèle?

– Je crois, dit Genro avec un léger sourire. Je me flatte de pouvoir piloter n'importe quel type de navire de série. Je vous avouerai que j'ai pris la liberté d'appeler la tour de contrôle. Il y a un silo de décollage disponible. Voici ma licence, si vous voulez la voir avant que je prenne le départ.

Terens jeta un coup d'œil superficiel au document.

– Installez-vous aux commandes, dit-il.

Le yacht émergea lentement du hangar, flottant à quelques centimètres au-dessus du sol grâce à sa coque diamagnétisée, massif comme une baleine.

Terens observait Genro qui effleurait à peine les instruments de commande du bout des doigts. Ses gestes étaient précis et, sous ses mains, le navire devenait un être vivant. Le yacht réagissait à la moindre sollicitation; l'image du terrain en réduction se déplaçait sur l'écran panoramique.

L'engin s'immobilisa exactement au bord d'un silo de décollage. Le champ diamagnétique s'intensifia progressivement au niveau de la proue qui commença de se redresser. Par bonheur, comme la cabine de pilotage, montée sur cardans universels, pivotait sur elle-même pour compenser la modification de gravité, Terens ne s'en rendait pas compte. Les ailerons de poupe s'encastrèrent dans les sillons de la fosse prévus à cet effet et le yacht pointa son nez majestueusement vers le ciel.

La chemise de duralite protégeant l'âme du silo glissa dans son logement, découvrant le revêtement neutralisé, de cent mètres d'épaisseur qui épongerait les torrents d'énergie jaillissant des moteurs hyperatomiques.

Après un dialogue mystérieux avec la tour de contrôle, Genro annonça :

– Décollage dans dix secondes.

A l'intérieur d'un tube de quartz, une plage rouge se déploya, marquant l'égrenage des secondes. Quand elle atteignit le haut du tube, le circuit se ferma et la puissance des générateurs se déchaîna.

Terens se sentit écrasé sur son siège. Un sentiment de panique l'envahit.

– Comment se comporte l'appareil? demanda-t-il d'une voix rauque.

Genro était apparemment insensible aux effets de l'accélération. Son timbre était presque normal quand il répondit :

– A peu près correctement.

Terens s'affaissa contre le dossier, s'efforçant de résister à la pression. Sur l'écran, les étoiles brillaient d'un éclat plus dur à mesure que l'atmosphère devenait plus ténue. Sa chemise de kyrt était froide et humide sur la peau de Terens.

Ils étaient maintenant dans l'espace. Genro adopta une vitesse de croisière. Terens n'avait aucun moyen immédiat de le savoir mais il voyait les astres se déplacer d'un mouvement régulier sur l'écran tandis que les doigts minces et effilés du pilote caressaient les commandes comme si elles étaient les touches d'un instrument de musique. Finalement, un segment de sphère orangé occupa toute la surface de l'écran.

– Pas mal, dit Genro. Vous entretenez bien votre engin, Deamone. Il est petit mais il se défend.

– Je suppose que vous aimeriez faire un essai de vitesse et vous rendre compte de ses capacités de saut, fit prudemment Terens. Ne vous gênez pas. Je n'y vois aucun inconvénient.

Genro hocha affirmativement la tête.

– Parfait. Où voulez-vous que nous allions? – Il hésita et enchaîna : – Pourquoi ne pas rallier Sark?

La respiration de Terens s'accéléra légèrement. C'était ce qu'il avait espéré. Il était sur le point de croire qu'il évoluait dans un univers magique. Les événements le poussaient sans qu'il y fût pour rien. Il n'eût pas été difficile de le persuader que tout était l'expression d'un plan. Les superstitions que les Écuyers encourageaient chez les indigènes avaient peuplé son enfance et c'était là chose malaisée à extirper. Rik, dont la mémoire était en train de renaître, était sur Sark. La partie n'était pas encore jouée!

– Et pourquoi pas? fit-il avec enthousiasme.

– Eh bien, direction Sark!

La sphère qu'était Florina disparut de l'écran qui, à nouveau, fourmilla d'étoiles.

– Quel a été votre meilleur temps sur la distance Sark-Florina? demanda Genro.

– Je n'ai jamais pulvérisé de records. Un temps moyen...

– Je suppose que vous mettez donc un peu moins de six heures?

– A l'occasion, oui.

– Verriez-vous une objection à ce que je tente le parcours en cinq heures?

– Aucune.

Il fallait des heures pour atteindre un point suffisamment éloigné de la distorsion spatiale due à la masse des corps célestes pour que le saut fût possible.

Terens était à la torture. Il y avait trois jours qu'il n'avait pratiquement pas dormi et la tension à laquelle il avait été soumis depuis tout ce temps rendait encore plus intolérable le manque de sommeil.

Genro lui jeta un regard oblique.

– Pourquoi ne faites-vous pas un somme?

Le Prud'homme se fouetta pour prendre une expression

fringante bien que les muscles de ses mâchoires eussent perdu leur tonus.

– Ce n'est rien, murmura-t-il, rien du tout.

Il bâilla prodigieusement et s'excusa d'un sourire. Le pilote se concentra sur le tableau de bord. Le regard de Terens redevint vitreux.

Les sièges d'un yacht de l'espace sont confortables par nécessité. Ils doivent protéger les passagers des effets de l'accélération. Quelqu'un qui n'est pas particulièrement fatigué peut facilement s'y assoupir. Terens, qui, pour le moment, eût dormi sur du verre pilé, ne sut pas quand il passa la frontière séparant l'état de veille du sommeil.

Il dormit pendant des heures. Profondément. Sans rêves. Il n'avait jamais aussi bien dormi de sa vie.

Il ne bougeait pas. Seule sa respiration égale indiquait qu'il était vivant quand une main retira sa calotte.

Terens émergea lentement du sommeil. Pendant plusieurs minutes, il n'eut pas la moindre idée de l'endroit où il se trouvait. Il se croyait encore chez lui, au village. Ce ne fut que peu à peu que la mémoire lui revint. Enfin, il sourit à Genro, toujours au poste de pilotage, et dit :

– J'ai l'impression de m'être endormi.

– Moi aussi. Voilà Sark.

Genro tendit le menton vers l'écran panoramique où l'on distinguait un large croissant blanc.

– Quand atterrissons-nous?

– Dans une heure environ.

Terens était à présent suffisamment réveillé pour percevoir le subtil changement d'attitude de son compagnon. Quelque chose se glaça en lui quand il comprit que l'objet d'acier gris que Genro avait à la main était un pistolet-aiguille.

Il se leva.

– Que signifie...

– Asseyez-vous, ordonna doucement Genro.

Il tenait une calotte dans sa main libre.

Terens se toucha le crâne; ses doigts se refermèrent sur une poignée de cheveux roux.

– Oui, fit Genro. C'est évident. Vous êtes florinien.

Le Prud'homme ne répondit pas.

– Je savais que vous étiez un indigène avant d'avoir mis les pieds sur le navire de ce pauvre Deamone, reprit Genro.

La bouche de Terens était comme du carton et ses yeux le brûlaient. Il contemplait l'étroit et mortel museau du pistolet, guettant l'éclair soudain, silencieux. Être allé si loin pour perdre la partie...

Mais Genro ne paraissait pas pressé. Le poing qui étreignait l'arme demeurait immobile.

– Votre erreur fondamentale, Prud'homme, dit-il d'une voix égale et lente, a été de vous imaginer que vous pourriez duper indéfiniment une police organisée. Et vous eussiez mieux fait de ne pas avoir choisi l'infortuné Deamone comme victime.

– Je ne l'ai pas choisi, marmonna Terens.

– Disons alors que ce fut le hasard. Il y a quelque chose comme douze heures, Alstare Deamone se trouvait dans le Parc où il attendait sa femme. C'était uniquement pour des raisons sentimentales qu'il lui avait fixé rendez-vous à cet endroit; c'était là qu'il l'avait rencontrée la première fois. Ce genre de cérémonie n'a rien de particulièrement original, s'agissant d'un jeune ménage, mais il semble que l'un et l'autre y attachaient de l'importance. Naturellement, Deamone ne se rendait pas compte que la relative solitude du lieu faisait de lui une proie toute désignée pour un assassin. Qui aurait pu avoir une idée pareille dans la Cité Haute?

« Si les choses s'étaient déroulées normalement, le meurtre aurait pu n'être découvert que bien des jours après qu'il eut été commis. Mais la femme de Deamone arriva dans la demi-heure qui suivit le crime. Elle fut très étonnée de ne pas trouver son mari. Elle a expliqué que Deamone n'était pas le genre d'homme à s'en aller, furieux, sous prétexte qu'elle était un peu en retard. Elle était souvent en retard et Alstare Deamone se serait fait une raison. Ne le voyant pas, elle supposa qu'il l'attendait peut-être dans « leur » grotte.

« Deamone avait évidemment attendu son épouse devant cette fameuse grotte. C'était celle qui était la plus proche du lieu de l'agression et c'est au fond de celle-ci que le criminel avait caché le corps. La femme de Deamone entra donc et elle trouva... vous savez ce qu'elle trouva, n'est-ce pas? Elle réussit à faire prévenir la Patrouille par les bureaux du Depsec bien que le choc eût déclenché chez elle une crise de nerfs qui rendait ses propos presque incohérents.

« Qu'éprouve-t-on quand on tue un homme de sang-froid et

qu'on laisse sa femme le retrouver à l'endroit même qui était pour eux le symbole du bonheur, Prud'homme?

Terens étouffait de rage et frustration.

– Vous autres les Sarkites, vous avez tué des millions de Floriniens, jeta-t-il d'une voix entrecoupée. Des femmes. Des enfants. Vous vous enrichissez sur notre dos. Ce yacht...

Il laissa sa phrase en suspens, incapable de poursuivre.

– Deamone n'était pas responsable de l'état de choses qu'il avait trouvé en venant au monde. Si vous étiez né Sarkite, qu'auriez-vous fait? Auriez-vous renoncé à vos biens si vous en possédiez, pour aller travailler dans les champs de kyrt?

– Eh bien, tirez! hurla Terens. Qu'est-ce que vous attendez?

– Rien ne presse. J'ai tout le temps de terminer mon histoire. Nous n'étions pas certains de l'identité du mort ni de celle de son assassin, mais il y avait de fortes chances pour que ce fussent respectivement Deamone et vous. Cela nous semblait clair du fait que les cendres découvertes à côté du cadavre étaient celles d'un uniforme de patrouilleur que vous vouliez faire passer pour les restes d'un vêtement sarkite. Il était donc probable que vous fileriez vers le yacht de Deamone. Vous avez surestimé notre lourdeur d'esprit, Prud'homme.

« La situation était quand même assez complexe. Vous étiez un homme aux abois et il ne suffisait pas de vous traquer. Vous étiez armé et vous vous seriez sans doute suicidé plutôt que de vous rendre. Il ne fallait pas vous laisser vous suicider. On vous réclamait sur Sark et on vous voulait intact.

« L'affaire était pour moi fort délicate. Il m'était nécessaire de convaincre le Depsec que je pourrais la régler seul et vous ramener sur Sark discrètement et sans difficulté. Vous conviendrez que c'est, à la lettre, ce qui s'est passé.

« Pour être franc, je vous dirai que je n'étais pas sûr, au début que vous étiez bien notre homme. Vous portiez un costume de ville ordinaire, ce qui était une incroyable faute de goût dans un port de plaisance. Personne n'aurait eu l'idée de se faire passer pour un yachtman sans revêtir la tenue adéquate, pensai-je. J'en ai conclu que vous nous tendiez délibérément un piège, que vous cherchiez à vous faire arrêter pour permettre au vrai coupable de s'échapper pendant ce temps-là dans une autre direction

« J'hésitai et je vous ai tâté d'une autre manière. J'ai manié la clé avec maladresse. Il n'existe pas d'astronefs qui s'ouvrent à droite du sas : la serrure est invariablement du côté gauche

Vous n'avez pas eu l'air surpris de mon erreur. Pas le moins du monde. Je vous ai ensuite demandé si vous aviez déjà accompli le trajet Sark-Florina en moins de six heures. A l'occasion, m'avez-vous répondu. Performance tout à fait remarquable car le record est de plus de neuf heures.

« J'ai alors compris que vous ne pouviez pas être un appeau. Votre ignorance était trop grande. Elle ne pouvait pas ne pas être réelle et vous étiez probablement celui que je cherchais. Il ne restait plus qu'à attendre que vous vous endormiez (et il suffisait de vous regarder pour comprendre que vous tombiez de sommeil), à vous désarmer et à vous tenir tranquillement en respect. C'est plus par curiosité que pour une autre raison que je vous ai retiré votre coiffure : j'avais envie de voir à quoi ressemblait un costume sarkite d'où sort une tignasse rouquine.

Terens avait le regard fixé sur la neuromatraque. Peut-être Genro vit-il saillir les muscles de ses mâchoires. Peut-être devina-t-il seulement à quoi il pensait.

– Bien sûr, dit-il, il m'est interdit de vous tuer, même si vous sautez sur moi, même pour me défendre. Mais n'allez pas vous imaginer que cela vous donne un avantage. Si vous faites un geste, je vous tire dans la jambe.

Toute idée de résistance abandonna Terens. Assis rigide sur son siège, il se prit le front dans les mains.

– Savez-vous pourquoi je vous ai raconté tout cela? lui demanda doucement Genro.

Le Prud'homme demeura muet.

– Tout d'abord, j'éprouve un certain plaisir à vous voir souffrir. Je n'aime pas les criminels, tout particulièrement quand ce sont des indigènes qui assassinent les Sarkites. J'ai ordre de vous ramener vivant mais rien dans mes instructions ne m'oblige à vous rendre le voyage agréable. D'autre part, il est indispensable que vous sachiez exactement comment la situation se présente car, lorsque nous nous serons posés sur Sark, ce sera à vous qu'incombera la suite de l'opération.

Terens leva les yeux vers le pilote.

– Comment?

– Le Depsec sait que vous arrivez. Le bureau florinien de sécurité l'a prévenu dès que le yacht est sorti de l'atmosphère. Aucun doute là-dessus. Mais, comme je vous le disais, il m'a été nécessaire de convaincre le Depsec que j'étais capable de mener l'affaire à bien à moi tout seul. Toute la différence est là.

– Je ne comprends pas...

– Je vous ai dit qu'on vous réclamait sur Sark, expliqua calmement Genro, qu'on vous voulait intact. Mais ce « On » n'est pas le Depsec : il s'agit de Trantor!

CHAPITRE XIV

LE RENÉGAT

Selim Junz n'avait jamais eu un tempérament flegmatique et une année de frustration n'avait rien arrangé. Il ne pouvait pas rester à siroter son vin avec componction alors que, brusquement, le sol vacillait sous ses pas. Bref, Selim Junz n'était pas Ludigan Abel.

Quand il eut tempêté tout son saoul, proclamé qu'en aucun cas Sark n'aurait la liberté d'enlever et de retenir prisonnier un membre du B.I.A.S., et cela quelles que fussent les nécessités des services d'espionnage trantorien, Abel se contenta de dire :

– Je crois que vous feriez mieux de passer la nuit ici, Dr Junz.

– J'ai autre chose à faire, répliqua Junz sur un ton glacial.

– Bien sûr, mon cher, bien sûr. Tout de même, si l'on tue mes hommes à coups de fulgurant, il faut vraiment que Sark ne manque pas d'audace. Un accident pourrait fort bien vous arriver avant la fin de la nuit. Attendons de voir ce que demain va nous apporter.

Les protestations de Junz qui le pressait de passer à l'action furent vaines. Abel, sans perdre son air indifférent, presque négligent, devint subitement dur d'oreille, et Junz fut reconduit à sa chambre avec politesse et fermeté.

Dans son lit, il contempla fixement les fresque légèrement lumineuses du plafond (elles reproduisaient avec une habileté modérée la Bataille des Lunes Arcturiennes de Lenhaden). Il savait qu'il ne pourrait pas dormir. Soudain, il respira une légère bouffée de gaz – de la somnine – et il perdit conscience avant d'en avoir aspiré une seconde. Cinq minutes plus tard, un courant d'air chassa l'anesthésique de la chambre. Junz avait suffisamment absorbé de somnine pour dormir huit heures d'un sommeil réparateur.

Quand il se réveilla, la froide et blafarde lumière de l'aube baignait la pièce. Les yeux papillotants, il considéra Abel.

– Quelle heure est-il? lui demanda-t-il.

– Six heures.

– Par l'espace! – Ses jambes maigres émergèrent des draps. – Vous vous levez tôt.

– Je n'ai pas dormi.

– Comment?

– Cela me manque, croyez-moi. Je ne réagis plus à l'antisomnine comme quand j'étais jeune.

– Je vous demande quelques instants, murmura Junz.

Ses ablutions ne prirent guère de temps. Il réapparut, serrant la ceinture de sa tunique.

– Alors? fit-il en en ajustant la couture magnétique. Je suppose que vous n'avez pas passé une nuit blanche et que vous ne me réveillez pas à six heures du matin pour rien?

– Vous avez raison.

Abel s'assit sur le lit et, rejetant la tête en arrière, éclata de rire. Un rire aigu et un peu voilé découvrant des dents de matière plastique, puissantes et d'une teinte tirant sur le jaune, qui paraissaient incongrues dans ses gencives déchaussées.

– Excusez-moi, Junz. Je ne suis pas tout à fait dans mon état normal. J'ai la tête vide d'avoir veillé toute la nuit et de m'être drogué. Je songe presque à suggérer à Trantor de nommer quelqu'un de plus jeune à ma place.

– Auriez-vous appris qu'ils n'ont pas capturé le spatio-analyste, après tout? fit Junz avec une nuance de sarcasme à travers lequel perçait néanmoins un espoir soudain.

– Hélas non. Ils l'ont bel et bien capturé. Ma joie, je le crains. est entièrement due au fait que notre réseau est intact.

Junz se retint de s'exclamer :

« Au diable votre réseau! »

– Il ne fait pas de doute que les Sarkites savaient que Khorov était un de nos agents, poursuivit Abel. Peut-être connaissent-ils d'autres hommes qui travaillent pour nous sur Florina. Mais ce n'est que du menu fretin. Les Sarkites ne l'ignoraient pas et ils n'ont jamais jugé utile de prendre des mesures contre eux. Ils se bornaient à les surveiller.

– Ils en ont tué un, lui rappela Junz.

– Non. C'est un des amis du spatio-analyste, déguisé en patrouilleur, qui a tiré.

Junz ouvrit de grands yeux.

– Je ne comprends pas, murmura-t-il.

– C'est une histoire assez compliquée. Voulez-vous partager mon petit déjeuner? Je meurs de faim.

Tout en prenant le café, Abel narra les événements qui avaient marqué les dernières trente-six heures.

Junz était abasourdi. Il reposa sa tasse à moitié pleine et l'oublia complètement.

– Même en admettant qu'ils se soient introduits précisément à bord de ce navire-là, le fait demeure qu'ils n'ont peut-être pas été repérés. Si vous voyez des gens à vous à leur rencontre quand l'astronef atterrira...

– Allons donc! Vous savez aussi bien que moi qu'un navire moderne ne peut manquer de déceler un excès de chaleur corporelle!

– Il se peut que le phénomène soit passé inaperçu. Les instruments sont peut-être infaillibles, pas les hommes.

– Vous prenez vos désirs pour des réalités. Sachez que d'après les rapports tout à fait dignes de foi, tandis que le vaisseau à bord duquel se trouve le spatio-analyste approche de Sark, l'Ecuyer de Fife est en conférence avec les autres Grands Ecuyers. Ces conférences intercontinentales sont généralement aussi espacées que les étoiles de la galaxie. Croyez-vous que ce soit une coïncidence?

– Une conférence intercontinentale à propos d'un spatio-analyste?

– Le sujet est insignifiant en soi, c'est vrai. Mais nous lui avons fait acquérir de l'importance. Le Bureau interstellaire d'Analyse spatiale recherche cet homme depuis un an avec une remarquable obstination.

– Pas le Bureau, objecta Junz. Moi. J'ai travaillé d'une manière quasi officieuse.

– Les Ecuyers n'en savent rien et, si vous le leur disiez, ils ne vous croiraient pas. De plus, Trantor s'est intéressé à l'affaire.

– Sur ma demande.

– Cela aussi ils l'ignorent, et ils ne vous croiraient pas davantage.

Junz se leva et sa chaise s'éloigna automatiquement de la table. Les mains nouées derrière le dos, il se mit à faire les cent pas. De temps en temps, il décochait un coup d'œil dépourvu d'aménité à Abel qui remuait sa seconde tasse de café sans émotion apparente.

– Comment êtes-vous au courant de tout cela? demanda le représentant du B.I.A.S.

– Qu'entendez-vous par *tout cela?*

– Comment et pourquoi le spatio-analyste s'est évadé. De quelle façon le Prud'homme a échappé à ses poursuivants. Avez-vous l'intention de me faire prendre des vessies pour des lanternes?

– Mon cher ami...

– Vous avez reconnu que vous avez lancé vos agents aux trousses du spatio-analyste à mon insu. Vous avez fait en sorte que je ne sois pas sur votre chemin cette nuit afin d'avoir les coudées franches. Vous ne vouliez pas prendre de risques.

Soudain, Junz se rappela cette odeur de somnine...

– Je suis resté toute la nuit en contact avec certains de mes agents, Docteur Junz. Ce que j'ai fait et appris entre sous la rubrique... comment dirais-je?... renseignements confidentiels. Il fallait que vous soyez sur la touche et, en même temps, que votre sécurité soit assurée. Ce sont justement les informations recueillies au cours de la nuit que je viens de vous révéler.

– Pour en savoir aussi long, il faudrait que vous ayez des espions au sein du gouvernement sarkite lui-même!

– Naturellement.

Junz pivota sur ses talons et fit face à l'ambassadeur.

– Allons donc!

– Cela vous surprend? Certes, la stabilité du gouvernement sarkite et la loyauté de la population sont proverbiales. Cela s'explique bien simplement : le plus pauvre des Sarkites est un seigneur en comparaison des Floriniens et il peut se considérer, bien que ce ne soit qu'une illusion, comme un membre de la classe dirigeante.

« Toutefois, n'oubliez pas que Sark n'est pas une planète de milliardaires en dépit de ce que pense la quasi-totalité de la galaxie. Il y a un an que vous y résidez et vous avez dû le constater. Quatre-vingts pour cent de la population possède un niveau de vie égal à celui des habitants des autres planètes et guère plus élevé que celui des Floriniens eux-mêmes. Il y aura toujours un certain nombre de Sarkites nécessiteux que l'opulence où nage une petite minorité de leurs compatriotes exaspérera suffisamment pour qu'ils acceptent de servir mes desseins.

« C'est là la faiblesse majeure du gouvernement sarkite : depuis des siècles, la notion de rébellion se cristallise sur Florina, et elle seule. Le régime au pouvoir a oublié de veiller au grain à l'intérieur.

– Ces petits Sarkites, à supposer qu'ils existent, ne peuvent pas vous rendre beaucoup de services.

– Individuellement, non. Mais, collectivement, ils constituent des instruments utiles entre les mains de gens de plus grande importance. Il y a même dans la classe dominante – celle qui règne réellement – des hommes qui ont tiré la leçon des événements des deux siècles précédents et qui la savent par cœur. Ceux-là sont convaincus et je crois qu'ils ont raison, que Trantor finira par imposer sa loi à l'ensemble de la galaxie. Ils vont jusqu'à songer qu'ils verront de leur vivant s'établir l'hégémonie de Trantor et ils préfèrent être par avance dans le camp victorieux.

Junz fit une grimace.

– A vous entendre, on a l'impression que la politique interstellaire est quelque chose de fort peu ragoûtant.

– Je ne dis pas non mais il ne suffit pas de désapprouver la saleté pour qu'elle disparaisse. D'ailleurs, tout n'est pas uniformément malpropre. Il existe des idéalistes. Il y a une poignée de gens appartenant au gouvernement sarkite qui se sont mis au service de Trantor non par appât du gain ni par ambition personnelle, mais parce qu'ils croient en conscience que l'unification galactique est la meilleure solution pour l'humanité et que seul Trantor est capable d'instaurer un gouvernement unifié. Le meilleur de mes agents est de cet avis. Il appartient au Département de la Sécurité. A l'heure actuelle, il escorte le Prud'homme.

– Vous m'avez dit qu'il avait été arrêté, celui-là?

– Par le Depsec, oui. Mais l'homme dont je vous parle travaille pour moi. – Abel plissa le front et une ombre passa sur ses traits. – Après cette affaire, son efficacité sera fortement réduite. Quand le Prud'homme aura échappé à sa surveillance, bien heureux s'il est simplement rétrogradé et si on ne le jette pas en prison. Tant pis!

– Quels sont vos projets dans l'immédiat?

– Ils sont vagues. D'abord, il faut que nous récupérions le

Prud'homme. Je ne suis sûr de lui que jusqu'au moment où il atteindra l'astrodrome. Ce qui se passera ensuite...

Abel haussa les épaules et sa peau ridée et jaunâtre se tendit comme un parchemin sur ses pommettes.

– Les Ecuyers l'attendront eux aussi, ajouta-t-il. Ils s'imaginent qu'il est en leur pouvoir. Rien d'imprévu ne peut survenir tant qu'il ne sera pas entre nos mains ou entre les leurs.

Mais Abel était dans l'erreur.

Théoriquement, toutes les ambassades étrangères de la galaxie bénéficiaient d'un droit d'extra-territorialité couvrant le terrain avoisinant les bâtiments diplomatiques. En général, il ne s'agissait là que d'un vœu pieux sauf lorsque la puissance de la planète mère forçait le respect. Dans la pratique, seul Trantor pouvait réellement assurer l'indépendance de ses représentants.

Le domaine de l'ambassade couvrait quelque deux cent cinquante hectares patrouillés par des gardes armés, portant l'uniforme et les insignes trantoriens. Aucun Sarkite n'était autorisé à pénétrer dans la résidence sans y avoir été préalablement invité et en aucun cas un visiteur en armes n'était admis. Certes, les effectifs n'eussent pas pu résister plus de deux ou trois heures à un assaut déterminé lancé par un seul régiment blindé, mais il y avait derrière ce petit détachement la capacité de représailles d'une force organisée groupant un million de planètes.

Le sanctuaire demeurait inviolé.

L'ambassade pouvait même maintenir des contacts matériels avec Trantor sans avoir besoin de passer par les ports sarkites. Juste au-dessus de la limite des cent milles qui marquait la frontière entre l'« espace planétaire » et l'« espace libre », un vaisseau tournait en rond, abritant dans ses flancs de petits gyros adaptés au vol atmosphérique, capables de piquer sur l'astrodrome privé de l'ambassade.

Celui qui se préparait à se poser n'était pas annoncé. Ce n'était pas non plus un engin trantorien. La garnison miniature prit rapidement position. Un canon-aiguille fut mis en batterie, la gueule pointée vers le ciel. Les écrans énergétiques furent branchés.

Il y eut un échange de messages radio.

Le lieutenant Camrum se détourna de l'émetteur et dit :

– Je ne sais pas. Il prétend qu'on va l'abattre d'ici deux minutes si nous ne le laissons pas atterrir. Il demande le droit d'asile.

Le capitaine Elyut venait d'entrer.

– Bien sûr, fit-il. Et ensuite, Sark prétendra que nous nous immisçons dans ses affaires intérieures, et si Trantor décide d'amortir le coup, nous serons cassés, vous et moi, parce qu'il faudra donner des gages. Qui est-ce?

– Il ne veut pas dire son nom, répondit le lieutenant avec irritation. Il veut parler à l'ambassadeur. J'aimerais que vous me donniez des instructions, mon capitaine.

Le récepteur à ondes courtes crépita et une voix affolée tomba du haut-parleur.

– Est-ce qu'il y a quelqu'un, oui ou non? Je vous préviens que je descends. Ma parole! Je ne peux pas attendre une minute de plus, je vous le répète.

Un gémissement aigu ponctua les derniers mots.

– Par l'espace, je connais cette voix! s'exclama le capitaine. Qu'il atterrisse. J'en prends la responsabilité.

Le gyro reçut l'autorisation de se poser. Il plongea à la verticale, plus vite qu'il ne l'aurait dû en raison de l'inexpérience du pilote et de l'état de panique dans lequel il se trouvait. Le canon-aiguille demeura braqué, prêt à faire feu.

Le capitaine établit une ligne directe entre le poste et le bureau d'Abel. L'alerte nº 1 fut décrétée dans l'ambassade. L'escadrille sarkite qui avait surgi dix minutes après l'atterrissage du gyro patrouilla dans le ciel pendant deux heures, puis les appareils se retirèrent.

Ils étaient trois dans la salle à manger : Abel, Junz et le nouvel arrivant. Avec un aplomb admirable eu égard à la situation, l'ambassadeur avait joué le rôle de l'amphytrion sans soucis. Pendant des heures, il s'était retenu de s'enquérir de la raison pour laquelle un Grand Ecuyer sollicitait le droit d'asile.

Junz était loin d'avoir la même patience.

– Mais qu'allez-vous faire de lui? souffla-t-il à l'oreille de l'ambassadeur.

Celui-ci sourit.

– Rien. Tout au moins jusqu'à ce que je sache si j'ai mon Prud'homme ou si je ne l'ai pas. Je tiens à connaître mon jeu avant de lancer les dés. Et comme c'est l'Ecuyer qui est venu me trouver, l'attente usera plus ses nerfs que les nôtres.

Il avait raison. A deux reprises, l'Ecuyer s'était lancé dans un monologue fébrile et, à deux reprises, Abel avait répondu :

– Messire, il est bien bien déplaisant de parler de choses graves quand on a l'estomac vide!

Il lui avait souri aimablement et avait commandé le dîner.

Quand on eut servi les vins, l'Ecuyer fit une nouvelle tentative :

– Vous vous demandez sûrement pourquoi j'ai quitté le continent de Steen.

– Je ne puis imaginer pour quel motif l'Ecuyer de Steen se trouve réduit à fuir, poursuivi par une escadre sarkite, reconnut l'ambassadeur.

Steen observait Abel et Junz d'un œil attentif. Son visage étroit et pâle était tendu tandis qu'il calculait. Ses longs cheveux étaient coiffés de façon à former des mèches soigneusement bouclées, retenues par de minuscules barrettes qui s'entrechoquaient à chacun de ses gestes comme pour insister sur le mépris dans lequel il tenait la mode sarkite en honneur dans le domaine capillaire. Un subtil parfum s'exhalait de sa personne et de ses vêtements.

Abel, auquel n'échappa ni le léger pincement de lèvres de Junz ni le geste rapide par lequel ce dernier caressa sa chevelure courte et crépue, essaya d'imaginer avec amusement ses réactions si Steen était apparu avec son fond de teint rouge et ses ongles cuivrés.

– Il y a eu une conférence intercontinentale aujourd'hui, annonça l'Ecuyer.

– Vraiment? murmura l'ambassadeur.

Abel écouta sans broncher l'autre relater le déroulement de la conférence.

– Et nous avons vingt-quatre heures, conclut Steen avec indignation. Seize se sont déjà écoulées. Ma parole!

– Et vous êtes X, s'exclama Junz qui avait manifesté une fébrilité croissante à mesure que Steen parlait. Vous êtes X. Vous vous êtes réfugié ici parce que Fife vous a arraché votre masque. C'est excellent! Abel, nous tenons notre preuve en ce qui concerne l'identité du spatio-analyste. Nous allons pouvoir exiger qu'on nous le livre en échange de cet homme.

La voix flûtée de Steen eut du mal à dominer le timbre puissant de Junz.

– Ma parole! Mais, ma parole... Vous êtes fou! Taisez-vous! Laissez-moi parler, vous dis-je... Comment s'appelle-t-il, Excellence? Je ne me rappelle plus son nom.

– Le docteur Selim Junz, messire.

– Dr Selim Junz, je n'ai jamais vu de ma vie ce spatio-analyste, cet idiot, cet individu quoi qu'il puisse être. Et je n'ai jamais entendu pareille absurdité. Je ne suis absolument pas X. Parole... Je vous serais reconnaissant de ne plus utiliser cette lettre imbécile. Allez-vous ajouter foi au ridicule mélodrame de Fife? Ma parole!

Mais Junz ne renonçait pas à son idée :

– En ce cas, pourquoi vous êtes-vous enfui?

– Au nom de Sark, n'est-ce pas évident? C'est à mourir de rire! Parole! Vous ne voyez pas quel jeu jouait Fife?

Abel l'interrompit pour dire d'une voix tranquille :

– Si vous vous expliquiez, messire, il n'y aurait pas d'interruption.

– Mille grâces, fit Steen sur le ton de la dignité outragée. Les autres me regardent de haut parce que je ne comprends pas quel intérêt il y a à compulser des états, des statistiques et autres choses aussi assommantes. Ma parole, j'aimerais savoir à quoi servirait l'administration publique? Un Grand Ecuyer ne pourrait-il donc pas être un Grand Ecuyer?

« Mais ce n'est pas parce que j'aime mon confort que je suis un niais. Parole! Les autres sont peut-être aveugles mais je suis capable de m'apercevoir que Fife se moque de ce spatio-analyste comme d'une guigne. Je ne sais d'ailleurs même pas s'il existe. C'est une idée qui a germé dans la tête de Fife l'année dernière et, depuis, il nous manœuvre comme des pantins.

« Il nous prend pour des crétins, ma parole! Et il est vrai que les autres sont des crétins. De dégoûtants crétins! C'est lui qui a monté cette histoire sans queue ni tête. Je ne serais pas étonné si cet indigène censé avoir tué des patrouilleurs à la douzaine n'était qu'un espion de Fife affublé d'une perruque rouge. Et si c'est vraiment un indigène, je suppose qu'il est à sa solde. Ça ne me surprendrait pas. Parole! Fife n'hésiterait pas à utiliser des indigènes contre ses frères de race. Voilà comment il est...

« En tout cas, une chose saute aux yeux : il s'en sert pour nous ruiner, nous, et pour devenir le dictateur de Sark. Vous ne trouvez pas que c'est évident?

« X n'existe pas mais, si on n'y met pas le holà, demain les émissions sub-éthériques seront pleines d'ordres du jour et de déclarations d'urgence dénonçant complots et conspirations, et Fife se nommera Chef. Il n'y a plus de Chef sur Sark depuis cinq cents ans mais cela ne l'arrêtera pas. Il suspendra la constitution, voilà tout. Ma parole!

« Seulement, j'ai l'intention de l'en empêcher. C'est pour ça que je suis parti. Si j'étais resté à Steen, il m'aurait fait placer en résidence surveillée.

« Dès que la conférence a été terminée, j'ai vérifié. Eh bien, mon astrodrome privé était aux mains de ses hommes! C'est une violation ouverte de l'autonomie continentale... Une gredinerie... Ma parole! Mais il a beau être une crapule, il n'est pas si malin que ça. Il pensait que les uns ou les autres pourraient quitter la planète et il a, en conséquence, fait surveiller les astrodromes. Mais... – Steen prit un air matois et un gloussement spectral s'échappa de ses lèvres –... mais il n'a pas songé aux gyroports. Il s'était probablement dit que nous ne trouverions nulle part de refuge sur Sark. Moi, j'ai songé à l'ambassade trantorienne. Pas les autres. D'ailleurs, ils me fatiguent. Surtout Bort. Vous le connaissez, Bort? D'un grossier! Réellement immonde! A l'entendre, il y aurait quelque chose d'anormal à être propre et à sentir bon.

Steen se pinça le nez et respira doucement.

Abel posa légèrement la main sur le poignet de Junz qui s'agitait sur son siège.

– Vous avez laissé votre famille derrière vous, dit l'ambassadeur. Vous n'avez pas songé qu'elle constituait une arme contre vous entre les mains de Fife?

Steen rougit imperceptiblement.

– Je ne pouvais guère entasser tous mes petits mignons dans un gyro. Et Fife n'osera pas les toucher. N'importe comment, je serai de retour demain.

– Comment cela?

L'Ecuyer dévisagea Abel avec ahurissement.

– Je vous propose mon alliance, Excellence. Vous n'allez pas me dire que Trantor se désintéresse de Sark. Je ne doute pas que vous ferez savoir à Fife que toute tentative visant à modifier la constitution obligerait Trantor à intervenir.

– Je vois mal comment cela pourrait se faire même si j'avais l'accord de mon gouvernent.

– Comment cela pourrait-il ne pas se faire, plutôt! s'exclama

Steen avec indignation. Si Fife s'assure le contrôle de toute la production du kyrt, il fera monter les prix, il exigera des concessions pour garantir la rapidité de la livraison... toutes sortes de choses.

– Les cinq Grands Ecuyers n'ont-ils pas actuellement la haute main sur les prix?

Steen se pencha en arrière.

– Ma parole, je ne connais pas tous les détails! Dans deux minutes, vous allez me demander des chiffres. Seigneur! Vous valez Bort! – Se ressaisissant, il eut un petit rire nerveux et reprit : – Je plaisante, bien sûr. Ce que je voulais dire est que, une fois Fife éliminé, un arrangement entre Trantor et nous quatre deviendrait possible. En échange de son aide, il ne serait que juste d'accorder à Trantor un traitement préférentiel, voire de petits dividendes.

– Mais comment empêcherons-nous qu'une intervention ne dégénère en conflit galactique?

– Parole, c'est pourtant clair comme le jour! Vous ne seriez pas agresseurs. Vous vous bornerez à prévenir une guerre civile qui bouleverserait le commerce du kyrt. J'annoncerai que j'ai réclamé votre assistance. L'accusation d'agression tombera d'elle-même. Toute la galaxie sera avec vous. Et si, ensuite, Trantor en tire un bénéfice, cela ne regarde personne. Ma parole...

Abel se perdit dans la contemplation de ses mains croisées.

– Je ne puis croire que vous songiez réellement à vous coaliser avec Trantor.

Une lueur de haine brilla un instant dans le regard de Steen qui laissa tomber avec un sourire crispé :

– Mieux vaut Trantor que Fife.

– Menacer d'employer la force ne me plaît guère, dit l'ambassadeur. Ne vaudrait-il pas mieux attendre, laisser la situation évoluer...

Steen le coupa :

– Non! Non! Il ne faut pas attendre un jour de plus, ma parole. Si vous n'agissez pas tout de suite avec fermeté, il sera trop tard après. Lorsque le sursis de vingt-quatre heures sera écoulé, Fife ne pourra plus faire marche arrière sans perdre la face. Accordez-moi immédiatement votre aide et la population de Steen sera derrière moi, les autres Grands Ecuyers se rallieront. Si vous tergiversez ne serait-ce qu'un seul jour, la propagande de Fife commencera d'agir. On me noircira, on me fera passer pour un renégat. Parole! Moi... Moi... un renégat! Il fera appel aux préjugés antitrantoriens et, sans vouloir vous offenser, ils pèsent lourd.

– Et si nous lui demandions de nous autoriser à nous entretenir avec le spatio-analyste?

– A quoi cela avancerait-il? Ce serait un cercle vicieux. Il nous dirait que le simple d'esprit florinien est un spatio-analyste mais il vous dirait à vous que le spatio-analyste est un Florinien simple d'esprit. Vous ne connaissez pas cet homme. Il est terrible!

Abel réfléchit à l'argument en fredonnant doucement, son index battant la mesure. Enfin, il prit la parole :

– Vous savez que le Prud'homme est entre nos mains?

– Quel Prud'homme?

– Celui qui a assassiné les patrouilleurs et le Sarkite.

– Oh! ma parole... Croyez-vous que Fife s'en souciera quand la question qui se pose pour lui est de devenir le seul maître de Sark?

– Oui, je le crois. Voyez-vous, ce qui compte, ce n'est pas que le Prud'homme soit entre nos mains. Ce sont les circonstances de sa capture. Je crois que Fife m'écoutera, messire. Et qu'il m'écoutera avec la plus grande humilité.

Pour la première fois depuis qu'il le connaissait, Junz remarqua que quelque chose vibrait dans la voix du vieil homme. L'équivalent d'un sentiment de satisfaction. Presque de triomphe.

CHAPITRE XV

LE CAPTIF

Il était assez inhabituel pour Samia de Fife de se sentir frustrée. Or, il y avait des heures que sa volonté était contrariée. C'était sans exemple. C'était même inconcevable.

Le capitaine Racety était maintenant le commandant du port. Il était poli, presque obséquieux, il avait l'air embarrassé, il se répandait en regrets, il affirmait ne pas avoir la moindre intention de la contredire mais il se montrait d'une inflexibilité d'airain dans son refus d'accéder à ses désirs – des désirs qu'elle exprimait sans ambages.

En désespoir de cause, Samia dut se résoudre à exciper de ses droits comme une vulgaire Sarkite.

– J'imagine que j'ai le droit, en tant que citoyenne, d'attendre l'arrivée de n'importe quel navire si je le souhaite, fit-elle d'une voix acerbe.

Le capitaine s'éclaircit la gorge et l'expression chagrine qui s'était peinte sur son visage parut s'intensifier encore.

– En fait, Votre Seigneurie, finit-il par répondre, nous ne voulons absolument pas vous tenir à l'écart. Seulement, l'Écuyer votre père nous a catégoriquement ordonné de vous interdire d'aller à la rencontre de ce navire.

– Faudra-t-il donc que je quitte le port? demanda-t-elle avec froideur.

– Non, Votre Seigneurie. – Racety était heureux de trouver un compromis. – Nous n'avons aucune directive en ce sens. Si vous le désirez, vous pouvez rester. Mais nous devrons respectueusement vous empêcher de vous approcher des silos.

Sur ce, il laissa Samia dans sa voiture aérienne d'un luxe dérisoire, immobilisée à une vingtaine de mètres de la sortie de l'astrodrome. On l'avait attendue et il était probable qu'on continuait de la surveiller. Si elle faisait ne fût-ce qu'un tour de roues, ils couperaient sans doute le courant alimentant le véhicule, songeait-elle avec indignation.

Ses dents grincèrent. Son père n'avait pas le droit d'agir ainsi! C'était toujours la même histoire. On la traitait comme si elle ne comprenait rien à rien. Pourtant, elle aurait pensé que son père, lui, avait compris.

Il s'était levé pour l'accueillir, ce qu'il n'avait jamais fait pour personne depuis la mort de sa mère. Il l'avait serrée dans ses bras, il avait abandonné son travail. Il avait même congédié son secrétaire parce qu'il savait l'aversion qu'elle éprouvait pour le teint blême des indigènes.

C'était presque comme autrefois, lorsque son grand-père était vivant et que son père n'était pas encore Grand Écuyer.

– Mia, mon enfant, j'ai compté les heures, lui avait-il dit. Je n'avais jamais pensé que Florina était si loin. Quand j'ai appris que ces indigènes étaient cachés dans le navire que j'avais envoyé précisément pour que tu sois en sécurité, j'ai bien cru devenir fou.

– Il n'y avait aucune raison de t'inquiéter, papa.
– Crois-tu? Un peu plus, et j'expédiais toute la flotte afin qu'elle te ramène sous bonne escorte!

Cela les avait fait rire tous les deux. Plusieurs minutes s'écoulèrent avant que Samia pût aborder le sujet qui lui tenait à cœur.

– Que vas-tu faire de ces passagers clandestins, papa? avait-elle demandé en affectant l'insouciance.
– Pourquoi cette question, Mia?
– Tu ne penses pas qu'ils avaient l'intention de t'assassiner ou quelque chose comme cela?

Fife avait souri.

– Tu ne devrais pas avoir des pensées aussi morbides.

Elle avait insisté :

– Est-ce que tu le crois?
– Bien sûr que non.
– Tant mieux! Parce que j'ai parlé avec eux, papa, et je suis convaincue que ce ne sont que de pauvres gens inoffensifs. Je me moque de ce que peut raconter le capitaine Racety.
– Pour de « pauvres gens inoffensifs », ils ont enfreint pas mal de lois!
– Tu ne peux pas les traiter comme des criminels ordinaires, papa!

Elle avait haussé le ton, inquiète.

– Que veux-tu que l'on fasse d'autre?
– L'homme n'est pas un indigène. Il est originaire d'une planète qui s'appelle la Terre, on lui a lavé le cerveau et il n'est pas responsable.
– Eh bien, ma chère enfant, la Sécurité le verra. Laissons-la s'occuper de cela.
– Non, c'est trop important pour que l'on s'en remette au Depsec. Les gens de la Sécurité ne comprendront pas. Personne ne comprend, sauf moi.
– Sauf toi? avait demandé Fife sur un ton indulgent en caressant du doigt une mèche folle sur le front de Samia.
– Moi seule, oui! Moi seule! Tout le monde s'imaginera qu'il est fou mais je suis sûre et certaine qu'il ne l'est pas. Il dit qu'un grave danger menace Florina et la galaxie tout entière. C'est un spatio-analyste et tu sais que les spatio-analystes sont spécialisés dans la cosmogonie. S'il le dit, c'est que c'est vrai.
– Comment sais-tu que c'est un spatio-analyste, Mia?

– Il l'affirme.

– Et à propos de ce danger, quels détails donne-t-il?

– Il ne les connaît pas : on l'a décervelé. N'est-ce pas la meilleure preuve? Il savait trop de choses. Quelqu'un avait intérêt à mettre un éteignoir là-dessus. – Instinctivement, Samia avait baissé la voix et son ton s'était fait confidentiel. Elle s'était raidie pour ne pas jeter un coup d'œil derrière son épaule. – Ne vois-tu pas que si sa théorie était fausse, on n'aurait pas eu besoin de le psychosonder?

– Dans ce cas, pourquoi ne l'a-t-on pas tué?

Fife aussitôt s'en voulut d'avoir posé cette question. A quoi bon troubler sa fille?

Samia avait vainement cherché une réponse. Finalement, elle avait repris :

– Si tu ordonnes à la Sécurité de me laisser lui parler, je découvrirai la vérité. Il a confiance en moi, je le sais. J'en apprendrai plus que le Depsec. Papa, je t'en supplie, dis-leur de m'autoriser à lui parler. C'est très important. Très!

Fife avait légèrement serré les poings crispés de Samia.

– Pas encore, Mia, avait-il répondu en souriant. Pas encore. Dans quelques heures, le troisième homme sera entre nos mains. A ce moment-là, je verrai.

– Le troisième homme? L'indigène qui a commis tous ces crimes?

– Exactement. Le navire qui l'amène fera contact dans une heure environ.

– Et tu ne vas rien faire à propos de la Florinienne et du spatio-analyste avant son arrivée?

– Rien.

– Bon! Je vais attendre cet astronef.

Elle s'était levée.

– Où vas-tu, Mia?

– Au port. J'ai beaucoup de choses à demander à cet indigène. – Elle avait éclaté de rire. – Je vais te montrer que ta fille peut être un fameux détective, papa.

Mais Fife était resté grave.

– Je préférerais que tu n'en fasses rien.

– Pourquoi?

– Il est capital que l'arrivée de cet homme ait lieu avec la plus grande discrétion. Ta présence au port attirerait l'attention.

– Et alors?
– Je ne peux pas t'expliquer la stratégie politique, Mia.
– Stratégie politique! Quelle bêtise!

Elle s'était penchée pour piquer un baiser sur le front de son père et avait quitté le bureau.

Et à présent, comme elle était là, prisonnière de sa voiture dans l'enceinte du port, elle distinguait un point noir qui grossissait dans le ciel.

Elle appuya sur le bouton commandant l'ouverture du vide-poches et s'empara de ses jumelles de polo. En général, cet instrument lui servait à suivre les évolutions des monogyros de course lors des parties de polo stratosphérique. Mais les jumelles pouvaient aussi être employées à des fins plus sérieuses. Elle les porta à ses yeux et le point noir devint un astronef miniature dont le rougeoiement des tuyères de poupe était nettement visible.

Au moins, elle pourrait distinguer les occupants du navire quand ils mettraient pied à terre, elle pourrait apprendre tout ce qu'il lui serait possible d'apprendre par un examen à distance et elle pourrait ensuite trouver un moyen ou un autre pour s'entretenir avec l'indigène.

Le globe de Sark remplissait toute la surface de l'écran. On apercevait tout un continent et la moitié d'un océan que voilait en partie une couche de nuages blancs et cotonneux.

– La surveillance du port ne sera pas excessive, dit Genro. – Seule une imperceptible hésitation dans sa voix trahissait l'effort qu'il faisait pour concentrer son attention sur les instruments de bord. – C'est encore une de mes suggestions. J'ai fait valoir que toute activité insolite au moment de l'atterrissage risquait de mettre la puce à l'oreille des Trantoriens, que le succès dépendait de leur ignorance, qu'il fallait qu'ils ne se rendent compte de ce qui se passerait réellement que quand il serait trop tard. Ne vous inquiétez donc pas.

Terens haussa les épaules avec accablement.

– Quelle différencc cela fait-il?

– Pour vous, elle est immense. Je me poserai dans le silo d'atterrissage le plus proche de la sortie est. Dès que nous aurons atterri, vous sortirez par le sas de secours à l'arrière. Vous vous dirigerez vers la sortie en marchant vite... mais quand même pas trop vite. Je vous remettrai un coupe-file qui, peut-être, vous permettra de ne pas avoir de difficultés pour sortir. Peut-être, mais je ne vous garantis rien. S'il y a des pépins, l'initiative vous appartiendra. Compte tenu des récents événements, j'estime que je peux vous faire confiance, sur ce point tout au moins. Une voiture vous attendra. Elle vous conduira à l'ambassade. C'est tout.

– Et vous, qu'allez-vous faire?

Lentement, la masse informe qu'était Sark – un amalgame de bruns, de verts, de bleus enrobés de nuages blancs – devenait une surface plus vivante, entrecoupée de fleuves, hérissée de montagnes.

Genro eut un sourire sec et dépourvu d'humour.

– Après votre évasion, je peux être exécuté comme traître. Si l'on me découvre réduit à l'impuissance, donc physiquement incapable d'avoir pu vous empêcher de prendre la fuite, il se peut que l'on se contente de me rétrograder pour négligence de service. Cette dernière éventualité me paraît préférable. Aussi vous demanderai-je de faire usage de la neuromatraque avant votre départ.

– Savez-vous ce qu'est une neuromatraque? demanda le Prud'homme.

– Parfaitement.

De petites gouttes de sueur perlaient sur les tempes de Genro.

– Comment pouvez-vous être sûr que je ne vous abattrai pas ensuite? Après tout, je suis un assassin d'Écuyers.

– Je ne l'ignore pas. Mais cela ne vous avancerait pas. Ce serait une perte de temps pour vous. J'ai déjà couru des risques plus graves.

Sur l'écran, Sark s'élargissait; le contour de son disque glissait hors du champ de vision et, sans cesse, son centre l'irradiait, fuyant vers l'extérieur. On distinguait vaguement l'arc-en-ciel d'une ville sarkite.

– J'espère que vous ne méditez pas de vous esquiver, poursuivit Genro. Pas sur Sark. Ou ce sera Trantor ou ce seront les Ecuyers, souvenez-vous-en.

Une ville se dessinait maintenant avec précision sur la plaque optique. La tache d'un brun verdâtre que l'on apercevait à la limite de la cité devint un astrodrome qui se rapprochait lentement.

– Si vous ne vous rendez pas à Trantor dans une heure, vous

serez aux mains des Ecuyers avant la fin du jour. Je ne peux pas vous dire comment Trantor vous traitera mais je puis vous dire en revanche avec certitude quel sort vous attend chez les Écuyers.

Terens avait appartenu à l'administration civile. Il savait comment les Sarkites traiteraient un tueur d'Ecuyers.

Genro ne regardait plus le port, à présent immobile sur l'écran. Penché sur ses instruments, il surveillait son rayon pilote. Le navire pivota avec lenteur pour prendre son attitude d'atterrissage, la poupe dirigée vers le bas. Quand il fut à la verticale du silo, les moteurs rugirent sur un registre aigu. Malgré les amortisseurs hydrauliques, Terens sentait leurs trépidations. Le vertige s'empara de lui.

– La matraque, maintenant, fit Genro. Vite! Chaque seconde compte. Le sas de secours se refermera derrière vous. Il leur faudra cinq minutes pour s'étonner de ne pas me voir sortir, cinq autres minutes pour pénétrer à bord et encore cinq minutes pour vous trouver. Vous disposez donc d'un quart d'heure pour quitter le port et monter dans la voiture.

Les vibrations cessèrent, cédant la place à un pesant silence. Terens comprit que le yacht avait touché le sol de Sark. Le champ diamagnétique entra en action et le bâtiment s'inclina majestueusement sur le côté.

– Allez-y! ordonna Genro.

Son uniforme était trempé de sueur.

La tête vide et les yeux hagards, Terens leva la neuromatraque...

Terens frissonna : c'était l'automne, sur Sark. Pendant les années qu'il avait passées sur la planète, il avait presque oublié la douceur de l'éternel printemps florinien. A présent, les souvenirs remontaient à la surface de son esprit; c'était comme s'il n'avait jamais quitté le monde des Ecuyers et les rigueurs de son climat.

A ceci près qu'il était maintenant un fugitif recherché pour répondre du crime suprême : l'assassinat d'un Ecuyer.

Il marchait au rythme de son cœur battant, laissant derrière lui le yacht à l'intérieur duquel Genro gisait, pétrifié par le coup de neuromatraque. Le sas s'était doucement refermé sur le Prud'homme.

Le fuyard suivait une large allée pavée. Tout autour de lui

s'affairait une foule d'ouvriers et de mécaniciens. Chacun avait son propre travail, ses préoccupations personnelles. Nul ne s'interrompait pour dévisager un passant. Il n'y avait pas de raison à cela.

Quelqu'un l'avait-il vu se glisser hors du navire?

Non, sûrement pas, sinon la meute hurlante se serait déjà élancée sur ses pas.

Il toucha son couvre-chef enfoncé jusqu'aux oreilles. Le petit médaillon qui y était maintenant fixé était lisse sous son doigt. Genro lui avait dit qu'il ferait office de signe de reconnaissance. Les gens de Trantor guetteraient le disque minuscule miroitant au soleil.

Terens pouvait l'enlever, prendre un autre chemin, essayer de pénétrer à bord d'un vaisseau... s'échapper d'une manière ou d'une autre... fuir Sark...

Il y avait beaucoup trop d'aléas. Au fond de lui-même, il savait que Genro avait raison : il était au pied du mur. C'était Trantor ou c'était Sark. Il haïssait et craignait Trantor mais Sark, il le savait, était un choix impossible.

– Hep! Vous, là-bas!

Terens s'arrêta net. Glacé d'effroi, il leva les yeux. La sortie n'était plus qu'à une centaine de mètres. En courant... Mais on ne laisserait pas sortir un homme en train de courir. Il n'osait pas. Il ne fallait pas courir.

La jeune femme qui l'observait était dans une voiture. Une voiture comme Terens n'en avait jamais vu, même sur Sark où il avait vécu quinze ans. Une voiture étincelante de métal et de gemnite translucide.

– Approchez, dit la jeune femme.

Terens obéit, les jambes molles. Une voiture de Trantor devait l'attendre devant l'astrodrome, avait dit Genro. C'était bien cela, non? Et aurait-on confié à une femme une mission de ce genre? Elle était brune et ravissante.

– Vous êtes arrivé avec le vaisseau qui vient d'atterrir, n'est-ce pas?

Comme il gardait le silence, elle reprit d'une voix impatiente :

– Je vous ai vu en descendre! (Elle tapota ses jumelles de polo, un instrument que Terens connaissait.)

– Oui, murmura-t-il.

– Montez.

Elle ouvrit la portière. La voiture était encore plus luxueuse à l'intérieur. Les sièges étaient moelleux, le véhicule était neuf et sentait bon, la fille était splendide.

– Faites-vous partie de l'équipage? demanda-t-elle.

C'est un test, songea Terens.

– Vous savez qui je suis, murmura-t-il en désignant le médaillon.

Sans bruit, la voiture fit demi-tour.

Quand elle atteignit la porte, Terens se recroquevilla au fond de son siège recouvert d'un frais capiton de kyrt mais il n'y eut pas d'anicroches. La conductrice se contenta de lancer d'un ton péremptoire :

– Je suis Samia de Fife. Cet homme m'accompagne.

Et ils passèrent.

Ce ne fut qu'au bout de quelques secondes que Terens, épuisé, comprit le sens de ces mots. Quand il sursauta, le corps tendu, la voiture filait déjà à cent soixante-dix de moyenne sur une voie express.

Un des employés de l'astrodrome se détourna et ses lèvres remuèrent tandis qu'il baissait la tête, approchant la bouche de son revers. Il rentra dans le bâtiment et se remit au travail. Le surveillant fronça les sourcils. Il faudrait signaler cette habitude qu'avaient les hommes de sortir pour griller une cigarette et de ne revenir qu'au bout d'une demi-heure.

L'un des deux hommes assis dans la voiture qui attendait devant la sortie dit d'une voix chagrine :

– Il est monté dans une voiture avec une fille! Quelle voiture? Quelle fille?

En dépit de son costume sarkite, il avait un accent arcturien prononcé. Arcturus faisait partie de l'empire trantorien.

Son compagnon, lui, était un Sarkite, un homme tout à fait au courant des questions d'information. Quand le véhicule en question eut franchi la grille et se fut engagé en accélérant le long de la rampe de raccordement à la voie express, il se leva à demi sur son siège, s'écriant :

– C'est la voiture de Demoiselle Samia! Il n'y en a pas deux pareilles. Galaxie! Qu'est-ce qu'on va faire?

– La suivre, répondit laconiquement l'autre.

- Mais Demoiselle Samia...

– Je n'en ai rien à fiche. Et ça devrait être la même chose pour toi. Sinon, qu'est-ce que tu fais ici?

Ils firent demi-tour et s'élancèrent sur la chaussée presque déserte conduisant au niveau de circulation réservé aux voitures rapides.

– Nous ne pourrons pas la rattraper, grommela le Sarkite. Dès qu'elle nous aura repérés, elle mettra toute la gomme. Cet engin-là tape le cinq cents.

– Pour le moment elle s'en tient à un petit deux cents de moyenne. – Après un silence, l'Arcturien ajouta : – Elle ne va pas au Depsec, ça, c'est indiscutable. – Quelques instants s'écoulèrent, puis il ajouta : – Elle ne se rend pas non plus au palais de Fife. Je veux bien être précipité dans l'espace si je sais où elle va! Elle quitte la ville.

– Est-ce bien l'assassin qui est avec elle? Et si c'était un traquenard? Elle n'essaye pas de nous semer et elle n'aurait pas utilisé une voiture comme celle-là si elle ne voulait pas qu'on lui file le train. On la reconnaît à trois kilomètres.

– Je ne dis pas non, mais Fife ne se serait pas servi de sa propre fille pour se débarrasser de nous. Une escouade de patrouilleurs aurait suffi et s'en serait mieux tirée.

– Peut-être n'est-ce pas vraiment Sa Seigneurie.

– On va le savoir, mon vieux. Elle ralentit. Dépasse-la et arrête-toi après le virage.

– Je veux vous parler, dit la fille.

Terens jugea qu'il ne s'agissait pas du piège auquel il avait tout d'abord pensé. C'était vraiment la fille de Fife. Elle n'imaginait visiblement pas que quelqu'un puisse s'opposer à sa volonté.

Pas une seule fois elle ne s'était retournée pour observer si on les suivait. A plusieurs reprises, le Prud'homme avait remarqué une voiture derrière eux; le véhicule gardait sa distance. Il ne gagnait ni ne perdait de terrain.

Ce n'était pas n'importe quelle voiture, Terens en avait la certitude. Peut-être s'agissait-il de Trantoriens, ce qui eût été une bonne chose. Peut-être s'agissait-il de Sarkites. En ce cas, la Demoiselle de Fife serait un otage appréciable.

– Je suis prêt à parler, fit-il.

– Vous étiez à bord du navire où se trouvait le Florinien meurtrier?

– Je vous l'ai déjà dit.
– Très bien. Je vous ai demandé de m'accompagner pour que nous puissions bavarder tranquillement. A-t-on interrogé cet indigène pendant le voyage?
Une pareille naïveté ne pouvait être simulée. Samia de Fife ne savait vraiment pas qui il était.
– Oui, répondit Terens, toujours sur ses gardes.
– Avez-vous assisté à l'interrogatoire?
– Oui.
– Bien! C'est ce que je pensais. A propos, pourquoi avez-vous quitté le navire?
C'était la question par laquelle elle aurait dû commencer!
– Je devais transmettre un rapport spécial à...
Il marqua une hésitation.
Elle s'empressa de mordre à l'appât.
– A mon père? Ne vous faites pas de souci. Je vous couvrirai entièrement. Je dirai que vous avez obéi à mes ordres.
– Entendu, Votre Seigneurie.
Ce « Votre Seigneurie » s'imprima profondément dans la conscience de Terens. Il se trouvait en face d'une Demoiselle, la plus noble du pays, et il était florinien. Un assassin de patrouilleurs pouvait aisément se mettre à tuer les Ecuyers et un assassin d'Ecuyers pouvait se permettre de regarder une Haute Dame dans les yeux.
Elle avait un regard dur et inquisiteur. Il leva la tête et la contempla de haut en bas.
Elle était très belle.
Et comme elle était la plus noble, elle ne se rendit pas compte qu'il l'examinait.
– Je veux que vous me rapportiez tout ce que vous avez entendu au cours de cet interrogatoire, dit-elle. Je veux savoir tout ce que cet indigène a raconté. C'est très important.
– Puis-je demander à Votre Seigneurie pour quelle raison elle porte tant d'intérêt à cet indigène?
– Non, répondit simplement Samia.
– Comme Votre Seigneurie voudra.
Il ne savait que dire. La moitié de son esprit attendait que la voiture des suiveurs les rattrapât, l'autre était de plus en plus fascinée par le visage et par le corps de la beauté assise à côté de lui.
En principe, les Floriniens employés dans l'administration

civile ou servant comme Prud'hommes étaient célibataires, mais, dans la pratique, la plupart faisaient bon marché de cette obligation quand ils le pouvaient. Dans ce domaine Terens avait fait ce qu'il avait osé faire et il avait profité des occasions qui s'étaient présentées. Ses expériences les mieux réussies n'avaient jamais été satisfaisantes. Aussi le fait sans précédent de se trouver en tête à tête avec une fille ravissante dans une voiture d'un tel luxe revêtait-il une valeur singulière.

Elle attendait qu'il parlât, une lueur ardente dansant dans ses yeux noirs (si noirs!), les lèvres entrouvertes (lèvres pleines... lèvres rouges...) et le kyrt qui la parait rehaussait encore sa grâce. L'idée ne l'effleurait pas que l'on pût nourrir des pensées dangereuses à l'endroit de la fille de l'Ecuyer de Fife.

Terens cessa de guetter la voiture poursuivante.

Brusquement, il comprit que, après tout, tuer un Ecuyer n'était pas le crime des crimes.

Il n'eut pas pleinement conscience de son geste. Tout ce qu'il savait, c'était que ses bras s'étaient refermés autour de ce corps gracile, soudain raidi, que de la bouche de la fille s'échappa un cri qu'il étouffa sous ses lèvres...

Des mains le saisirent aux épaules et, par la portière ouverte, un courant d'air frais lui caressa le dos. Il étreignit son arme mais trop tard : quelqu'un la lui arracha.

Samia poussa un gémissement inarticulé.

– Tu as vu ce qu'il a fait? s'écria le Sarkite horrifié.

– Aucune importance, répliqua l'Arcturien, en glissant un objet de petite taille dans sa poche.

Le Sarkite, ivre de rage, tira énergiquement Terens hors de la voiture.

– Et elle l'a laissé faire, murmurait-il. Elle l'a laissé faire.

– Qui êtes-vous? demanda Samia avec une brusque véhémence. Est-ce mon père qui vous a envoyés?

– Pas de question, s'il vous plaît, fit l'Arcturien.

– Vous êtes un étranger, laissa tomber Samia d'une voix furieuse.

– Je devrais lui écrabouiller la cervelle!

Le Sarkite leva son poing fermé.

Son compagnon le saisit par le poignet.

– Cela suffit!

– Il y a des limites, maugréa lugubrement le Sarkite. Je veux bien admettre le meurtre d'un Ecuyer. Il y en a quelques-uns que moi-même j'aimerais tuer. Mais voir un indigène faire ce qu'a fait celui-là, c'est trop...

– Un indigène? répéta Samia sur un timbre anormalement aigu.

Le Sarkite se pencha en avant et arracha la calotte de Terens. Le Prud'homme pâlit mais il ne fit pas un mouvement. Son regard demeura braqué sur la fille tandis que la brise agitait ses cheveux roux.

Samia, désemparée, se rencogna dans l'angle de la banquette et se cacha le visage dans les mains. Sous la pression de ses doigts, sa peau devint blanche.

– Que va-t-on faire d'elle? s'enquit le Sarkite.

– Rien.

– Mais elle nous a vus. Nous aurons toute la planète à nos trousses avant d'avoir fait un mille.

L'Arcturien lui décocha un regard goguenard.

– Tu veux tuer la fille de l'Ecuyer de Fife?

– Non... Mais nous pouvons saboter sa voiture. Lorsqu'elle aura trouvé un radiotéléphone, nous serons loin.

– Ce ne sera pas nécessaire. – L'Arcturien se pencha à la portière. – Je n'en aurai que pour un instant, Votre Seigneurie. Est-ce que vous m'entendez?

Samia resta muette.

– Il serait préférable pour vous que vous m'écoutiez. Je suis navré d'avoir troublé ce tendre entretien mais j'ai mis à profit ces brèves secondes. J'ai agi rapidement et j'ai pu fixer la scène avec un appareil photo tridimensionnel. Je ne bluffe pas. Quelques minutes après que j'aurai pris congé de vous, le négatif sera placé en lieu sûr et toute initiative de votre part m'obligerait à vous causer quelque désagrément. Je suis sûr que vous me comprenez.

Il fit demi-tour.

– Elle ne dira rien. Pas un mot. Suivez-moi, Prud'homme.

Terens obéit. Il ne se retourna pas – il en était incapable – pour voir le visage blême et hagard de la fille assise dans la voiture.

Quoi qu'il puisse désormais arriver, le miracle avait eu lieu. L'espace d'un instant, il avait embrassé la plus hautaine des Ecuyères de Sark. Ses lèvres s'étaient brièvement posées sur la bouche douce et parfumée de Samia de Fife.

CHAPITRE XVI

L'ACCUSÉ

Les diplomates ont un langage à eux, des attitudes qui leur sont propres. Les rapports entre représentants d'États souverains strictement respectueux du formalisme protocolaire sont stylisés et euphémiques. L'expression « conséquences déplaisantes » est synonyme de guerre et « règlement satisfaisant » est synonyme de capitulation.

En tête à tête, Abel préférait renoncer à l'équivoque de la rhétorique diplomatique.

– J'ai eu du mal à vous atteindre, Fife, disait-il.

On aurait pu croire qu'il n'était qu'un vieux monsieur conversant aimablement tout en dégustant un verre de vin.

Fife sourit. Il semblait tout à fait détendu.

– J'ai eu une journée chargée, Abel.

– C'est ce que j'ai appris.

– Par Steen?

Fife avait posé la question d'une voix nonchalante.

– En partie par lui. Cela fait environ sept heures qu'il est notre hôte.

– Je sais. C'est ma faute. Envisagez-vous de nous le livrer?

– J'ai bien peur que non.

– C'est un criminel.

Abel émit un petit rire gloussant et fit tourner son verre dans sa main, observant les bulles qui montaient paresseusement à la surface du liquide.

– Je pense que nous pourrons lui accorder le statut de réfugié politique. La loi interstellaire sera garante de sa sécurité tant qu'il résidera en territoire trantorien.

– Aurez-vous l'appui de votre gouvernement?

– Je crois, Fife. Je n'ai pas été en poste pendant trente-sept ans pour ne pas savoir quand Trantor sera ou non derrière moi.

– Je peux faire en sorte que Sark demande votre rappel.

– A quoi cela vous avancerait-il? Je suis un homme pacifique dont vous avez pris l'habitude. Mon successeur pourrait être n'importe qui.

Il y eut une pause. Fife plissa son mufle léonin.

– Je suppose que vous avez une suggestion à me présenter.
– En effet. Vous détenez un homme qui nous appartient.
– Qui cela?
– Un spatio-analyste, originaire de la planète Terre, laquelle, soit dit en passant, fait partie de l'empire trantorien.
– Steen vous a dit cela?
– Entre autres choses.
– Ce Terrien, il l'a vu?
– Il ne l'a pas précisé.
– Il ne l'a donc pas vu. Compte tenu des circonstances présentes, je doute que vous puissiez attacher foi à ses déclarations.

Abel reposa son verre, croisa les mains sur ses genoux et répliqua :

– Je suis quand même convaincu que ce Terrien n'est pas un mythe. Nous devrions pouvoir trouver un terrain d'entente. Fife. J'ai Steen et vous avez le Terrien. En un sens, nous sommes à égalité. Avant que vous poursuiviez la réalisation de votre plan, avant que votre ultimatum arrive à expiration et qu'ait lieu votre coup d'État, pourquoi ne pas organiser une conférence d'ordre général sur le marché du kyrt?

– Je n'en vois pas la nécessité. Les événements actuels ne regardent que Sark. Je suis prêt à vous donner personnellement l'assurance que, quels que soient les futurs développements de la politique intérieure sarkite, ils n'auront aucune incidence sur le marché du kyrt. A mon avis, la situation présente ne saurait porter préjudice aux légitimes intérêts de Trantor.

Abel but une gorgée de vin et parut réfléchir à cette réponse avant de reprendre la parole.

– Nous avons, semble-t-il, un second réfugié politique entre nos mains. Une bien curieuse histoire... C'est d'ailleurs un de vos sujets. Un Florinien. Un Prud'homme du nom de Myrlyn Terens.

Les yeux de Fife lancèrent des éclairs.

– Nous nous en doutions à moitié. Il y a une limite à l'ingérence ouverte de Trantor dans les affaires de Sark, Abel! L'homme que vous avez kidnappé est un assassin. Vous ne pouvez pas le faire passer pour un réfugié politique.
– Vous le voulez?
– Vous songez à un marché? Que demandez-vous?
– Cette conférence dont je vous parlais.

– Pour un Florinien meurtrier? Il n'en est évidemment pas question.
– Mais la manière dont ce Prud'homme a réussi à échapper à nos recherches est assez étrange. Cela vous intéressera peut-être...

Junz, qui arpentait la pièce, secoua la tête. La soirée était déjà bien avancée. Il aurait souhaité pouvoir dormir mais il savait qu'il lui faudrait encore user de la somnine.
– J'aurais pu être obligé d'employer la menace comme le voulait Steen, dit Abel. Ç'aurait sûrement été regrettable. Un risque énorme pour un résultat incertain. Mais, tant que le Prud'homme n'était pas là, je n'avais pas le choix. Sauf, évidemment, la politique du laisser-faire.
Junz hocha vigoureusement le menton.
– Non! Il fallait agir. Pourtant, c'est du chantage, ni plus ni moins.
– Techniquement, oui, sans doute. Qu'auriez-vous voulu que je fasse?
– J'aurais agi exactement comme vous. Je ne suis pas un hypocrite, Abel. Ou, du moins, j'essaie de ne pas en être un. Je ne condamnerai pas vos méthodes alors que j'ai l'intention de tirer le meilleur parti possible de ce que vous obtiendrez. Mais, quand même, je pense à cette jeune fille...
Elle n'a rien à craindre tant que Fife respectera les termes du contrat
– Elle me fait pitié. Les aristocrates sarkites me répugnent à présent à cause de la manière dont ils traitent les Floriniens, mais je ne peux pas m'empêcher de la plaindre.
– Sur le plan individuel, soit. Mais c'est Sark qui est responsable en dernier ressort. Dites-moi, mon cher, avez-vous déjà embrassé une fille dans une voiture?
Un sourire à peine esquissé fit frémir les lèvres de Junz.
– Oui.
– Moi aussi, bien que, vous vous en doutez, mes souvenirs soient plus lointains que les vôtres. Si l'aînée de mes petites-filles était, comme c'est probable, en train de se livrer à ce genre d'exercice au moment où je vous parle, je n'en serais pas autrement étonné. Mais un baiser volé au fond d'une voiture, qu'est-ce sinon l'expression de l'émotion la plus naturelle qui soit? Réfléchissez. Prenons une jeune personne dont nous

supposerons qu'elle soit d'un rang élevé. Elle se trouve accidentellement dans la même voiture que... disons un criminel qui profite de l'occasion pour lui voler un baiser. Une impulsion... Elle n'est pas consentante. Qu'éprouveriez-vous? Qu'éprouverait son père? De la peine? Peut-être. Il serait ennuyé? Certainement. Il se mettrait en colère? Il se sentirait offensé? Insulté? Oui, tant que vous voudrez. Mais déshonoré? Non! Déshonoré au point d'accepter de mettre en péril les affaires d'État pour que l'incident ne s'ébruite pas? Hypothèse absurde!

« Or, c'est précisément la situation dans laquelle nous nous trouvons et cela n'aurait pas pu arriver ailleurs que sur Sark. Samia de Fife n'est coupable que d'entêtement et de naïveté. Je suis convaincu qu'elle s'était déjà laissé embrasser. Elle pourra échanger encore d'innombrables baisers avec n'importe qui sans que personne y trouve à redire, sauf si son partenaire est un Florinien. Seulement voilà : c'est un Florinien qu'elle a embrassé.

« Aucune importance qu'elle n'ait pas su qu'il était florinien. Aucune importance qu'elle n'ait cédé qu'à son corps défendant. Si cette photo où l'on voit l'Écuyère de Fife dans les bras d'un Florinien est rendue publique, la vie ne sera plus possible, ni pour elle ni pour son père. J'ai vu la tête que faisait Fife quand je lui ai montré le cliché. On ne pouvait pas dire de façon certaine que le Prud'homme était un Florinien. Il portait des vêtements sarkites et une calotte dissimulait entièrement ses cheveux. Son teint était clair mais ce n'est pas concluant. Pourtant, Fife savait que la nouvelle serait joyeusement tenue pour vraie par une foule de gens, amateurs de scandale et de sensationnel, dont elle ferait la joie; que cette photo serait considérée comme un témoignage irréfutable. Et il savait que ses ennemis politiques en tireraient tout le bénéfice possible. Appelez cela du chantage si vous voulez. C'est peut-être du chantage mais un chantage qui ne marcherait nulle part ailleurs. C'est le système social perverti de Sark qui nous a fourni cette arme et je n'ai aucun remords à m'en servir.

Junz soupira.

– De quoi êtes-vous convenus?

– La conférence s'ouvrira demain à midi.

– Il a donc suspendu son ultimatum?

– *Sine die.* Je serai personnellement dans son bureau.

– Ce risque est-il indispensable?

– On ne peut guère le qualifier de risque. Il y aura des témoins. Et je désire vivement me trouver physiquement en présence de ce spatio-analyste que nous recherchons depuis si longtemps.

– Et moi? fit Junz avec inquiétude. Assisterai-je à cette réunion?

– Oui. Le Prud'homme aussi. Nous aurons besoin de lui pour identifier le spatio-analyste. Steen sera également là. Vous serez tous présents par projection tridimensionnelle.

– Je vous remercie.

L'ambassadeur réprima un bâillement et considéra Junz, les yeux papillotants.

– Maintenant, si vous permettez, je vais me retirer. Je n'ai pas dormi depuis trente-six heures et j'ai bien peur que mon organisme usé ne puisse supporter une nouvelle dose de somnine. Il faut que je dorme.

Depuis que la projection tridimensionnelle avait été mise au point, il était rare que les participants aux conférences importantes se retrouvent face à face. Aux yeux de Fife, la présence physique du vieil ambassadeur avait quelque chose de franchement choquant. On ne pouvait dire que son teint olivâtre se fût encore assombri mais une colère muette durcissait ses traits.

Elle ne pouvait qu'être muette. Fife ne pouvait parler. Il ne pouvait que dévisager d'un air morose les hommes assis devant lui.

Abel! Un vieux gâteux mal fagoté soutenu par un empire d'un million de planètes.

Junz! Ce moricaud aux cheveux crépus, ce gêneur dont l'obstination avait précipité la crise...

Steen! Ce traître qui n'osait pas rencontrer son regard!

Le Prud'homme! C'était lui que Fife avait le plus de mal à supporter. Cet indigène qui avait déshonoré sa fille par son seul contact et qui le narguait, sain et sauf derrière l'asile inviolable des murs de l'ambassade trantorienne. S'il avait été seul, Fife eût aimé se laisser aller à grincer des dents, à frapper son bureau à coups de poing. Mais pas un muscle de son visage ne devait tressaillir, bien qu'ils fussent tous tendus à se rompre.

Si Samia n'avait pas... Il chassa cette pensée. Sa propre négligence avait encouragé l'entêtement de sa fille et, à présent, il ne pouvait lui faire de reproches. Elle n'avait essayé ni de se justifier ni d'atténuer sa faute. Elle lui avait avoué la vérité tout entière, son désir de jouer les espionnes interstellaires, la façon affreuse dont s'était achevée son entreprise. Amère et honteuse, elle n'espérait qu'une chose : la compréhension de son père. Elle pouvait compter sur lui, même si cela devait aboutir à la ruine de l'édifice que l'Ecuyer de Fife avait construit.

Il prit la parole en ces termes :

– J'ai convoqué cette conférence parce qu'on m'a forcé la main. Je n'ai rien à dire pour ma part. Je suis ici pour écouter.

– Je crois que Steen aimerait parler le premier, fit Abel.

Le regard de Fife se chargea d'un tel mépris que Steen, piqué au vif, lança d'une voix tonitruante :

– Vous m'avez contraint de me rallier à Trantor, Fife. Vous avez violé le principe d'autonomie. Vous ne pouviez espérer que j'accepterais cela. Ma parole!

Fife resta muet.

– Au fait, Steen, dit l'ambassadeur sur un ton également méprisant. Vous aviez quelque chose à dire. C'est le moment.

Steen rougit et le fard n'y était pour rien.

– Comptez sur moi? Je ne prétends pas, moi, avoir les dons de détective dont l'Ecuyer de Fife se glorifie mais je suis capable de faire un raisonnement. Et j'ai raisonné! Hier, Fife nous a parlé d'un mystérieux personnage, un traître qu'il appelait X. J'ai compris que ce n'était qu'un prétexte pour lui permettre de proclamer l'état d'urgence. Je n'ai pas été dupe un seul instant.

– Si X n'existe pas, pourquoi vous êtes-vous enfui? demanda doucement Fife. Celui qui fuit s'accuse lui-même.

– Vraiment? s'écria Steen. Je m'enfuirais d'une maison en flammes même si ce n'était pas moi qui avais allumé l'incendie.

– Continuez, Steen, laissa tomber Abel.

Steen passa sa langue sur ses lèvres et examina ses ongles qu'il se mit à polir tandis qu'il reprenait :

– Je me suis interrogé sur la raison qui avait poussé Fife à nous raconter une histoire aussi compliquée. Ce n'est pas son genre. Parole! Je le connais. Nous le connaissons tous. Fife n'a aucune imagination, Excellence. C'est une brute. Il est presque aussi fruste que Bort.

Fife, la mine sombre, se tourna vers Abel.

– A-t-il des révélations à faire ou n'est-il là que pour radoter?

– Je veux bien, mais laissez-moi parler! Bonté divine! De quel côté êtes-vous? Je me suis demandé (c'était après le dîner), je me suis demandé : Pourquoi un homme comme Fife forge-t-il une histoire de ce genre? Il n'y avait qu'une seule réponse : il n'avait pas pu l'inventer. Pas avec son manque d'imagination Donc, elle était vraie. Il était impensable qu'elle ne le fût pas. Et des patrouilleurs ont effectivement été tués, quoiqu'il soit tout à fait capable d'avoir organisé lui-même la chose.

Fife haussa les épaules.

– Mais qui est X? poursuivit Steen. Pas moi. Ma parole! Je suis bien placé pour le savoir! Néanmoins, j'admets que X ne puisse être qu'un Grand Ecuyer. Or, quel grand Ecuyer était le mieux informé? Lequel a essayé de nous faire peur depuis un an avec ce spatio-analyste pour nous obliger à créer ce qu'il appelle un « front uni » et que j'appellerai, moi, la soumission à la dictature de Fife? Je vais vous dire qui est X.

Steen se leva. Le sommet de son crâne effleura le bord extrême du cube récepteur et parut tranché net sur une épaisseur d'un pouce.

– Le voici! fit-il en désignant Fife d'un doigt tremblant. C'est l'Ecuyer de Fife. Il a retrouvé le spatio-analyste. Il l'a mis sur la touche quand il a vu que nous n'étions pas impressionnés par les sornettes qu'il a débitées lors de la première conférence, pour le ressortir de sa manche après avoir préparé un coup d'Etat militaire.

Fife demanda d'unc voix lasse à Abel :

– En a-t-il fini? Si oui, qu'il disparaisse. Un homme normal ne peut supporter cet individu.

– Avez-vous un commentaire à apporter à ces propos?

– Bien sûr que non! Ils n'en méritent aucun. Cet homme est désespéré et il est prêt à dire n'importe quoi.

– Vous ne vous en tirerez pas aussi facilement, Fife! s'écria Steen. – Son regard fit le tour des visages. Ses yeux n'étaient plus qu'une fente et la tension blanchissait ses narines. Il était toujours debout. – Ecoutez-moi. Fife prétend que ses limiers ont trouvé des documents dans le cabinet d'un médecin. Selon lui, le médecin en question est mort des suites d'un accident après avoir examiné le spatio-analyste et diagnostiqué un lavage de cerveau. Il affirme que c'est X qui l'a assassiné pour qu'il ne révèle pas l'identité du spatio-analyste. Voilà ce qu'il a dit. Demandez-lui si c'est vrai.

– Et si j'ai dit cela?

– Demandez-lui donc comment il a pu saisir les archives conservées dans le bureau d'un médecin mort et enterré depuis des mois s'il ne les avait pas en main dès le début!

– Sottises! répondit Fife. Nous pouvons continuer indéfiniment comme cela. Nous perdons notre temps. Un autre médecin a pris la clientèle de son confrère et a hérité ses dossiers. Vous vous figurez que les archives d'un docteur disparaissent après la mort de leur possesseur?

– Non, évidemment, fit Abel.

Steen bredouilla quelque chose d'inintelligible et se rassit.

– Et maintenant? s'exclama Fife. Qu'avez-vous encore à dire? Avez-vous d'autres accusations à formuler?

Il s'exprimait d'une voix voilée, frémissante d'amertume.

– Steen tenait à faire cette déclaration. L'incident est clos. Mais Junz et moi sommes ici pour autre chose. Nous voudrions voir ce spatio-analyste.

Les mains de Fife se crispèrent brusquement sur le rebord du bureau et ses sourcils noirs se froncèrent.

– Nous avons arrêté un individu atteint de débilité mentale qui se prétend spatio-analyste. Je vais donner l'ordre qu'on l'introduise ici.

Jamais Valona March n'avait rêvé que des choses aussi irréelles pussent exister. Il y avait plus de vingt-quatre heures qu'elle était arrivée sur Sark et à partir du moment où elle avait posé le pied sur le sol de la planète, elle était allée d'émerveillement en émerveillement. Même les cachots où Rik et elle-même avaient été jetés après qu'on les eut séparés étaient d'une fabuleuse invraisemblance. Quand on appuyait sur un bouton, de l'eau jaillissait d'un tuyau. Les murs exhalaient de la chaleur quoique, dehors, l'air fût fraîcheur inimaginable. Et tous ceux qui avaient parlé à Valona étaient superbement vêtus.

Elle avait vu des pièces remplies de choses inconnues. Celle où elle se trouvait maintenant était plus grande que toutes les autres mais presque nue. Et il y avait beaucoup de monde. Un homme à l'air sévère assis derrière un bureau : un second très vieux et très ridé, dans un fauteuil; trois autres...

Parmi ces derniers, elle reconnut le Prud'homme.

Elle se précipita vers lui.

– Prud'homme! Prud'homme!

Mais il n'était pas là!

Il s'était levé et avait agité le bras.

– N'approchez pas, Lona. N'approchez pas.

Et elle était passée à travers lui. Quand elle avait voulu le saisir à la manche, il avait reculé. Elle s'était jetée en avant, trébuchant presque, et était passée à travers le Prud'homme. Elle était restée quelques instants sans voix. Le Prud'homme s'était trouvé en face d'elle, mais elle ne pouvait plus voir que ses propres jambes sur le rebord du fauteuil où elle s'était effondrée.

Elle distinguait avec précision le lourd accoudoir du fauteuil, sa couleur, son volume. Il lui encerclait les jambes mais elle ne le sentait pas. Sa main tremblante s'enfonça d'un pouce à l'intérieur de la tapisserie. Valona ne voyait plus le bout de ses doigts mais elle ne sentait toujours rien.

Elle poussa un cri et roula sur le sol. Sa dernière vision fut celle du Prud'homme tendant instinctivement les bras pour la retenir tandis qu'elle tombait comme si les membres de Terens n'étaient que des formes impalpables.

Elle se retrouva assise sur son siège. Rik lui étreignait la main; le vieil homme ridé était penché au-dessus d'elle.

– N'ayez pas peur, mon enfant, lui dit-il. Ce n'est qu'une image. Une photographie, si vous voulez.

Valona tourna la tête. Le Prud'homme était toujours là. Il ne la regardait pas.

– Où est-il? demanda-t-elle.

– C'est une projection tridimensionnelle, Lona, fit brusquement Rik. Il est ailleurs mais nous pouvons le voir.

Elle hocha la tête. Si Rik le disait, elle le croyait. Mais elle baissa les yeux. Elle n'osait pas regarder des gens qui étaient là et, en même temps, étaient ailleurs.

Abel se tourna vers Rik :

– Ainsi, vous savez ce qu'est la projection tridimensionnelle?

– Oui.

Pour Rik, les dernières vingt-quatre heures avaient également été une expérience extraordinaire mais, contrairement à Valona qui perdait de plus en plus pied, tout ce qu'il avait vu lui avait paru de plus en plus familier.

– Où avez-vous appris ce que c'est?

– Je ne sais pas. Je le savais avant... avant d'avoir oublié.

Fife, qui était resté immobile quand Valona s'était follement ruée vers le Prud'homme, jeta d'une voix acide :

– Je regrette le désordre créé par cette indigène hystérique que j'ai été obligé de faire venir. Le soi-disant spatio-analyste exigeait sa présence.

– Cela n'a pas d'importance, répondit Abel. Toutefois, je constate que votre débile mental florinien semble connaître la projection tridimensionnelle.

– Je suppose qu'on l'a bien dressé.

– A-t-il été interrogé depuis son arrivée?

– Certainement.

– Qu'est-il résulté de l'interrogatoire?

– Il n'a pas apporté d'éléments nouveaux.

Derechef, l'ambassadeur s'adressa à Rik.

– Quel est votre nom?

– Rik est le seul dont je me souvienne, répondit Rik avec calme.

– Y a-t-il ici des personnes que vous connaissez?

Le regard de Rik fit le tour des visages. Il était sans inquiétude.

– Seulement le Prud'homme, dit-il. Et Lona, bien sûr.

Abel tendit le bras vers Fife.

– Voici le plus grand des Ecuyers qui aient jamais existé. Le monde lui appartient tout entier. Que pensez-vous de lui?

– Je suis Terrien, répliqua fièrement Rik. Je ne lui appartiens pas.

Abel se tourna vers Fife et murmura en aparté :

– Je ne crois pas que l'on puisse dresser un indigène adulte au point de lui apprendre à manifester une attitude aussi provocante.

– Même s'il s'agit d'un individu dont on a lavé le cerveau? rétorqua dédaigneusement Fife.

Abel revint à Rik.

– Connaissez-vous cet homme?

– Non.

– C'est le Dr Selim Junz. Il occupe un poste important au sein du Bureau Interstellaire d'Analyse Spatiale.

Rik dévisagea intensément le Dr Junz.

– Alors, c'était un de mes chefs. Mais, ajouta-t-il, désappointé, je ne le connais pas. Peut-être l'ai-je oublié.

Junz secoua tristement la tête.

– Je ne l'ai jamais vu, Abel.

– Réponse intéressante, murmura Fife.

– A présent, Rik, écoutez-moi, reprit Abel. Je vais vous raconter quelque chose. Ecoutez-moi de toutes vos forces, avec toute votre attention. Et réfléchissez. Réfléchissez! Vous me comprenez?

Rik acquiesça.

Abel se mit à parler avec lenteur. Pendant de longues minutes, il n'y eut dans la pièce d'autre bruit que le son de sa voix. Rik avait fermé les yeux. Les lèvres pincées, les poings serrés contre sa poitrine, le buste penché en avant, il avait l'air d'un homme à la torture.

Abel parlait. Il évoquait les événements tels qu'ils avaient été soigneusement présentés par l'Ecuyer de Fife. Il parlait du premier message, annonciateur de désastres, de son interception, de l'entrevue entre Rik et X, du sondage psychique, de la découverte du jeune homme sur Florina, du médecin qui l'avait examiné et qui était mort, du voile de l'oubli qui se déchirait progressivement.

– Voilà toute l'histoire, Rik, conclut-il. Je vous l'ai intégralement rapportée. Est-ce que certains détails évoquent un écho en vous?

– Je me rappelle la dernière partie, répondit Rik. – Son débit était haché et douloureux. – Les premiers jours... Je me souviens aussi de certaines choses antérieures. Le médecin, peut-être. L'époque où j'ai commencé à parler. C'est vague... mais il n'y a rien d'autre.

– Mais vous vous souvenez d'un danger menaçant Florina?

– Oui! Oui! C'est le premier souvenir qui me soit revenu.

– Et ensuite? Vous êtes arrivé sur Sark et vous avez rencontré quelqu'un?

Rik poussa un gémissement.

– Non... je ne me rappelle pas.

– Essayez de vous souvenir. Essayez!

Rik leva la tête. Son visage était couvert de sueur.

– Je me rappelle un mot.

– Lequel, Rik?

– Il n'a aucun sens.
– Dites quand même.
– Je revois une table. C'est loin, très loin. Et très flou. J'étais assis. Je crois qu'il y avait quelqu'un d'autre. Quelqu'un qui était également assis. Et puis l'homme était debout. Je le voyais au-dessus de moi. Il me regardait. Et il a prononcé ce mot.
Abel était patient.
– Quel mot?
Rik serra les poings et fit dans un souffle :
– Fife!
Tout le monde, excepté Fife, bondit sur ses pieds.
– Je vous l'avais bien dit! s'écria Steen.
Et il éclata d'un rire strident et saccadé.

CHAPITRE XVII

L'ACCUSATRICE

– Finissons-en avec cette farce, dit Fife, dominant sa fureur.
Le regard dur, les traits impassibles, il avait attendu pour intervenir que les autres, le choc passé, se fussent rassis. La tête baissée, les paupières closes, Rik luttait contre la migraine. Valona s'approcha de lui, s'efforçant de poser le front du jeune homme sur son épaule. Doucement, elle lui caressa la joue.
– Pourquoi ce mot de farce? demanda Abel d'une voix mal assurée.
– N'en est-ce pas une? J'ai accepté de participer à cette conférence uniquement sous la pression d'une menace que vous agitiez au-dessus de moi. J'aurais quand même refusé si j'avais su que je devais comparaître devant un tribunal de renégats et d'assassins, tout à la fois procureurs et jurés.
Abel fronça les sourcils et répondit avec une raideur glaciale :
– Ce n'est pas un tribunal, messire. Le Dr Junz est ici pour qu'on lui remettre un membre du B.I.A.S. C'est son droit et son devoir. Je suis ici pour défendre les intérêts de Trantor en cette période de crise. Je ne doute pas que Rik soit le spatio-analyste disparu. Nous pouvons mettre immédiatement un terme à cette partie de notre conférence si vous vous déclarez prêt à confier

cet homme au Dr Junz aux fins d'examens complémentaires, examens comprenant une vérification anthropologique. Nous vous demanderons naturellement de nous aider à retrouver celui qui s'est rendu coupable d'exercice illégal du psychosondage, et à préparer des mesures destinées à empêcher que se renouvellent à l'avenir des pratiques de ce genre à l'encontre du personnel d'une agence interstellaire qui, après tout, s'est toujours tenue en dehors de la politique régionale.

– Admirable discours! Mais l'évidence reste l'évidence et vos plans sont transparents. Que se passera-t-il si j'accède aux vœux du Dr Junz? J'ai comme une idée que le B.I.A.S. découvrira exactement ce qu'il veut découvrir. Il prétend être une agence interstellaire politiquement neutre, mais le fait est là : Trantor souscrit les deux tiers du budget annuel du Bureau. Je doute qu'un observateur puisse raisonnablement considérer que l'attitude du Bureau soit neutre. Il est certain que ce qu'il découvrira par le canal de cet homme sera conforme aux visées impérialistes de Trantor.

« Et que trouvera-t-il? Cela aussi est clair. La mémoire de ce spatio-analyste reviendra progressivement. Le B.I.A.S. publiera les bulletins quotidiens. L'homme recouvrera petit à petit le souvenir des détails indispensables. D'abord, mon nom. Ensuite, mon apparence physique. Après, les mots exacts que j'ai prononcés. Je serai solennellement déclaré coupable. On exigera des réparations et Trantor sera obligé d'occuper temporairement Sark, un temporaire qui finira par devenir définitif.

« Il y a des limites au-delà desquelles le chantage ne marche plus. Le vôtre perd ses droits ici, monsieur l'ambassadeur. Si vous voulez cet homme, que Trantor envoie une flotte de guerre pour le prendre.

– Il n'est pas question d'employer la force, rétorqua Abel. Je remarque toutefois que vous vous êtes soigneusement gardé de démentir les implications contenues dans les dernières déclarations du spatio-analyste.

– Il n'y a rien dans ces propos qui mérite l'honneur d'un démenti. Il se rappelle un mot – ou prétend se le rappeler. Et alors?

– Et cela ne signifie rien?

– Absolument rien. Le nom de Fife est illustre sur Sark. Même en supposant que ce soi-disant spatio-analyste soit sincère, il a eu pendant un an l'occasion de l'entendre sur

Florina. Il est arrivé sur Sark à bord d'un navire qui transportait également ma fille : occasion plus favorable encore pour l'avoir entendu prononcer. N'est-il pas on ne peut plus naturel que ce nom soit associé aux souvenirs subsistant dans sa mémoire à l'état de traces? Cela dit, il se peut aussi qu'il ne soit pas sincère. Ces révélations au compte-gouttes ont fort bien pu être préparées à l'avance.

Abel ne trouva rien à répondre. Ses yeux se posèrent sur les autres. Le front plissé, l'air sombre, Junz se pétrissait lentement le menton. Steen faisait des mines ridicules en se parlant tout seul. Le Prud'homme florinien contemplait fixement ses genoux.

Ce fut Rik qui parla. Repoussant Valona, il se leva.

– Ecoutez-moi, dit-il.

Son visage blême était contracté et son regard était celui d'un homme qui souffre.

– Une nouvelle révélation, j'imagine, jeta Fife.

– Ecoutez-moi! Nous étions assis autour d'une table. Le thé était drogué. Nous nous étions disputés. Je ne me rappelle plus pourquoi. Je ne pouvais plus bouger. J'étais impuissant. Incapable de parler. Je pouvais seulement penser et je me disais que j'avais été drogué. J'aurais voulu crier, hurler, fuir, mais c'était impossible. Et l'autre, Fife, s'est approché de moi. Un peu plus tôt, il vociférait. Maintenant, il ne criait plus. Il n'en avait plus besoin. Il a contourné la table. Il s'est immobilisé à côté de moi. Il me dominait de toute sa taille. Je ne pouvais articuler un mot. Je ne pouvais rien faire. Je pouvais seulement essayer de lever les yeux vers lui.

Rike se tut.

– Et cet individu était Fife? demanda Junz.

– Je me rappelle que son nom était Fife.

– Etait-ce cet homme?

Rik ne se retourna pas.

– Je ne me souviens pas de son apparence.

– Vous en êtes sûr?

Rik éclata :

– J'ai essayé de fouiller ma mémoire. Vous ne pouvez pas savoir comme c'est dur. Ça fait mal! C'est comme une aiguille chauffée au rouge qui s'enfonce profondément.

Il se toucha le front.

– Je sais que c'est dur, fit doucement Junz. Mais il faut que vous fassiez l'effort. Essayez encore. Regardez cet homme. Retournez-vous et regardez-le.

Rik obéit. Pendant un instant, il dévisagea l'Ecuyer de Fife, puis il se détourna.

Junz revint à la charge :

– Vos souvenirs reviennent-ils?

– Non! Non!

Fife eut un sourire sinistre.

– Votre homme a-t-il oublié son rôle ou bien cette histoire paraîtra-t-elle plus vraisemblable s'il me reconnaît le prochain coup?

– C'est la première fois que je le vois, répondit Junz avec véhémence. Je ne lui ai jamais adressé la parole auparavant. Nous n'avons pas monté de machinations contre vous et je suis las de vos accusations. Je ne cherche qu'une chose : la vérité.

– En ce cas, puis-je poser quelques questions?

– Allez-y.

– Merci de votre amabilité. Dites-moi, Rik ou quel que soit votre nom véritable...

C'était un Ecuyer interpellant un Florinien.

Rik se retourna.

– Oui, messire?

– Vous étiez donc assis, drogué et impuissant. Vous rappelez-vous qu'un homme, qui se trouvait de l'autre côté de la table, s'est approché de vous?

– Oui.

– Votre dernier souvenir est celui de cet homme debout au-dessus de vous qui vous regardait?

– Oui.

– Vous avez levé les yeux vers lui ou essayé de les lever?

– Oui.

– Asseyez-vous.

Rik obéit.

Fife resta immobile pendant un moment. Ses lèvres inexistantes paraissaient encore plus pincées et ses muscles saillaient sous ses joues que bleuissait une barbe rêche. Soudain, il se laissa glisser à bas de son siège.

Glisser était le mot. On aurait pu croire qu'il était tombé à genoux derrière son bureau.

Mais il avança et tout le monde vit qu'il était réellement debout.

Junz eut comme un éblouissement. Ce personnage colossal et formidable qui trônait sur son fauteuil s'était sans avertissement métamorphosé en un pitoyable pygmée.

Fife avançait péniblement ; ses jambes torses avaient du mal à supporter la masse de son buste puissant, gauchement incliné en avant. Il était cramoisi mais son regard conservait toute son arrogance. Steen éclata d'un fou rire nerveux qu'il maîtrisa quand les yeux de Fife se braquèrent sur lui. Les autres, fascinés et muets, étaient pétrifiés.

Fife se dirigeait vers Rik qui le contemplait fixement.

– Etait-ce moi, l'homme assis de l'autre côté de la table ?

– Je ne me rappelle plus ses traits, messire.

– Je ne vous demande pas de vous souvenir de son visage. Avez-vous oublié cela ?

Frénétiquement, il agita les bras autour de son corps.

– Avez-vous oublié mon aspect ? Ma démarche ?

– Il semble que je devrais m'en souvenir, répondit piteusement Rik, mais je ne sais pas.

– Voyons... Vous étiez assis. Il était debout et vous leviez les yeux vers lui ?

– Oui.

– Il vous toisait. Il vous dominait de toute sa taille, avez-vous dit ?

– Oui.

A présent, les deux hommes étaient l'un en face de l'autre.

– Est-ce que je vous toise ?

– Non, messire.

– Est-ce que vous levez les yeux pour me regarder ?

Rik était assis et Fife était debout : leurs yeux se trouvaient au même niveau.

– Non, messire.

– Est-il possible que cet homme ait été moi ?

– Non, messire.

– En êtes-vous certain ?

– Oui.

– Affirmez-vous toujours que son nom était Fife ?

– Je me rappelle ce nom, répondit Rik avec obstination.

– Alors, c'est qu'il s'est servi de mon nom ?

– C'est... c'est sans doute cela.

Lentement, Fife regagna son bureau en boitillant et se rassit avec dignité.

– Depuis que j'ai l'âge d'homme, dit-il, personne ne m'a jamais vu debout. Pensez-vous qu'il soit utile de poursuivre cette discussion?

Abel était à la fois embarrassé et ennuyé. Jusque-là, la conférence avait échoué sur toute la ligne. A chaque passe d'armes, Fife était parvenu à tirer son épingle du jeu. Il avait réussi à apparaître sous les traits d'un martyr. Trantor l'avait contraint à participer à cette conférence en employant le chantage et il avait réduit à néant les accusations calomnieuses dont il était l'objet.

Il diffuserait d'un bout à l'autre de la galaxie sa propre version des faits et il n'aurait pas à s'écarter beaucoup de la vérité pour en faire un excellent instrument de propagande antitrantorienne.

L'ambassadeur se demandait quelle ligne de repli adopter. Le spatio-analyste décervelé ne pouvait plus être utile à Trantor. Tous les « souvenirs » qui lui reviendraient dorénavant seraient accueillis par la risée générale, quelque véridiques qu'ils fussent. On le considérerait comme un outil de l'impérialisme trantorien. Un outil brisé, au demeurant.

Mais Abel hésitait encore, et ce fut Junz qui prit la parole :

– Il y a à mon avis une excellente raison pour ne pas clore encore cette conférence. Nous ne savons toujours pas exactement qui a fait subir un lavage de cerveau au psycho-analyste. Vous avez accusé l'Ecuyer de Steen et Steen vous a accusé. En admettant que vous vous soyez tous deux trompés et que vous soyez tous deux innocents, il n'en demeure pas moins que vous croyez l'un et l'autre que le coupable est l'un des Grands Ecuyers. Lequel?

– Quelle importance cela a-t-il? s'exclama Fife. En ce qui vous concerne, aucune. Cette question serait réglée à l'heure qu'il est sans l'ingérence de Trantor et du B.I.A.S. Je finirai par découvrir le traître. Rappelez-vous que le responsable de ce psychosondage, quel qu'il soit, avait originellement l'intention de s'emparer du monopole du kyrt : je ne suis pas homme à le laisser s'échapper, vous pouvez m'en croire. Lorsqu'il aura été identifié et aura eu le sort qu'il mérite, votre spatio-analyste vous sera rendu sain et sauf. C'est la seule proposition que je puisse vous faire et elle est très raisonnable.

– Que ferez-vous du coupable?

– C'est là une affaire strictement intérieure qui ne vous regarde pas.

– Si, répliqua Junz avec force. Il ne s'agit pas seulement du spatio-analyste. L'affaire a des implications beaucoup plus vastes et je m'étonne que personne n'en ait encore fait état. Rik n'a pas été sondé uniquement parce qu'il était un spatio-analyste.

Abel ne voyait pas où Junz voulait en venir au juste mais il décida de mettre son poids dans la balance.

– Le Dr Junz se réfère évidemment au message dans lequel le spatio-analyste évoquait l'existence d'un danger, fit-il d'une voix suave.

Fife haussa les épaules.

– Personne à ma connaissance, pas même le Dr Junz, n'a attaché la moindre importance à cet aspect de la question depuis l'année dernière. Néanmoins, votre homme est là, Dr Junz. Interrogez-le.

– Il ne s'en souvient naturellement pas, rétorqua Junz avec colère. Le sondage a une action particulièrement efficace sur les chaînes de raisonnement les plus intellectuelles du cerveau. Ce garçon ne se rappellera peut-être jamais plus les éléments quantitatifs de sa vie professionnelle.

– Si ses souvenirs se sont envolés, que voulez-vous qu'on y fasse?

– Quelque chose de fort positif. Quelqu'un d'autre est au courant : celui qui l'a psychosondé. Peut-être cet inconnu n'était-il pas lui-même un spatio-analyste; peut-être ne connaît-il pas les détails avec précision. Toutefois, il a parlé avec Rik quand celui-ci était en possession de toutes ses facultés. Il en a sans doute appris suffisamment pour nous mettre sur la bonne piste. Sinon, il n'aurait pas osé détruire sa source d'informations. Rik, je vais vous poser une question pour la forme : vous ne vous rappelez rien?

– Je me rappelle seulement qu'il y avait un danger et que ce danger était en rapport avec les courants de l'espace, murmura Rik.

– Même si vous trouviez le fin mot de l'histoire, en quoi seriez-vous plus avancé? demanda Fife. Quel crédit accorder aux théories aberrantes que, de tout temps, des spatio-analystes à l'esprit dérangé ont élaborées? Combien d'entre eux s'imaginent avoir percé les secrets de l'univers alors qu'ils sont tellement malades que c'est à peine s'ils sont capables de lire les cadrans de leurs instruments?

– Il est possible que vous ayez raison. Avez-vous peur que je ne découvre quelque chose?

– Je suis opposé à ce que l'on répande des rumeurs qui, vraies ou fausses, risqueraient d'affecter le commerce du kyrt. N'êtes-vous pas de mon avis, Abel?

L'ambassadeur jura en son for intérieur. Fife cherchait à créer une situation telle que la responsabilité d'une interruption des exportations de kyrt résultant de son putsch pût être attribuée aux manœuvres de Trantor. Mais Abel était bon joueur. Calmement, sans émotion apparente, il fit monter les enchères :

– Non. Je vous conseille d'écouter ce que le Dr Junz a à dire.

– Merci, fit Junz. Comme vous l'avez souligné, sire Fife, celui qui a sondé le spatio-analyste, quel qu'il soit, a certainement assassiné le médecin qui l'avait examiné. Cela implique qu'il exerçait une certaine surveillance sur ce dernier durant son séjour sur Florina.

– Et alors?

– Il doit subsister des traces de cette surveillance.

– Vous pensez que les indigènes sauraient qui les surveillait?

– Pourquoi pas?

– Vous n'êtes pas sarkite et c'est pour cela que vous vous trompez. Je vous garantis que les indigènes restent à leur place. Ils n'approchent pas les Écuyers et, si un Écuyer les approche, ils en savent assez long pour garder les yeux fixés sur leurs chaussures. Si quelqu'un les avait surveillés, ils ne s'en seraient pas aperçus.

Junz frémit visiblement sous le coup de l'indignation. Le despotisme était si profondément enraciné dans l'âme des Écuyers qu'ils n'éprouvaient aucune honte à l'exprimer ouvertement, en toute bonne conscience.

– Les indigènes ordinaires, je ne dis pas, reprit-il. Mais nous avons parmi nous un homme qui n'est pas un indigène ordinaire. Il a, semble-t-il, montré au-delà de toute expression qu'il n'est pas un Florinien respectueux des usages. Il n'a pas encore participé à la discussion et je crois qu'il est temps de lui poser quelques questions.

– Le témoignage de cet individu n'a aucune valeur, protesta Fife. Je profite de l'occasion pour exiger une fois de plus que Trantor le défère à la justice de Sark.

– Qu'il parle d'abord.

Abel intervint pour dire d'un ton bonhomme :

– Je ne pense pas que lui poser quelques questions puisse être nuisible, Fife. S'il refuse de coopérer ou si ses réponses ne sont pas dignes de foi, nous pourrons étudier votre demande d'extradition.

Terens qui, jusque-là, était resté immobile, plongé dans la contemplation de ses mains croisées, posa un instant les yeux sur Abel.

Junz se tourna vers le Prud'homme.

– Rik a résidé dans votre village depuis le jour où on l'a découvert, n'est-ce pas ?

– Oui.

– Et vous n'avez pas quitté votre circonscription ? Je veux dire que vous ne vous êtes pas absenté pour des voyages d'affaires prolongés ?

– Les Prud'hommes ne font pas de voyages d'affaires. Leur circonscription est leur lieu de travail.

– Parfait. Mais détendez-vous et ne soyez pas aussi susceptible. J'imagine que vos fonctions exigent que vous soyez au courant de la visite éventuelle d'un Écuyer ?

– Bien sûr. Quand cela se produit.

– Et cela s'est-il produit ?

Terens haussa les épaules.

– Une ou deux fois. Mais ce ne sont rien de plus que des tournées de routine, je vous assure. Les Écuyers ne se salissent pas les mains avec le kyrt. Le kyrt brut, tout au moins.

– Un peu de respect, rugit Fife.

Terens le regarda.

– Pouvez-vous m'obliger à être respectueux ?

Abel s'interposa :

– N'intervenons pas, Fife, dit-il sur un ton apaisant. Vous et moi, nous ne sommes que des spectateurs.

L'insolence de Terens réjouissait Junz mais il ne manifesta pas son approbation.

– Répondez à mes questions sans faire de commentaires, je vous prie, Prud'homme. Je voudrais connaître le nom des Écuyers qui ont visité votre village au cours de l'année passée.

– Comment voulez-vous que je le sache? s'exclama Terens en fureur. Je suis incapable de répondre à cette question. Les Écuyers sont les Écuyers et les indigènes sont les indigènes. J'ai beau être Prud'homme, je ne suis jamais qu'un indigène à leurs yeux. Je ne vais pas les accueillir à la porte pour leur demander comment ils s'appellent. Je reçois simplement un message, adressé au « Prud'homme » et m'avertissant qu'un Écuyer viendra en inspection tel jour, que je dois prendre toutes dispositions nécessaires. Je dois veiller à ce que les ouvriers se mettent sur leur trente et un, à ce que la filature soit nettoyée et fonctionne correctement, à ce que les réserves soient amplement approvisionnées en kyrt, à ce que tout le monde ait l'air heureux et satisfait, à ce que les maisons soient propres et les rues récurées, à ce qu'il y ait des danseuses disponibles dans le cas où les Écuyers auraient envie d'assister à une fête locale, et à ce que quelques jolies f...

– Cela ne m'intéresse pas, Prud'homme.

– Bien sûr. Mais, moi, cela m'intéresse.

Après les contacts qu'il avait eus avec les Floriniens de l'administration civile, Junz trouvait ce Prud'homme aussi rafraîchissant qu'un verre d'eau glacée. Il prit la résolution d'user de toute l'influence que pouvait posséder le B.I.A.S. pour empêcher qu'il fût livré aux Écuyers.

Terens poursuivit d'une voix plus calme :

– En tout cas, c'est là mon rôle. Quand ils arrivent, je fais la haie avec les autres. Je ne sais pas qui sont les visiteurs. Je ne leur parle pas.

– Y a-t-il eu une inspection dans la semaine qui a précédé la mort du médecin de la Cité? Je suppose que vous savez de quelle semaine il s'agit.

– Je crois avoir appris la nouvelle par la vidéo. Je ne pense pas qu'il y ait eu une inspection à cette époque mais je ne veux pas le jurer.

– A qui appartiennent les terres de votre circonscription?

Un rictus déforma les lèvres de Terens.

– A l'Écuyer de Fife.

C'est alors que Steen mit son grain de sel, lançant avec une vivacité inattendue :

– Ma parole! Vous faites le jeu de Fife avec ce genre de questions, Dr Junz! Ne voyez-vous pas que cet interrogatoire ne vous mènera nulle part? Vous figurez-vous que, s'il avait voulu surveiller les faits et gestes de ce personnage, il aurait pris la peine de faire le voyage pour l'avoir à l'œil? Les patrouilleurs sont là pour ça. Ma parole!

Junz parut démonté.

– Dans une affaire de cet ordre, alors que l'économie d'une planète et peut-être sa sécurité matérielle dépendent d'un seul homme, il est normal que le psychosondeur ne se repose pas sur les patrouilleurs pour surveiller l'intéressé.

– Même si celui-ci a subi un lavage de cerveau? demanda Fife.

Abel fit la moue et son front se rembrunit. Fife raflait sa dernière carte.

Junz tenta un ultime effort.

– Y avait-il un patrouilleur ou un groupe de patrouilleurs particulier assurant un service de garde permanent? demanda-t-il d'une voix hésitante.

– Je ne m'en serais jamais rendu compte. Pour moi, les patrouilleurs ne sont que des uniformes.

Junz se tourna vers Valona avec la soudaineté d'un rapace fondant sur sa proie. Un instant plus tôt, le visage de la jeune femme avait brusquement pris une teinte cireuse tandis que ses yeux s'écarquillaient.

– Qu'avez-vous, mon enfant?

Mais Valona se contenta de secouer la tête en silence.

C'est fini, songeait Junz avec accablement. Il n'y a plus rien à faire.

Mais Valona s'était levée. Elle tremblait.

– Je voudrais dire quelque chose, murmura-t-elle d'une voix altérée.

– Eh bien, allez-y. Je vous écoute.

Valona était l'image même de l'effroi. Elle était oppressée, ses mains s'ouvraient et se fermaient convulsivement.

– Je ne suis qu'une simple paysanne, fit-elle. Ne soyez pas fâchés contre moi, s'il vous plaît. C'est juste que les choses semblent n'avoir pu se passer que d'une seule manière. Est-ce que mon Rik était tellement important?

– Oui, il était très, très important, répondit doucement Junz. Je crois qu'il l'est toujours.

– Alors, ce que vous expliquiez est sûrement vrai. Celui qui l'a déposé sur Florina n'aurait pas osé le quitter des yeux une minute. N'est-ce pas? Des fois qu'il aurait été battu par le contremaître à la filature ou bombardé à coups de pierres par les enfants. Ou s'il était tombé malade et était mort. Celui qui a fait ça ne l'aurait pas abandonné au milieu des champs où Rik aurait pu mourir avant qu'on le découvre, n'est-ce pas? Il n'aurait pas compté sur la chance pour le sauver.

A présent, Valona s'exprimait avec volubilité.

– Continuez, dit Junz qui la considérait avec attention.

– Il y a une personne qui a surveillé Rik dès le début. Elle l'a trouvé dans la campagne, elle s'est arrangée pour que je m'occupe de lui, elle l'a protégé et elle était journellement au courant de tout ce qu'il faisait. Même de la visite au médecin parce que je lui en ai parlé. C'est lui! *C'est lui!* acheva-t-elle dans un cri, le doigt braqué sur Myrlyn Terens.

A ces mots, Fife lui-même perdit son calme surhumain : ses bras se raidirent sur son bureau et son torse massif se souleva de deux bons centimètres tandis que sa tête pivotait et que son regard se posait sur le Prud'homme.

CHAPITRE XVIII

LES VAINQUEURS

On eût dit qu'ils étaient tous frappés d'une paralysie des cordes vocales. Rik lui-même ne pouvait que contempler Valona et Terens d'un regard incrédule.

Le rire strident de Steen brisa enfin le silence.

– C'est la vérité. Parole! Je le dis depuis le commencement. L'indigène était à la solde de Fife. Voilà qui montre bien l'homme qu'il est! Il a payé un indigène pour...

– C'est un mensonge infernal!

Ce n'était pas Fife qui protestait ainsi mais le Prud'homme. Il avait sauté sur ses pieds et une flamme passionnée brillait dans ses prunelles.

– Qu'est-ce qui est un mensonge? demanda Abel qui paraissait le moins ému.

Terens le contempla un instant d'un air incompréhensif avant de répondre d'une voix entrecoupée :

– Ce qu'a dit l'Écuyer. Je n'ai jamais été à la solde d'un Sarkite.

– Et ce que disait cette fille? Est-ce aussi un mensonge?

Terens se passa la langue sur les lèvres.

– Non. C'est vrai. C'est moi qui ai psychosondé Rik. – Il ajouta avec vivacité : – Ne me regarde pas de cette façon, Lona. Je ne voulais pas lui faire de mal. Je n'avais pas prévu ce qui est arrivé ensuite.

Il se rassit.

– C'est une machination! s'écria Fife. Je ne sais pas exactement ce que vous avez tramé, Abel, mais il est totalement impossible que ce criminel se soit rendu coupable d'un pareil délit. Seul un grand Écuyer aurait eu les connaissances requises et disposé des moyens d'exécution indispensables pour perpétrer ce forfait, c'est indiscutable. Cherchez-vous à tirer votre ami Steen du pétrin en manigançant une fausse confession?

Terens se pencha en avant, les mains étroitement nouées.

– Je ne suis pas non plus à la solde des Trantoriens.

Fife fit mine de l'ignorer.

Le dernier à reprendre ses esprits fut Junz. Pendant de longues minutes, il avait été incapable d'accepter le fait que Rik n'était pas réellement dans la pièce mais se trouvait quelque part à l'ambassade trantorienne, qu'il ne voyait qu'une image aussi impalpable que celle de Fife. Il aurait voulu prendre le Prud'homme par l'épaule et lui parler seul à seul. Mais c'était impossible...

– Inutile de discuter avant d'avoir entendu cet homme, dit-il enfin. Nous avons besoin de connaître tous les détails. S'il est vraiment responsable de ce lavage de cerveau, ces détails nous seront indispensables. Et s'il ne l'est pas, nous en aurons la preuve par le récit qu'il essaiera de nous faire avaler.

– Si vous voulez savoir ce qui s'est passé, je vais vous le dire! s'exclama Terens. Conserver le silence ne peut plus me servir à rien. Après tout, c'est Sark ou c'est Trantor. Alors, quelle importance? J'aurai au moins l'occasion d'étaler une ou deux choses au grand jour.

Méprisant, il tendit le bras vers Fife.

– Voici un Grand Écuyer. Seul un Grand Écuyer, prétend ce Grand Écuyer, possède les connaissances et les moyens nécessaires pour opérer un psychosondage. Et il le croit! Mais que sait-il! Que savent les Sarkites?

« Ce ne sont pas eux qui gouvernent. Ce sont les Floriniens! Les Floriniens de l'administration civile. Ils reçoivent des papiers, ils remplissent des papiers, ils classent des papiers. Ce sont les papiers qui gouvernent Sark. Certes, la plupart des Floriniens sont broyés au point de ne même plus pouvoir gémir, mais vous ne savez pas ce que nous pourrions faire, si nous le voulions, au nez et à la barbe de ces damnés Écuyers ! Eh bien, je vais vous dire ce que j'ai fait, moi !

« L'année dernière, j'ai exercé à titre temporaire les fonctions de directeur du trafic à l'astrodrome. Cela faisait partie de ma formation. C'est enregistré aux archives. Vous aurez un peu de mal à retrouver le rôle parce que le directeur du trafic officiel est un Sarkite. Il en a le titre mais c'était moi qui faisais le travail. Mon nom est porté dans un état signalétique spécial sous la rubrique « personnel indigène ». Jamais un Sarkite ne se salirait les mains avec cette liste.

« Quand la délégation du B.I.A.S. a transmis le message du spatio-analyste au port en demandant qu'une ambulance attende le navire, c'est moi qui l'ai reçu. Je n'ai pas rendu compte de la partie de ce message qui parlait d'un danger menaçant Florina.

« Je me suis arrangé pour rencontrer le spatio-analyste sur un petit astrodrome de dégagement. Cela m'a été facile. Tous les leviers dont dépend l'administration de Sark étaient à portée de main. J'étais fonctionnaire civil, ne l'oubliez pas. Un Grand Écuyer n'aurait pas pu faire ce que j'ai fait à moins de donner l'ordre à un Florinien d'agir à sa place. Moi, je n'avais besoin de personne. Voilà en ce qui concerne la connaissance et les moyens.

« J'ai donc rencontré le spatio-analyste à l'insu des Sarkites et du B.I.A.S. Je lui ai arraché le maximum d'informations et je me suis employé à les utiliser en faveur de Florina et contre Sark.

Fife ne put s'empêcher de demander :

– Les lettres, c'est vous qui nous les avez envoyées ?

– C'est moi, Grand Écuyer, répondit calmement Terens. Je pensais pouvoir m'emparer d'une quantité suffisante de terres à kyrt pour traiter avec les Trantoriens en leur mettant le couteau sous la gorge et vous chasser de la planète.

– C'était de la folie !

– Peut-être. En tout cas, cela n'a pas marché. J'ai dit au spatio-analyste que j'étais l'Écuyer de Fife. Il le fallait parce qu'il savait que Fife était l'homme le plus puissant de Sark. Tant qu'il me prendrait pour lui, il parlerait librement. J'ai bien ri car il s'imaginait que Fife ne cherchait que le bien de Florina.

« Malheureusement, il était plus pressé que moi. Chaque jour perdu, affirmait-il, était une catastrophe. Moi, j'avais avant tout besoin de temps pour manipuler Sark. Il devenait de plus en plus difficile à contrôler et, finalement, j'ai dû le soumettre à la psychosonde. Il m'a fallu me procurer un appareil. J'avais vu comment on s'en sert à l'hôpital. J'avais une idée de son fonctionnement. Une idée hélas insuffisante.

« J'ai réglé la sonde de façon à effacer l'anxiété des couches superficielles du cerveau. C'est une opération simple. J'ignore encore ce qui s'est produit. J'imagine que l'angoisse était profonde, très profonde. La sonde l'a automatiquement poursuivie jusqu'à ses racines, éliminant du même coup la majeure partie de la conscience. Il n'est plus resté qu'une créature démentalisée. Je vous demande pardon, Rik.

Rik, qui avait écouté Terens avec une attention intense, dit tristement :

– Vous n'auriez pas dû vous livrer à cette intervention sur moi, Prud'homme, mais je sais ce que vous éprouviez.

– Oui, vous avez vécu sur Florina. Vous connaissez les patrouilleurs, les Écuyers, la différence qu'il y a entre la Cité Basse et la Cité Haute.

Terens reprit le fil de son récit :

– Le spatio-analyste était donc réduit à un état végétatif. Il ne fallait pas qu'il fût découvert par quelqu'un qui réussirait à l'identifier. Je ne pouvais pas le tuer. J'étais certain qu'il recouvrerait la mémoire et j'avais encore besoin des renseignements qu'il détenait. Sans compter que, si je le tuais, je me discréditais aux yeux de Trantor et du B.I.A.S. dont l'aide me serait plus tard nécessaire. D'ailleurs, à cette époque, j'étais incapable de tuer.

« Je me suis débrouillé pour me faire transférer sur Florina en tant que Prud'homme et j'ai amené le spatio-analyste avec moi en me servant de faux papiers. Je me suis alors arrangé pour qu'on le découvre et pour que Valona prenne soin de lui. Par la suite, je n'ai plus couru de danger sauf une seule fois : quand il s'est fait examiner par un médecin. J'ai dû pénétrer dans la génératrice de la Cité Haute. Ce n'était pas impossible. Les ingénieurs étaient sarkites mais les gardiens étaient floriniens. J'avais acquis suffisamment de connaissances en matière d'énergétique sur Sark pour savoir comment réaliser un court-circuit. Il m'a fallu attendre trois jours le moment favorable. Après cela, il ne m'a plus été difficile de tuer. Mais j'ignorais que le médecin conservait le double de ses dossiers dans ses deux cabinets. Je regrette de l'avoir ignoré.

De sa place, Terens voyait le chronomètre mural dans le bureau de Fife.

– Et il y a cent heures – j'ai l'impression qu'il y a cent ans! – Rik a commencé de se souvenir. Vous savez tout, maintenant.

– Non, fit Junz, nous ne savons pas tout. Vous n'avez pas donné de détails sur la catastrophe planétaire annoncée par le spatio-analyste.

– Vous vous figurez que j'ai saisi les détails de son histoire? C'était – excusez-moi, Rik – c'était totalement délirant.

Les yeux de Rik flamboyèrent.

– Non! Ce ne pouvait pas être du délire.

– Il avait un vaisseau. Où est-il?

– A la ferraille et depuis longtemps. Ordre a été donné de l'envoyer à la casse. Signé par mon chef hiérarchique. Un Sarkite ne lit naturellement jamais les papiers qu'on lui soumet. L'astronef a été détruit sans que personne ait posé de questions.

– Et ses documents? Vous avez dit qu'il vous les avait montrés.

Fife intervint soudain dans le dialogue :

– Livrez-nous cet homme et nous découvrirons ce qu'il sait.

– Non, répondit Junz. Son premier crime a été commis à l'encontre du B.I.A.S. Il a enlevé un spatio-analyste et a attenté à sa santé mentale. Il nous appartient.

– Junz a raison, dit Abel.

Terens reprit la parole :

– Sachez que j'ai pris mes précautions avant de partir. Je sais où sont les documents. Ni les Sarkites ni les Trantoriens ne trouveront leur cachette. Si vous les voulez, il faudra d'abord que vous acceptiez de m'accorder le statut de réfugié politique. J'ai agi par patriotisme, uniquement pour défendre les intérêts de ma planète. Un Sarkite, un Trantorien ont le droit de se proclamer patriotes. Pourquoi un Florinien n'aurait-il pas le même droit?

– L'ambassadeur a promis que vous serez remis au B.I.A.S., fit Junz. Je vous donne l'assurance que nous ne vous livrerons pas aux Sarkites. Vous aurez à répondre devant la justice du traitement que vous avez fait subir au spatio-analyste. Je ne saurais préjuger la décision du tribunal mais si vous vous montrez coopératif, cela jouera en votre faveur.

Terens dévisagea Junz d'un regard aigu.

– Soit! Je prends le risque, docteur, et je vous fais confiance... Selon les dires du spatio-analyste, le soleil de Florina est au stade pré-nova.

– Quoi?

Cette exclamation ou son équivalent avait fusé de toutes les bouches sauf de celle de Valona.

– Il va exploser, fit Terens avec un sourire sardonique. Alors, Florina tout entière se volatilisera comme une bouffée de fumée.

– Je ne suis pas spatio-analyste mais j'ai entendu dire qu'il n'existe aucun moyen de prédire à quel moment une étoile doit exploser, laissa tomber Abel.

– C'est vrai, acquiesça Junz. Jusqu'à présent, tout au moins. Rik vous a-t-il expliqué les raisons qui l'avaient conduit à cette conclusion?

– Je suppose qu'elles sont précisées dans ses documents. Je me rappelle seulement qu'il était question du courant de carbone.

– Pardon?

– Il ne cessait de répéter : « Le courant du carbone dans l'espace... Le courant du carbone dans l'espace... » Et aussi l'expression « effet catalytique ». C'est tout.

Steen pouffa, Fife fronça les sourcils et Junz écarquilla les yeux. Soudain, il murmura :

– Excusez-moi un moment. Je reviens tout de suite.

Il quitta le champ de réception du cube et parut se dématérialiser.

Un quart d'heure plus tard, il réapparaissait.

La stupéfaction se peignit sur ses traits : il n'y avait plus personne sinon Fife et Abel.

– Où sont passés...

Abel ne le laissa pas continuer.

– Nous vous attendions, Dr Junz. Le spatio-analyste et la Florinienne sont en route pour l'ambassade. La conférence est terminée.

– Terminée ! Sainte Galaxie, nous avons à peine commencé ! Il me faut vous expliquer les conditions qui permettent la formation des novæ.

Abel s'agita avec gêne sur son siège.

– Ce n'est pas nécessaire, Dr Junz.

– Oh si ! C'est essentiel ! Accordez-moi cinq minutes.

– Laissez-le parler, dit Fife.

Il souriait.

– Prenons les choses au début. Les plus anciens documents scientifiques de la civilisation galactique prouvent que l'on savait dès cette époque que l'énergie des étoiles provient de leurs transformations nucléaires internes. On sait aussi que, du fait de la structure interne des étoiles, deux types de transformation nucléaire, et deux seulement, sont capables de dégager l'énergie nécessaire. Dans l'un et l'autre cas, il y a conversion de l'hydrogène en hélium. La première réaction est directe : deux atomes d'hydrogène se combinent avec deux neutrons pour donner un noyau d'hélium. La seconde est indirecte et comporte plusieurs étapes. Au terme de la dernière, l'hydrogène devient de l'hélium mais des noyaux carbone interviennent au cours des phases intermédiaires. Ils ne sont pas utilisés mais se reconstituent à mesure que les réactions se succèdent, de sorte qu'une infime dose de carbone qui se reforme constamment peut servir à convertir de très grosses quantités d'hydrogène en hélium. En d'autres termes, le carbone agit comme un catalyseur. Cela, on le savait déjà dans la préhistoire, à l'époque – si elle a jamais existé – où l'humanité était concentrée sur une unique planète.

– Si tout le monde le sait, vous nous faites perdre notre temps, me semble-t-il, dit Fife.

– Mais c'est là tout ce que nous savons ! On n'a jamais pu déterminer lequel de ces deux processus nucléaires se manifeste au sein des étoiles ou si les deux entrent en jeu. Il y a toujours eu deux écoles de pensée. En général, l'opinion dominante a été en faveur de la conversion directe de l'hydrogène en hélium parce que c'était l'explication la plus simple.

« Or, la théorie de Rik doit être la suivante : la conversion directe de l'hydrogène est la source normale de l'énergie stellaire mais, dans certaines conditions, l'action catalytique du carbone intervient pour accélérer le processus, pour précipiter la réaction, pour augmenter la chaleur de l'étoile.

« Il y a des courants dans l'espace. Personne ne l'ignore. Entre autres, des courants de carbone. Les étoiles qui traversent ces courants s'emparent d'innombrables atomes. Toutefois, la masse totale des atomes qu'elles attirent ainsi est microscopique par rapport à celle des corps célestes qui ne sont aucunement affectés. *Sauf lorsqu'il s'agit du carbone!* Une étoile qui rencontre un courant d'une densité en carbone anormale devient instable. Je ne sais combien il faut d'années, de siècles ou de dizaines de millénaires pour que les atomes de carbone diffusent jusqu'au noyau d'une étoile, mais cela demande probablement beaucoup de temps, ce qui signifie que le courant de carbone doit être large et que l'angle selon lequel l'étoile le coupe doit être faible. Toujours est-il que lorsque la quantité de carbone qui s'infiltre dépasse un seuil critique, le rayonnement stellaire prend des proportions formidables. Les couches supérieures cèdent sous l'effet d'une explosion d'une puissance inimaginable et vous avez une nova. Est-ce que vous comprenez?

Junz se tut.

– Et vous avez découvert tout cela en l'espace de deux minutes à partir d'une vague formule que, selon les dires du Prud'homme, le spatio-analyste a prononcée voici un an? dit Fife.

– Parfaitement, et ce n'est pas surprenant. L'analyse spatiale est mûre pour cette théorie. Si Rik ne l'avait pas avancée, quelqu'un d'autre l'aurait rapidement fait à sa place. En fait, on a déjà soutenu des théories analogues mais elles n'ont jamais été prises au sérieux. A cette époque, les méthodes de l'analyse spatiale n'étaient pas encore au point et personne ne pouvait expliquer pourquoi une étoile donnée se trouvait brutalement saturée de carbone en excès.

« Mais nous connaissons maintenant l'existence des courants de carbone. Nous sommes en mesure de définir leurs trajectoires, d'identifier les étoiles qui les ont croisés depuis dix mille ans et d'établir une comparaison avec la formation des novæ et les variations de rayonnement enregistrées. C'est à ce travail que Rik a dû s'atteler. Ce sont ses calculs et ses observations qu'il a dû essayer de montrer au Prud'homme. Mais c'est là un aspect secondaire du problème. Il faut organiser l'évacuation immédiate de Florina.

– Je savais bien que nous finirions par en arriver là, dit calmement Fife.

– Je regrette, Junz, fit Abel, mais c'est tout à fait impossible.

– Pourquoi?

– Quand le soleil de Florina explosera-t-il?

– Je ne sais pas mais, à en juger par l'inquiétude que Rike manifestait l'année dernière, je pense que nous n'avons guère de temps devant nous.

– Mais vous êtes dans l'incapacité de fixer une date?

– Évidemment.

– Quand serez-vous en mesure de la fixer?

– Je ne peux pas le dire. Même si nous retrouvons les calculs de Rik, il faudra tous les vérifier.

– Pouvez-vous nous donner l'assurance que la théorie du spatio-analyste s'avérera?

Junz fronça les sourcils.

– Je suis personnellement convaincu qu'elle l'est, mais aucun savant ne vous garantira à l'avance qu'une théorie est juste.

– Par conséquent, vous voulez que Florina soit évacuée sur la foi d'une simple hypothèse?

– Je considère que la destruction de toute une population planétaire constitue un risque qu'il est impossible de prendre.

– Si Florina était une planète ordinaire, je serais de votre avis. Mais Florina est la réserve galactique du kyrt On ne peut pas faire ce que vous demandez.

– Vous vous êtes entendu avec Fife pendant mon absence? demanda Junz avec colère.

– Laissez-moi vous expliquer, Dr Junz, fit l'Écuyer. Le gouvernement de Sark ne consentira jamais à évacuer Florina, même si le B.I.A.S. affirmait avoir la preuve du bien-fondé de votre théorie de la nova. Trantor ne pourrait pas nous forcer la main : la galaxie accepterait peut-être que l'on déclare la guerre à Sark pour le maintien du marché du kyrt mais elle n'admettra jamais une guerre ayant pour but la destruction de ce marché.

– Exact, approuva Abel. Je crains que, dans un conflit de ce type, la population ne nous soutienne pas.

Un profond dégoût envahissait Junz. Toute une population planétaire ne comptait pas en face des impératifs de la nécessité économique!

– Écoutez-moi. Il ne s'agit pas d'une planète mais d'une galaxie tout entière. Actuellement, vingt novæ naissent chaque année dans la galaxie. En outre, sur les cent milliards d'étoiles qui composent celle-ci, il y en a environ deux mille dont le rayonnement se modifie suffisamment pour rendre inhabitables leurs éventuelles planètes satellites. Les humains occupent un million de systèmes stellaires. Cela signifie qu'une fois tous les cinquante ans en moyenne, une planète habitée devient trop chaude pour que la vie s'y maintienne. C'est là un fait historique. Tous les cinq mille ans, une planète habitée à cinquante chances sur cent d'être volatilisée par une nova.

« Si Trantor ne fait rien pour Florina, s'il permet que la planète et sa population soient gazéifiées, tous les peuples de la galaxie sauront que, lorsque leur tour viendra, ils ne pourront compter sur aucune aide si cette aide va à l'encontre des intérêts économiques d'une poignée de ploutocrates. Pouvez-vous prendre un risque pareil, Abel?

« En revanche, aidez Florina et vous montrerez que Trantor place sa responsabilité envers la population galactique au-dessus de la sauvegarde des simples droits de propriété. Trantor en retirera un avantage qu'il n'obtiendrait jamais par la force.

Abel inclina le front et hocha la tête d'un air las.

– Non, Junz. Je trouve votre thèse séduisante mais elle n'est pas réaliste. Je ne peux pas tabler sur une option passionnelle face aux conséquences politiques certaines qu'aurait toute tentative en vue de mettre fin à la production du kyrt. En fait, je pense qu'il serait sage d'éviter d'approfondir votre théorie. L'idée qu'elle pourrait être vraie ferait trop de mal.

– Mais si elle l'est?

– Nous devons partir du postulat qu'elle ne l'est pas. Je suppose que c'était pour prendre contact avec le B.I.A.S. que vous vous êtes absenté tout à l'heure?

– Oui.

– Cela ne fait rien. Trantor possède assez d'influence pour convaincre le Bureau de renoncer à enquêter.

– Je ne le crois pas. Messieurs, nous posséderons bientôt le secret du kyrt bon marché. Nova ou pas, il n'y aura plus de monopole du kyrt dans un an.

– Que voulez-vous dire?

– Nous en arrivons au point essentiel de ce débat, Fife. Le kyrt pousse sur Florina à l'exclusion de toute autre planète habitée. Ailleurs, sa graine ne donne que de la cellulose banale. Sur la base des lois du hasard, Florina est probablement la seule planète habitée dont le soleil a atteint le stade pré-nova. Sans doute en est-il ainsi depuis qu'il est entré dans le courant de carbone, il y a peut-être des milliers d'années de cela si l'angle de pénétration était petit. Il semble donc plausible que le kyrt et la phase pré-nova aillent de pair.

– C'est insensé! s'écria Fife.

– Vraiment? Il faut bien qu'il existe une raison pour que le kyrt soit du kyrt sur Florina et du coton ailleurs. Les savants ont multiplié les essais de production artificielle de kyrt mais, comme ils travaillaient en aveugles, ils ont toujours échoué. Désormais, ils sauront que l'apparition du kyrt est liée à certains facteurs dépendant du passage d'un système stellaire à l'état de pré-nova.

– Les savants ont tenté de reconstituer les caractéristiques du rayonnement du soleil florinien, objecta Fife.

Son ton était méprisant.

– Oui, avec des arc électriques qui ne reproduisaient que le spectre visible et l'ultra-violet. Mais le rayonnement infra-rouge et les longueurs d'onde inférieures? Et les champs magnétiques? Et les émissions d'électrons? Et l'effet des rayons cosmiques? Je ne suis ni physicien ni biochimiste et il se peut qu'il existe des facteurs que j'ignore totalement. Mais, maintenant, les physiciens et les biochimistes sauront dans quelle direction chercher. Et ils sont légion. Je vous garantis que le problème sera réglé avant un an.

« A présent, l'économie est du côté de l'humanité. La galaxie veut du kyrt bon marché et si elle le trouve ou imagine qu'elle le trouvera bientôt, elle réclamera l'évacuation de Florina. Pas par bonté d'âme mais pour en finir enfin avec le despotisme de Sark qui lui tient la dragée haute.

– Vous bluffez! gronda Fife.

– Est-ce également votre avis, Abel? Si vous aidez les Écuyers, Trantor apparaîtra comme le sauveur, non pas du commerce du kyrt, mais du monopole du kyrt. Pouvez-vous encourir ce risque?

– Trantor peut-il encourir celui d'une guerre? demanda Fife.

– Une guerre? Vous déraisonnez! Nova ou pas nova, nos domaines floriniens ne vaudront plus rien, messire. Vendez! Vendez Florina. Trantor peut payer.

– Vous voulez que nous achetions une planète? s'exclama Abel avec effarement.

– Et pourquoi pas? Trantor est assez riche pour cela et la popularité que lui vaudra ce geste le remboursera au centuple. S'il ne suffit pas d'annoncer aux peuples de l'univers que vous sauvez cent millions de vies humaines, dites-leur que vous leur fournirez le kyrt à bas prix. Il n'en faudra pas plus.

– Il faut que je réfléchisse, murmura Abel.

Son regard se posa sur l'Écuyer. Fife baissa les yeux.

– Il faut que je réfléchisse, fit à son tour le Sarkite après un long silence.

Junz éclata d'un rire rauque.

– Réfléchissez vite. Cette histoire de kyrt ne va pas tarder à s'ébruiter. Rien ne peut empêcher qu'elle se répande et, à ce moment, vous n'aurez plus ni l'un ni l'autre votre liberté d'action. A l'heure qu'il est, vous pouvez encore vous entendre.

Le Prud'homme était accablé.

– C'est vrai? répétait-il inlassablement. C'est vrai? Florina est condamnée?

– C'est vrai, répondit Junz.

Terens leva les bras au ciel et les laissa retomber le long de son corps.

– Si vous voulez les papiers de Rik, vous les trouverez dans les archives de mon village natal. Je les ai substitués à des pièces d'état civil vieilles d'un siècle et plus. Personne ne pouvait avoir de raison d'y mettre le nez.

– Je suis certain que nous pouvons conclure un arrangement avec le B.I.A.S., Terens. Il nous faut quelqu'un sur Florina, un homme qui connaisse les Floriniens, qui nous dise comment leur présenter les choses, comment organiser l'évacuation dans les meilleures conditions, quelle planète choisir pour qu'elle convienne à la population transférée. Acceptez-vous de nous prêter votre concours?

– Et m'en tirer sans être inquiété ni poursuivi pour meurtre? Pourquoi pas? – Soudain, les yeux du Prud'homme s'embuèrent. Mais, n'importe comment, je suis perdant. Je n'aurai plus de patrie, plus de foyer. Nous sommes tous perdants. Les Floriniens perdent leur planète, les Sarkites perdent leur richesse, les Trantoriens perdent leur espoir d'hériter cette richesse. Il n'y a pas de gagnants.

Junz répliqua doucement :

– A moins que vous ne teniez compte du fait que, dans la nouvelle galaxie – une galaxie libérée de la menace de l'instabilité stellaire, une galaxie où le kyrt sera à la portée de tous, une galaxie qui aura fait un bond immense en direction de l'unification politique –, il y aura quand même des gagnants. Un quadrillion de gagnants. Les peuples de la galaxie. Les vainqueurs, ce sont eux.

ÉPILOGUE

UN AN APRÈS

– Rik! Rik! – Junz, les bras tendus, se hâtait vers l'astronef. – Et Lona! Je ne vous aurais jamais reconnue. Comment allez-vous? Comment allez-vous?

– On ne peut mieux. Vous avez reçu notre lettre, à ce que je vois, fit Rik.

– Bien sûr! Dites-moi... que pensez-vous de tout cela?

Ils se dirigeaient vers les services de Junz.

– Nous sommes retournés dans notre ancien village ce matin, dit tristement Valona. Les champs sont déserts...

Elle était habillée comme une citoyenne de l'empire et non plus comme une paysanne florinienne.

– Oui, ce doit être sinistre pour quelqu'un qui a vécu ici. Moi-même, ce spectacle me paraît un peu plus désolant chaque jour qui passe. Mais je resterai aussi longtemps que je le pourrai. Le rayonnement émis par le soleil de Florina présente un extraordinaire intérêt théorique.

– Le nombre de gens qui ont été évacués en moins d'un an... Cela révèle une organisation admirable.

– Nous faisons de notre mieux. Rik. Oh! Je devrais vous appeler par votre vrai nom.

– N'en faites rien, je vous en prie. Je ne m'y habituerai jamais. Je m'appelle Rik. C'est toujours le seul nom dont je me souvienne.

– Avez-vous pris une décision? Allez-vous revenir à la spatio-analyse?

Rik secoua la tête.

– J'ai pris ma décision : c'est non. Je ne recouvrerai jamais *intégralement la mémoire. Les souvenirs de ma vie professionnelle ont irrémédiablement disparu. Mais cela m'est égal. Je retournerai sur la Terre... A propos, j'avais espéré voir le Prud'homme...*

– Je ne pense pas que vous le rencontrerez. Il s'est absenté pour la journée. Je crois qu'il éprouve un sentiment de culpabilité. Vous ne lui en voulez pas?

– Non. Il n'avait pas de mauvaises intentions et il a transformé mon existence de bien des façons. Pour le mieux. D'abord, j'ai rencontré Lona.

Il prit la jeune fille par les épaules. Elle leva les yeux vers lui et lui sourit.

– Et puis, il m'a guéri de quelque chose, enchaîna Rik. J'ai compris pourquoi j'était devenu spatio-analyste. Je sais pourquoi près du tiers des spatio-analystes qui sont recrutés viennent de la même planète, la Terre. Quiconque habite un monde radio-actif est condamné à grandir dans la peur et l'insécurité. Un faux pas et ce peut être la mort. La surface même de notre planète est le plus dangereux de nos ennemis.

«Alors, une sorte d'angoisse se développe en nous, Dr Junz : la peur des planètes. Nous ne sommes bien que dans l'espace : c'est le seul endroit où nous soyons à l'abri.

– Et vous n'éprouvez plus ce sentiment, Rik?

– Plus du tout. Je ne me rappelle même pas l'avoir jamais éprouvé. Quand le Prud'homme a employé une sonde psychique pour chasser mon angoisse, il a négligé de régler le contrôle de l'intensité. Il imaginait n'avoir à neutraliser qu'une anxiété récente et superficielle. Or, mon esprit recelait une angoisse profondément enracinée. La sonde l'a éliminée. En un sens, cela a valu la peine, même si tant d'autres choses ont disparu avec cette angoisse. Maintenant, je n'ai plus à vivre dans l'espace. Je peux retourner sur la Terre. Je peux y travailler et la Terre a besoin des hommes. Elle en aura toujours besoin.

– Pourquoi ne pouvons-nous pas faire pour la Terre ce que nous faisons pour Florina, Rik? demanda Junz. A quoi bon laisser les Terriens plongés dans la terreur et l'angoisse? La galaxie est grande.

– Non, répondit Rik avec véhémence. C'est différent. La Terre a un passé, Dr Junz. Beaucoup de gens n'en croient rien mais nous savons, nous les Terriens, qu'elle a été le berceau de la race humaine.

– Peut-être. Je ne peux dire ni oui ni non.

– C'est vrai ! On ne peut pas l'abandonner. Un jour, nous la transformerons, un jour sa surface redeviendra ce qu'elle était jadis. D'ici là... nous resterons.

– Et maintenant, je suis une Terrienne, dit doucement Valona.

Rik, la tête levée, contemplait l'horizon. La Cité Haute avait le même éclat criard mais elle était vide.

– Combien de personnes reste-t-il encore sur Florina, Dr Junz ?

– A peu près vingt millions. Nous ralentissons la cadence des départs à mesure que l'évacuation progresse. Il est nécessaire de maintenir un certain équilibre. Au cours des mois à venir, il faut que le reliquat de la population constitue toujours une unité économique. Bien sûr, nous ne sommes qu'au premier stade de l'opération. La plupart des évacués logent encore dans des camps provisoires installés sur les mondes voisins. C'est une épreuve inévitable.

– Quand le dernier Florinien aura-t-il quitté la planète ?

– En réalité, il en demeurera toujours un.

– Je ne comprends pas.

– Le Prud'homme a officieusement demandé de rester. Il y a été tout aussi officieusement autorisé. Cette décision ne sera pas rendue publique.

– Il veut rester ! – Rik était atterré. – Mais, au nom de la galaxie, pourquoi ?

Junz répondit :

– Jusqu'à maintenant, je n'en savais rien, mais je crois que j'ai compris ses raisons en vous écoutant parler de la Terre. Il ressent ce que vous ressentez vous-même. Il dit qu'il ne peut supporter l'idée de quitter Florina pour mourir seul.

Achevé d'imprimer en avril 1991
sur les presses de l'Imprimerie Bussière
à Saint-Amand (Cher)

PRESSES POCKET - 8, rue Garancière - 75285 Paris
Tél. : 46-34-12-80

— N° d'imp. 1194. —
Dépôt légal : août 1984.

Imprimé en France